走着走着就遇见一树花开

凌翔阅读丛书

小隐 著

中国社会出版社
国家一级出版社·全国百佳图书出版单位

图书在版编目（CIP）数据

走着走着　就遇见一树花开 / 小隐著. —北京：中国社会出版社，2018.4

（凌翔阅读丛书 / 凌翔主编）

ISBN 978-7-5087-5951-7

Ⅰ. ①走…　Ⅱ. ①小…　Ⅲ. ①散文集—中国—当代　Ⅳ. ①I267

中国版本图书馆 CIP 数据核字（2018）第 080592 号

丛 书 名：凌翔阅读丛书
丛书主编：凌　翔
书　　名：走着走着　就遇见一树花开
著　　者：小　隐

出 版 人：浦善新
终 审 人：王　前
责任编辑：张　迟

出版发行：中国社会出版社　　邮政编码：100032
通联方式：北京市西城区二龙路甲 33 号
电　　话：编辑室：（010）58124856
　　　　　销售部：（010）58124848
网　　址：www.shcbs.com.cn
　　　　　shcbs.mca.gov.cn
经　　销：各地新华书店

中国社会出版社天猫旗舰店

印刷装订：北京楠萍印刷有限公司
开　　本：147mm×210mm　1/32
印　　张：8.75
字　　数：180 千字
版　　次：2018 年 6 月第 1 版
印　　次：2018 年 6 月第 1 次印刷
定　　价：49.80 元

中国社会出版社微信公众号

目 录

Contents

第六辑　梦一季花开云烟

|第一辑|

留一剪清风月明

艺圃，一茶一花一风景

苏州的园林，个个精致，个个古朴，个个有灵气。

艺圃，在苏州园林中算不得大名气，至少许多外地来苏州旅行的人，不会将它纳入必选目的地。然而对于生活在苏州的人来说，艺圃却是百去不厌的。

早在五月蔷薇花季，艺圃就在我的心心念念中，为着那满架的蔷薇花。

后来，到底辜负了花期，直到夏去秋来，亭亭玉立的荷都开始谢幕，我才想起对艺圃的牵挂，于是寻了个风轻云淡的秋日，邀三两好友，缓缓归来。

艺圃的隐，在于它的位置。小巷深处，走着走着，突然豁然开朗，一座精致的小园子映入眼中。

这座始建于明代嘉靖年间的私家园林，古典之处在于一入门的繁花似锦。九月，凌霄花开得正好，一朵朵像小喇叭一样的橙色花朵，簇拥在蔓藤上，映着白墙，一副岁月静好的模样。

而说到白墙，苏州是最美的，新的干净，旧的古意，白墙之上是灰黛的瓦，白墙之下或一丛青竹，或一株姣花。一年四季，开不同的花；一年四季，长一样的绿：真适合朝朝暮暮相合到老。

苏州人去艺圃喝茶的多，茶室正对着一塘荷。临水而坐，九月的荷花渐败渐开，疏疏落落的三两枝掩映在半塘荷叶间。水清澈，有小鱼儿在水中畅快地游来游去，落花瓣在水中的倒影美得惊心。真是一池碧波荡漾，一缕秋风送爽。

艺圃与其他园林的不同，是这样的苏州烟火气。三两人对坐，聊着日常，说着生活，那好听的吴语仿佛隔着临岸的水，传到耳边的时候，就软绵了下来。并不觉得茶室就该故作姿态的云水禅心，茶本应如此接地气，是平民化的，是街头巷尾的小日子。

艺圃与其他园林又是相同的。一样的白墙黛瓦，一样的流水，一样的花影，一样的庭院深深。

窗外秋雨丝丝缕缕，听雨饮茶，对江南的眷恋，就是这绵绵的雨和静好的光阴呀。时间慢下来，在这一帘雨中写就永远。天荒地老这样的词，用在此刻真适合，就像爱情，在江南，在园林里，发生真适合。氤氲水雾，是江南的魂，是园林的骨。在这样的烟雨中静坐了许久。

雕花窗外的紫红色花朵，开得真好，那一竿翠竹，青青绿绿。桌上的茶凉了再续，茶叶在杯盏中静谧。我和友人说着那些久远的故乡事，聊着姑苏这座城的点滴。

有几位阿姨走到那一竿翠竹下拍照，穿了旗袍和好看的裙，叽叽喳喳亦笑容灿烂，雨还是绵绵，但她们不闪不躲不撑伞，就那样倚着竹，在雨中的庭院，用镜头记下此刻的快乐。她们对待美景孩子般的喜欢让我觉得真美，年龄算什么，爱美的心不老，年龄反倒为此添了韵味呢。

雨缓，茶由暖喝到凉，我们起身离开园林，依旧穿过深深的巷子，走过凌霄花旁，而这一段淡淡的午后光阴，已被我们彼此收藏、珍惜。

秋心，是一阕宋词

细碎。温柔。明净。

落地窗外面，是葱葱郁郁的绿和小扇子似的合欢。她时常恍惚，仿佛风牵着那片绿，阳光吻着那片绿，梦追着那片绿。

诗人的清秋，免不了独上西楼，但她的清秋，是安静、浪漫的。

她记得窗外的那片绿，是海棠花的叶。从早春簇簇海棠压枝，到暮春一地残红落地，那柔粉色的花簇经历繁盛到凋零，在雨中成为记忆。后来，落了花的海棠开始疯狂地长叶子，从青绿到苍老的绿，又是一季成长。

云朵大片大片，卧在瓦蓝的天际。窗外大片的海棠树，在温柔的阳光下静默着。她敲着键盘，写累了就望一望窗外的海棠树，与海棠树上的阳光打个照面。阴影下，叶子里藏着待人寻觅的故事；逆光中，叶子闪着秋天的流光。

她想为秋叶写一阕词。蘸着秋水，携着秋心，化作烟波蒙蒙的秋雨江南。

起风了，合欢花落得满地都是。她写过合欢，和和美美，欢欢喜喜。十九岁的那个秋天，合欢树下，清秀的少年，笑起来弯弯的眉眼。小小的她，如同这小小的合欢，秋去冬来，故事还未开始就被风雪掩埋。

生活在苏州这座城市，有心安的感觉。

落于时代的老房子、深巷子，把秋云托起，在黛瓦屋檐上，像一幅藏于内心的怀古画。那画里，住着干净的灵魂。

她依恋庭院里的草木、老墙、砖瓦，一步一景，一步一境。

如果说秋是一首月下令，是一曲缠绵调，是绵绵无尽的古意，那在苏州，这样的小令、曲调和古意则会更恒远。窗，是雕花的；月，是清凉的；人，是对影的；日子，是静水深流的。

对季节的偏爱，就像一个人在尘世里照见的自己。

友说，秋天让人欢喜：独墅湖的芦苇，道前街的银杏，天平山的红枫。她很期待，裹着大毛衣去看银杏铺满的小径，折一枝芦苇把思念寄放在湖水烟波里，抑或是拾捡一枚红叶写三三两两的秋记。

秋天里的故事

什么时候开始，感受到秋天的气息呢？

是换上厚厚的针织毛衣，秋雨开始下个不停，把江南渲染得烟雨迷离；是叶子悄悄地离了枝头，像蝴蝶那样陨落；还是农家小院里，金灿灿的玉米棒子，挂在屋檐。

在苏州，是风送来阵阵桂花香，她知道，这就是秋天的气息。

苏州的秋天，是香的，那桂花浓郁的香气老远都闻得到。而这座小城，无论是马路边还是流水岸，无论是庭院深深还是薄瓦小院，只要你经过，都会有桂花的暗香浮动。

那是个晚归的夜晚，她不想搭乘公交车，就走一走吧。于是缓缓的秋风吹着她的发，昏黄的路灯下，人影与桂花树影时而叠合时而各自抽离。桂花香飘呀飘呀，她用力地吸一口气，那香真浓烈，于是她贪婪地再吸一口气，脚步慢了下来，小小的桂花在夜间真像一个个小香囊。

黄昏时下过一场雨，秋雨最是不紧不慢。何况在苏州，一草一木、一花一景都写着浪漫与诗意，这雨就更温婉了，要不然，怎会有诗人笔下那个撑着油纸伞的丁香姑娘呢！

桂花在那场雨中，把香气洗了一遍，叶子上还留有雨痕，花香里还住着雨的清净。她用指尖碰了碰沾着雨珠的桂花，想把这抹香气收藏，在指尖，在季节的故事里。

认识他的时候，正是满城桂花飘香，月光清冷，却透着圆圆的喜庆。

那是一场音乐雅集。他弹了一曲高山流水，幽幽的琴声，在那个秋夜低吟着。好巧的是，她的节目与他相同。高山流水，他的琴曲，她的筝曲。月正圆，不知是哪棵树上跑出的桂花香，萦绕着秋月。高山的巍峨与壮阔，流水的柔软与轻灵，在拨动琴弦的刹那，胜却万语千言。

人的这一生，难得的是遇见懂得，钟子期懂得俞伯牙的琴音，管它是樵夫还是上大夫，遇见了，就只剩珍惜。他懂她的筝，她懂他的琴，尽管她不懂琴他亦不懂筝。

十年，太多物是人非，他们的懂得，却始终没变。

他们的窗外，植着桂花树，那是他们认识之后他亲手栽下的。他说：桂花不老，我们不散。

第二年桂树就开了满枝丫的小黄花，之后的年年秋天，花开年年。第一缕桂花香飘进房间的时候，他总会去窗外，折一枝，插在细小的陶瓷花瓶里。素净的花瓶中亭亭一枝桂，馨香着他们的柴米油盐，亦守候着他们的琴棋书画。

世上的爱情，始于怦然心动，久于长情陪伴。那晚的琴音和筝曲，早已住在彼此的心中。他对她说：遇见你之后再无流水。她对他说：遇见你之后再无高山。

她拉回记忆，露出浅浅的笑。这座小城的秋天，是香的，他们的故事，是香的。

他该折了新桂吧。她弹了弹指尖的雨珠，继续走在回家的路上，月光把她的影与桂树的影交叠。

桂花不老，爱不散。

索性不走了吧，就住进春天里

江南的春是随着第一朵梅花的绽放，来的。

风儿一吹，就皱了春水，而且，那春水映着落花人独立，映着碧波如烟，就连老墙，都在斑驳中呈现盎然生机。与好友一起去东园，朵朵粉色或白色的梅花，在枝头迎风舒展，友说："春天真好。"我们浅浅地笑着，应和着，说着与春天有关的碎碎念。

诗人秀口一吐，就是娟秀的诗行。春来江水绿如蓝，能不忆江南？这一句忆江南，不知牵动了多少柔软的心，跋山涉水而往。江南最忆，一定是苏州。你往桥上一站，哪怕不撑伞，没有烟雨做伴，也一定会成为看风景人的思念。

生活在苏州这座城市，是一种福报。漫步在平江路上，流水把春天梳妆成温婉少女，三三两两的行人，淋漓尽致地展现着烟火生活，穿过一条条深巷，等待一株木香的凌芳，你在或不在，都会在心底描画一帘江南风景。

怡园的白梅，如雪乱，出门看花的人真多呀，他们倚着梅花树，笑容灿烂，好似时光里，只剩下这一片梅林。庭院深深，有了这一林梅，就不寂寞吧，高墙外再多繁华，亦不抵回首那一朵落梅情深，守着一朝一岁的平凡小日，或者，更是人生的智慧。

我喜欢园林的花草林木，喜欢园林的四季更替。春来，假山还是那座假山，流水还是那溪流水，可它又有着不同，水更灵动，假山更清朗，还有不舍得告别的蜡梅，残留着余香，懊恼着春暖。

傍晚，走在归家的路上，暖风温柔拂面，虽然还未完全退去寒意，但已经能让人感受到轻轻柔柔。这个时候总想早早褪去冬装，尽管偶尔还会打个寒战，但心里是舒适的。

春愁有几分，春望就有几分。待到江南三月天，再大的事儿都得给花儿们让道。玉兰高挂枝头，是开在春天的莲，梨花清清白白，樱花漫天飞舞，桃花虽然粉得小气，但却勾起我们的少女情怀，就连乡土气息极浓的油菜花，都要和蜜蜂谈一场恋爱。所以，无论走到哪里，都走不出春天的怀抱。

索性不走了吧，就住进春天里。等一场春雨沥沥，落在黛瓦上，圈住过客的思念。等柳丝如烟，把鹅黄嫩绿铺满水面。

江南微雨

下过雨的江南，仿佛刚刚出浴的女子，是含着香的。

每个低眉颔首的瞬间，都有着无限风情。窗外落了叶的枫树上，挂着晶莹剔透的水珠。二月，这场雨应该是杏花雨吧。尽管我还没去赴一场杏花的约定。

沾衣欲湿杏花雨，吹面不寒杨柳风。读到这句诗的时候，恰逢江南雨天。我望着窗外的雨发呆，青苔老墙与光阴，日子慢下来。

江南的雨，是温柔的，在早春的寒凉中，露出薄薄的春意。那天与朋友去拍照，看到白玉兰已经开出小花苞。我知道，再过些天，就会有铺天盖地的莲擎在枝头，心里不免多了些许期待。

白鹭园的红梅白梅开得热闹。那些零落在地上的梅花，在突如其来的春寒中，竟有剪不断理还乱的情，蓦然才下眉头却上心头。

这样的傍晚，适合读诗、弹琴和想你。平江路丁香巷，会不会，逢着那个撑着油纸伞的丁香姑娘？我是好久都没让自己这么肆无忌惮地听雨声敲窗了，园子里的芭蕉应该更绿了吧。你说：芭蕉不展丁香结，同向春风各自愁。在江南，就算思愁都可以这么诗意。

我们家楼下有片青竹，最喜的是雨后，看青竹上微微透亮的雨滴，想起红楼中黛玉的居所潇湘馆。她是冷清秋的潇湘妃子。不知道会不会，在某个春雨的深夜，她曾倚窗对着雨中的那片竹林，想念过那个叫作宝玉的男子？

古人喜竹的不止女子，还有大文豪苏轼。那一句“宁可食无肉，不可居无竹”成为千古词句，让人记住了这个犹如青竹般雅致、高洁的文学家。浮浮沉沉，人世间俗事太多，竟不若一丛竹那般自由洒脱，清风拂过，微雨沾叶，幽幽的深意，你懂或不懂，它不屑亦无动于衷。

喜欢江南的雨，而我与江南雨的缘分，亦是深远的。刚来苏州的那年，我一个人，下着雨。那时正是梅雨季节，我的梦想与期待同窗外的雨那样，融入江南。

我惊喜这座小城的雨，怎么可以这样孩子气，明明昨夜还有星空，清晨就听到窗外淅淅沥沥；我迷恋这座小城的雨，怎么可以这样清澈，把沿河的柳，洗刷得仿佛从古人的画中走来。

姑苏。江南。当我在这个雨天轻轻地念出这两个词，心中早已诗意泛滥。

原来，这是座以水为魂的城市呢。红楼中宝玉说：女儿是水做的骨肉。那么，苏州亦是一位曼妙婀娜的女子吧……

苏州，有很多理由让你爱上它

我怕我会爱上这里。

那就留下来吧。

叶子是我微信上的好友，这几天她正在苏州旅行。她说苏州这座城很独特，担心会爱上这里。我就玩笑似的回复她说，那就留下来吧。

苏州，有很多理由让你爱上她。

每个人心里都住着一个江南。是撑船阿婆的吴侬软语；是平江路上的茉莉花香；是戴望舒笔下撑着油纸伞的丁香姑娘；是太湖水荡起的波光粼粼；是那一句“能不忆江南”的久久传唱。总之，来过的人会生生不忘，没来的人会痴痴向往。

也许在某个夜晚，风清月明，你把高跟鞋丢到一边，平日里的雷厉风行，此刻也随着老城区昏黄的路灯变得柔软，从白塔东路到平江路，临水的老房子里，是苏州人的日常烟火，忽而传来幽幽琵琶声，于是你寻声而往，在老茶馆，看到穿旗袍的女子怀抱琵琶，你听不懂唱词，只觉动听，她的身边还坐着拉三弦的男人，眉目清秀，眼神里盛满说不清的深意，你突然没忍住，泪水在眼眶里打转，为这场低低的相遇，为这个凉凉的月夜。

也许在某个黄昏，你在亭台楼榭的园子里入梦。游园的女子还在吗？那一句“原来姹紫嫣红都开遍”曾让你忘却今朝是何夕，那一句“朝飞暮卷，云霞翠轩，雨丝风片，烟波画船”曾把你的脚步牵绊，那一句“如花美眷，似水流年”曾惹你下马回转。芭蕉在窗下，任雨也潇潇风也摇摇，那雨少了汹涌滂沱，却多几分绵绵柔柔，蓦然，你仿佛回到某个朝代，做了回临水照花、临廊听雨的女子。

也许在某个晨起，你穿行在那些静谧的巷子里，大柳枝巷、胡厢史巷、丁香巷、大儒巷……那些窄窄的老巷子，似乎都藏着一段段故事，等你探寻。胡厢史，难道是有关相思的吗？丁香巷，和诗歌有关吗？你念着这些名字，眉眼里都是笑意。

我想象里的江南，在文人的诗行里，在墨客的宣纸间，在琴师的丝弦中，而我在的苏州亦如我想象的这般。

常常与朋友聊到这座城市，几乎都会说：苏州，越待越不愿离开。这不愿离开里，大概就是对生活的挚爱吧。我们每天都过得太匆忙，能停下来一步一脚印地闲步，已经太过遥远，但在苏州，这样的闲步就显得理所当然。

如今的周末，我把大部分时间浪费在园林或书店。约上三五好友，一壶茶，从黄昏喝到夜幕，一本书，从相遇写到相依。有时候就那么坐着，内心都是快乐丰盈的。

关于苏州的点滴，岂止是三言两语几个词语就能说清的呢，但我知道，即便我不说，你也梦过无数次这入诗亦入画的江南。如果你已爱上这里，不妨留下来，生活些日子，即便最终会离开，至少曾与它那么深那么深地相伴过。

山林里的静好岁月

莫干山位于浙江湖州德清县，是个避暑的好地方，葱郁的竹林，清凉的空气，甚至有些放肆的晚风，都写着夏天的旋律。

从德清汽车站下车，打车前往山中，走在盘山路上，眼眸里盛着的，是夏天的绿，耳畔回旋着的，是傍晚的风，车窗外的景色，让人震撼，好像一切都静止了，放空这样的词，用在此刻最合适。

我们从桐乡坐大巴到的德清，路程蛮赶的。如果可以的话，最好自驾过去，因为山上的景点蛮散的，从一个景点到另一个景点需要走不少路，况且山路还不好走。

住宿建议在山上，这样买了门票可以随意在山上玩，只要不下山，门票都是有效的。我们住在山上的清凉山庄，价格合理，服务人员的态度挺好的。山上吃饭比外面稍贵，但不会很坑，住的山庄早上有馒头、咸菜、米粥和鸡蛋，午饭可以在荫山街那里吃，有不少餐馆。

莫干山笋干挺有名气的，毕竟山上大片大片的竹林，笋干怎能少呢。我两次吃饭都点了丝瓜笋干，嫩嫩的笋干与丝瓜，味道清淡，像吃家常菜。

司机直接把车开到我们住的山庄。越往上，山风越咆哮，直吹得竹叶哗啦啦，仿佛要把竹子折断，竹叶都打落下来。清凉山庄旁边就有大片竹林，住的房间正对着走廊，打开走廊的窗，风把窗帘卷起，凉意灌入身上的每个细胞。

这是山中的静好岁月。

光阴缓慢得像一株草木，一缕清风，诗词不过是信手拈来。

莫干山有不少漂亮的别墅，年代都是清朝至民国期间，那些与自然相映成趣的别墅群，在岁月的洗涤下守候着这片山野，把久远的故事，向看客缓缓叙说。

毛主席下榻过的皇后饭店，蒋介石官邸松月庐，还有许多名人墅院，在莫干山上熠熠生辉，无论历史的舞台怎么退却，无论山间的林月如何沉默，它们的清幽，都不曾减退。

旧时光，是值得怀念的。

这段山居小日子，大概就是一场感怀之旅。

昨夜下了场雨，但未被夜雨吵醒。清晨起来，窗外便是雾蒙蒙的，好似仙境。

那竹林，在雾里，在风中，轻轻摇曳。有雾气从竹林间穿过，可以看得到薄雾流动的姿态，像一阵烟，比我在苏州看过的烟雨都蒙蒙。

我总想着，在薄雾起的时候，隐隐约约的竹林深处走来一位亭亭玉立的姑娘，她应该有着长长的发，穿着薄薄的白裙，有不染纤尘的眼眸和微微舒展的嘴角。哦，或者是个男子呢，他该有着怎样的仙风道骨，吹箫吧，青竹懂得，弹古琴吧，轻轻拨动琴弦就是清音入耳。

带了相机去大坑景区，上上下下，走了很久，时而，大树上的水滴落在肩上，不知道是昨夜的雨滴还是今晨的露珠。时而，遇见三三两两的环卫老人，他们在薄雾里修剪路边的野草，拾捡遗忘的垃圾，雾气笼罩下的他们，美得朴素，美得让人心生敬意。时而，有前往景区的私家车，呼啸而过，消失在前方的灰蒙蒙里。

大坑景区具体是怎样的，我没看到。走到景区门口进去，沿着小山路走了会儿我便折回了山庄。或许再往前会有迷人的风景吧，因为雾气重，我放弃了往前，不过我并不遗憾，因为对我来说，这一路就已经挺开心的。

下午又遇莫干山的雨，雨中的山林，只剩下绿，而这样的时光，适合写下天荒地老的诗句，适合将那些浮华都抛却，适合把心放空，交给风风雨雨、林林木木。

直到时钟向前，要说再见，清凉山庄的主人帮我们叫了一辆顺风车，回到城市，继续奔波。

乌镇，年华似水流

这是我第二次去乌镇。

去过大大小小的江南古镇，就连去远的城市旅行，小镇都是我必选的目的地，只因为根植心底的小镇情结。江南古镇比较多，知名的周庄同里西塘乌镇，不知名的甪直南浔锦溪等，它们就像水乡的灵魂，安静又烟火地守候朝朝暮暮。

乌镇是文化小镇，有木心，有茅盾。

乌镇是文艺小镇，有似水年华，有英和文的痴痴守候。

乌镇是来了就不想走的小镇，晴耕雨读，日日年年。

苏州到乌镇，直达班车一个半小时。下了车步行十五分钟左右到达东栅景区。

住是提前订好的。客栈叫琴琴古镇小居，听起来不够浪漫，但走进去有家的温馨。从蓝印花布染坊旁边的巷子走过去就是，老板是个很和善的阿姨。

晚上九点半之后进入不查票。如果只想感受古朴的江南小镇，不打算玩景点的话，可以晚上到，第二天起个大早，因为早晨旅行团还没到，比较有水乡的氛围。

东栅景区晚上很安静，走在青石小巷，两边是客栈或关了门的商铺，听不到热热闹闹的声音，恍惚间会以为回到了旧时乡下。

经过当年英走过的那条巷子，长长窄窄，老墙斑驳，追忆久违的感动。

那时候，黄磊还是安守小镇修古书的文。

那时候，奶茶还是思念着文的英。

那时候，默默像所有小镇姑娘那样，爱着她的文。

那时候，风烛残年的齐叔，守候着一生的故事。

也许，在乌镇，英遇见了懂得。

也许，在乌镇，文抚平了心伤。

要不然，怎么会有不能忘却的归来。

要不然，东山书院怎么会整日回旋着伤感迷离的音乐。

台北。乌镇。

这是两个地名。更是两个紧紧相拥遥遥相望的灵魂。

英的未婚夫千般好万般好，可总是差了那么点儿彼此照见。爱，是朝朝暮暮的陪伴，更是初见倾心的怦然心动。所以英的人回到了台北，心却留在了乌镇，留给了那个叫作文的男子。

清晨在阳光里醒来，看看流水走走小桥，游客一点点地进入古镇，小店开门，乌镇开始热闹起来。

沿河的木房子，光影下的爬山虎，长廊上的谈笑声，葱郁的竹林和绿意，交错成乌镇的日常。

年华仿佛乌镇的水流，很久很久，绵长且永久，就像守候和等待，明知道不会等来，还是心甘情愿，因为，在正当好的年纪里只爱过一个正当好的人。

你的似水年华。

我的乌镇。

日子一天天地过，就有了诗的模样

银杏黄了吗？

立冬后天气越来越冷，下霜就会黄吧。

窗外的枫叶都渐红了呢。

深秋、初冬，这些和季节有关的词，真美。

每一寸时光，都可作诗填词，每一个季节，都婉转动人。十一月，在江南小城，抬眼还是葱郁的绿，好像这里的深秋与初冬，拒绝与萧瑟为伍。

寻个闲日，三两好友相约白鹭园，看湖光波澜，赏秋叶静美。

正午的阳光落在湖中，湖水粼粼波光，耀眼得很。那是枫叶，叫鸡爪枫，叶子真像鸡爪，虽然红了部分但不够惊艳，甚至有些颓败。我不大喜欢这类枫叶，因为它实在是不符合诗里写的霜叶红于二月花，亦无层林尽染的意境。

有银杏叶似黄似绿。我们等了又等，叶子真耐得住性子，那翩翩蝶舞的胜景，迟迟不肯前来赴约。与友浅浅地聊着，身边的风景擦肩又相遇，此刻，就是静好，还管什么天涯海角。

原来快乐呀，就是由这一寸寸的小时光组成的。你知道日子里有许多沧桑，但无能为力的事情太多，又何须为此扰了当下的喜悦。

深秋真是个让人静下来向内走的季节，繁花似锦已落幕，无论华丽还是萋萋，都无从抗拒，就好像是一个天涯客突然择一山隐居，不再走马天涯，不再武林天下，只愿一草一木，一秋一季，亦好像是不羁的少年突然收了心，柴门老院，朝暮相守。

他说：日子一天天地过。

寥寥数字，读来却很有古意。母亲电话里问什么时候回家，算了算日子，说还有几个月吧。原来我们早已不再数着朝朝暮暮过日子，而是周月年的过，所以啊，日子真快。

不快都不行，夜交给了霓虹，晨交给了拥挤，尽管如此，我们还是有许多梦想被搁浅在心底，连发芽都显得那么吝啬。原来，快并不是追赶了梦想，而是越来越茫然虚空。

那些写诗填词的日子，一定是一天天过的，在古老的节气里，霜降的草木，立冬的寒风，生动而美好。

农事与节气，是远古时代留给我们的文化遗产。二月，松土播种，三月，花开似锦，酷暑的七八月，就坐在大树下摇着蒲扇，光与影是浮生半日闲，到了秋收季节，硕果累累，喜悦挂在眉梢，岑寂的冬，适合把心收藏，晨起扫雪，暮来围炉煮茶，闲话家常。

朝与暮，风与雨，数着日子，跟着草木，便有了诗的模样。

听风落在叶子上的声音

一

第二次去天平山，时隔上次，已经三年。

枫叶年年层林尽染，而我，却总是早一步晚一步地错过。2014 年刚来苏州，听说苏州城郊外不远处有座天平山，是赏枫的好去处，便寻了去，只是早一步，枫叶未红。这是 2017 年的深秋，我再次寻来，却又晚了一步，枫叶已落。

虽然寻枫未果，喜悦的心情却不减丝毫。深秋的阳光，温和而美好，洒在落叶上，落叶灿灿发光，洒在残荷水波上，残荷有了岁月静好之美。

天平山下是个小公园，公园里有落了一地的枫叶，还有古老的寺院。与同行朋友说，落叶更浪漫，我们都笑了。拾捡一枚秋叶，收藏的，还有那落在叶子上的温暖，以及秋天的思念。落在寺院墙上的光影，在流年里写着无字诗行，你我，都是读诗的人，又在诗中相逢。

青石院墙，墙外是古老的枫树，阳光下叶子洒着金边，叶脉都能看得见，院子内呢？薄瓦上落上了秋叶片片，黛色的瓦，金灿灿的叶，自是一派秋景让人眷恋。倚着老院墙拍照，想把此刻的光阴记录，丰盈单薄的记忆。

最眷恋这样的老院，犹如爱有来生的故事。山中无人家，唯有一座废弃的庙宇院落，长着一棵高大的银杏树。这样带着旧味道的电影，太容易穿透人心，痴缠，前世今生，安静，又带着鬼魅的气息，恰恰好这样的气息，让人心里填满执念。

总觉得，中国人骨子里都有院落情结，因为接着地气，人才有人气，看得见泥土，看得见四季，人心才不会荒芜。许是幼年时的乡村往事，给我留下太深的幸福感，而今在城市生活，心中对村落院子的爱是越来越深，柴门旧屋，花木繁盛，四季分明，那是一种踏实、心安的感觉。

只有稀稀落落的几棵枫树，叶子还红得透彻，这也许，就是秋天最后的告别吧。

抓一把秋叶，撒向有光的远方，真想躺在柔软的落叶毯上，听一听，风落在叶子上的声音，岂不也是雅事一桩？

在古诗词里，总能寻到许多日常的风雅，就拿秋冬来讲，可月下枕风眠，山间赏枫乐，围炉煮雪对饮，而每个迷恋古诗词的人，想必是迷恋其中风雅吧？抑或，他们自有风雅在。

即将返程的时候，听见丁零丁零的声音，原来是风与风铃的私语，如果没有那么多游人匆忙的步履，这条风铃小路一定更有风情。看不清风铃上挂着的心愿，只听得见，小小的如春鸟般的歌声，清清脆脆。拍了几张照片，留个念想吧，有关风铃的浪漫。

秋来天气清

霜降过后，秋越来越深。

桂花不再香满城，夜里睡觉要关紧小窗，日光低低的，落在将黄的秋叶上。清晨，读到秋来天气清这几个字，心里仿佛有一弯秋波，明净中泛着波澜，波澜里又不失静谧。

初秋时，我写了很多长长短短的句子，有故乡的花草，有江南的黛瓦。每当落笔行文的时候，心在秋的往事里就静了下来，云是疏离的，风是灵动的，你，眉眼里住着诗意。

约了三两好友，寻访苏州园林。芭蕉结了硕大的果实，一竿竿翠竹与秋风一同入诗。避开旅游季节的园林似养在深闺的姑娘，只听得见光阴嗒嗒而过的声音。

秋天的园林，花木依然繁盛，若不是稀稀落落的几片落叶，会让人误会还在夏的风景里。

深秋的阳光很温和，好像它把孩子气都给了夏，内敛与温柔则留给秋天。葱葱郁郁的植物安然有序，阳光在它们之间穿梭，一会儿光影，一会儿黯淡。

园林里，一步就是一美景。那是午后的光阴，廊墙上的花窗，在阳光下剪出美丽的影。那棵百年老树，树根都成了空洞，枝干却依然屹立。走在这样古老的园子里，心会跟着脚步声，慢慢静下来。从砖瓦到草木再到曲径通幽的花径，都有深深深几许的古意。

写诗填词的人，秋天里写满惆怅的等待，是李义山的“君问归期未有期，巴山夜雨涨秋池”，是晏殊的“昨夜西风凋碧树，独上高楼，望尽天涯路”。我的秋天，是浪漫的等待，是“枫林小径，笑语相迎”，是“银杏飞落化作蝶，素笺瘦字寄明月”。

霜降如果作为一阕词牌，你会怎么去填这首小词呢？我愿意，把清晨薄薄的阳光填入词中，再邀上三两片秋叶，与你浅吟低酌。

节气，即风景。

恰好，十月末。

恰好，秋来天气清。

大雪落了一梦， 最忆是江南

爱着的冬天，是大雪弥漫。那等了又盼的雪花，一瓣瓣落在树梢、花间以及他长长的睫毛上。你想看一看雪花有几瓣，还未凑近就融化了，仿佛他的温柔跌入你的心间。

深巷，青石板，有姑娘撑着纸伞，这不是惆怅的雨巷，而是落雪的江南。

她是在夜里来的，静悄悄的。你走到窗前，想起白乐天的“夜深知雪重，时闻折竹声”。这里不是长安，不是那个华丽绚烂的大唐，可此刻你明明有了诗人的情怀。

窗外有竹林，那是楼下的人家，在阳台上植了密密的竹。你记得，某个夜里，风吹着竹叶的沙沙声，伴着你的琴声。偶有住在这个小区的人夜归，会听到那片竹叶间传来的犬吠声。今夜会怎样呢？你想侧耳倾听雪落在竹叶上的声音，仿佛在大唐。

做个风雪夜归人吧！雪夜里，那盏昏黄的灯光，照亮夜的寂。临水而立的小屋，你轻轻叩响门环，抖落满身风雪。他说：“快进来吧，夜路太深，外面雪大。”

友发消息说备好了酒，等踏雪寻梅。你心动了，就那么一刻，不知道是因为雪，还是因为酒。你又听到了白乐天的声音，他说“绿蚁新醅酒，红泥小火炉，晚来天欲雪，能饮一杯无”？这是千年前的江南吗？那个盛唐，那段诗韵，在这江南，有酒，有雪，有三两好友，能饮一杯无？

季节的美，是因为每个季节都有她的浪漫。

记得啊，冬晨踏雪行。园子里的蜡梅因着雪，开得寂寞又清凉。你站在假山石上，折下一株雪中梅花。你想在园子里弹琴，雕花窗外雪花纷飞，草木枯寂。你弹《风居住的街道》，窗内的素白净瓶里，插着刚折的蜡梅花，雪还停留在梅花上呢，晶莹、素雅。

谁家的薄瓦上，落了白白的一层。黛瓦与白雪，犹如痴痴等待着的恋人，终于重逢，她倚着他的臂弯，他拥着她的温情。尽管这一路，风尘仆仆，但终究等来了呀，她的洁净无瑕，他的温润如玉。

谁家的灯笼，映上了雪的影。那是闺中知己，悄悄地说着私语。雪的白，灯笼的红，茶馆的温暖，流水的潺潺，驻足的行人，恍如一梦，一梦千年。

这已经不是苏州，这是姑苏。雪花轻轻吻了吻江南的桥，滑落到桥下，皱了水中的绿影。

每一座城市，都有它独一无二的美丽。姑苏城，她的美如莞尔低眉的姑娘，端坐于桥边。所以呀，就连雪花，都不忍用粗暴的方式惊扰她的温柔，而是缓缓地，悄无声息地来到。

一长亭，一古松，覆上薄薄的一层雪。那廊檐隐约还看得见木头的颜色，美得如此含蓄，又如此让人心动。

你想，等待竟也这般幸福，一季冬，一场雪，最忆是江南。

读书从来翻山越岭，喝茶过往万水千山

东太湖，与湖水相邻，有一家独立书院，名叫上书洲。楼顶可观日落，楼下可饮白茶，亦可阅读发呆照见内心，清欢喜悦，日常风情。

在苏州这座城市，最不缺的就是书店，小小的犄角旮旯巷子里，你就会蓦然回首遇见一家小小书店。然而，真正有情怀的书店，却很难寻，可以说是可遇不可求的。

来上书洲之前，听说过这家书院，因有几位老师朋友经常来这里，在他们的朋友圈，亦常常看到上书洲的名字，所以，我对这里很期待。

元旦假期的第一天，苏州下着小雨，就是在这样的烟雨朦胧中，我走进上书洲。进门处，一句“心上的书店且停留”让我心生欢喜。人与人之间是需要磁场吸引的，其实世间万物皆有灵性，人与物的相遇亦是有磁场吸引的，就像此刻我站在书院门口，那种恍若重逢的感情。

上书洲书院是按照一种千帆过尽回归初心的方式设计的。正像书院主人袁卫东老师讲的那样，若把书以散文、诗歌、小说来分类，那就太功能化了。

这里的书，从先秦的星空，到风雅的宋，再到回望明清，然后是民国范儿，最后回到现实日常，以这样的精神轴线设计，勾勒出人文书店独立版图的渊源。而这样的设计，

给人深深的古意，仿佛在光阴里漫步。

有古意很难得，但在上书洲却是很自然的事情。听着琴曲幽幽，花香染了衣襟，小雨淅淅沥沥，摇动着窗外的芦苇，浩渺的太湖犹如一片梦境，我的心也跟着此刻的景叠合。

上书洲还把生活美学与自然结合得很妙。下午与书院主人喝茶聊天，才知书院的建筑是一艘船的造型，我们坐在书院喝茶，亦如在湖中撑着小船泛舟。那种人与景的完美诠释，真是太美了。

我们喝的这款白茶有个好听的名字，叫关山月白，听起来很宋朝的感觉。我想，书院主人袁老师一定是极爱宋朝的。就像他说的那样，缘何上书洲?！东太湖的水，一定是宋朝的。

历朝历代，我也偏爱宋，不仅是宋词的美，宋朝把生活美学上升到一种朴素的阶段。你看宋朝的服装、发式，无不透着简约、素雅的美，而生活美是什么，就是这样的素和简呀。

关山月白这款茶，只听名字就会爱上。关山月本是一首古琴曲的名，白这个字极美，关山月白可读作关山—月白，亦可读作关山月—白，无论怎样去读，都充满浓浓古意。

初品关山月白时味道蛮重，到最后，却是余香绕舌，人茶俱老。茶是灵性之物，当下的我们对坐饮茶，那这款茶就是我们的当下，人是茶的温度，茶亦是人的性灵。所以，人与茶是一体的，不论朝朝暮暮，只有此时此刻。

袁老师是个爱茶爱书之人，这点从他点滴言谈中就能感受到。这样的午后，我们喝茶、畅谈，于我真是生命的福报。我们在茶汤中照见当下的欢喜，倾听茶的低语。袁老师与我们聊了许多茶的往事，以及对这个书院的情怀。书店大堂的罗汉床上住着书，袁老师说："得让书住得更舒适。"

读书从来翻山越岭，喝茶过往万水千山。这是从先秦的星空到现实日常最后的一句妙语，我极喜欢。那一句翻山越岭道出读书的缘起，读到最后，读的就不再仅仅是书，而是读自己、读人生。

书院内厅超长书案上的枯山水，就是"读书从来翻山越岭，喝茶过往万水千山"的书洲魂魄所在。我转身，望见那案几上的枯山水，禅意十分，竟有那么一刻，我真以为回到了南宋的光阴里。

喝茶与读书，素来都是日常事，这也是书读到最后，我们才会明白的道理。少年时以为读过几本书就高高在上，在经历了光阴流转，你终于明白，越是腹有诗书的人越平和，因为过尽千帆后，他们知道读书是再平常不过的事情，没什么可炫耀的。

书院除了书、茶，还有许多朴素的美物，每一样，都是上书洲独立设计，配以别样的美学空间。我不由得想起一句话："好光阴是拿来虚度的。"

茶喝到胃暖，雨下到黄昏，抬眼与远处的太湖水对望，这片水域，有了书香，更加诗意。与袁老师道别后，我撑着小伞，沿着湖畔而走，我知道，此生我的读书之路还有太多山岭待我翻越，才能邂逅那蓦然回首的心安。

慢书房里慢江南，慢江南中慢书房

苏州，一座走进来就走不出去的城市。不仅是那幽深的雨巷，诗意的园林，还因那独特的书香气质，偷得浮生半日闲的阅读时光。

说起慢书房，在苏州的书友都不陌生。它的创始人许涛老师，是一位爱书人，而且非常有情怀。慢书房位于苏州观前街碧凤坊蔡汇河头巷 4 号，从临顿路过去，隔着深巷，就把热闹与繁华隔在另一端，留下书香与慢时光，伴着舒缓的音乐，消磨掉整个午后。

这是一家被评为江苏省最美书店的独立书店，每周都有读书分享沙龙。我参加过许多次慢书房的沙龙，那时，我还是个读者，后来有一天，我成了沙龙的分享嘉宾，门前的小黑板上写着小隐两个字。

从读者到嘉宾，于我，这是与慢书房的深缘。

冬日的江南，阴沉着天，书房内，却充满江南的诗意和温暖。我突然想起，那周末的午后，下了课我会一个人走到慢书房，要一杯咖啡，店员还会送来一小块饼干，找个小角落，随手从书架上抽出一本书，看会儿书，听会儿店里播放的轻音乐，从午后到日暮，时间，就这样在翻阅书页的指尖，嗒嗒地溜走。

并不觉得浪费，哪怕那个下午，我都在发呆，书没看上几页，音乐听完也不会记得，但这样的慢又是如此诗意，甚至，很江南。我在来苏州之前，生活在河南郑州，我想象的江南，是矮矮的老屋，白墙黛瓦，一卷书，一枕河人家。如今，我坐在慢书房里，曾经的画面就缓缓跌入心中，映入眼帘。

慢书房不大，但就是这样一家小小的书店，让人对苏州，又多几分眷恋。我不敢说，它是苏州的另一张名片，但它已经用无声的语言，把姑苏的故事缓缓道来。

昏黄的灯光落在书页上，陌生的人哪，在这样小小的空间里相逢。浅浅的微笑，是我们的默契，我突然想起陈升老师说过的话："有些无声的话语，只有寻梦的人彼此听得见。"我知道，我们都是那寻梦人，在小小的文字中，寻找生活的意义。

阅读本是寻常事，繁华静处遇到知音。每日的匆匆忙忙，繁华而灿烂，却孤独又陌生，那就阅读吧，在这熙熙攘攘的尘世，总有那蓦然回首的欣喜，一座城市，一个转角，一家小小的书屋。

在这个提倡全民阅读的时代，书店其实并不少。但许多都做成了咖啡店，堆砌着文青的通病，书更多成了摆设品。慢书房就不，它固守着初心，书才是这里的主题。走进书房，几张干净简洁的书桌，几盆清净的植物，满屋书籍映入眼帘，许多时候，连那小小的台阶上，都坐着读书人。许涛老师说："慢书房的书可随意拆封，没有隔绝读者的定向包间，没有强制消费。"我想，这样的执拗，大抵是对书的信仰吧。

那天在微信上看到慢书房的年底总结，有这样一句话：

“慢书房有三宝，好书、微信、沙龙。”这三宝，更是每个爱书人的珍惜。从分享好书到与作者面对面的沙龙分享，还有微信公众号不间断的文章推送，如果没有深情又怎会如此执着。

记得有朋友问我为何对苏州如此热爱，我回答：“人对一座城市的缘分，很多时候连自己都说不清，爱了就是爱了，逃也逃不掉。”其实对书也如此，一旦跌入书的世界，此生便离不了。

让每本书都有个好的归宿是书房的意义。那么，让我们的书回归到书的本质，书房归于书房的初心，更是每个爱书、做书房的人的坚守。

苏州古城，慢候书香，若你来慢书房，定能找到答案。

栖居太湖，交付一段痴梦

情至深则无情，我只是对太湖太钟情，所以竟不敢轻易地涉足，总想，以最美的姿态和她相见。今年有很多次我说要去太湖，再望一望那浩渺的烟波，最后却被一次次地搁浅。直到年末，才缓缓归兮。如果太湖水也满腹深情，不知她是否会嗔怪我的迟缓。

周末早起，将近两个小时的车程，我和霜儿终于抵达太湖湿地公园。霜儿说：冬天的太湖有种油画的感觉。浩渺无边的太湖水，清凉无比，干枯了的芦苇在风中摇荡，望下去，会让人沉迷。

天气并不好，有轻微薄雾，下公交车后我们沿着太湖大道走。宽阔的太湖大道上行人很少，只有少数车辆呼啸而过。太阳像待嫁的新娘，躲在云层里娇羞着不敢相见，偶尔薄雾散开，也只是露出微弱的娇颜，似笑非笑，似暖非暖。我记得去年第一次来到太湖，是因为朋友要去西山拍摄月全食，于是几个人说走就走，我们开着车在太湖大道上行驶，那正是十月季节，芦花一片白茫茫，湖风吹着喜悦的心情，芊芊姐动情地唱起了太湖美。“太湖美，美就美在太湖水，水边芦苇清，水底鱼虾肥”，在歌声中我们驶过太湖大桥，驶进太湖小岛——西山。十月里的阳光温和而多情，那个午后，我们和太湖共枕梦，诉真情。

想必是天气灰蒙蒙的缘故吧，今天的太湖公园人很少。我和霜儿领了门票就进去了，以前这里不需要门票就可以直接进去观赏，但今年阳历新年伊始这座以太湖为景而建的公园要开始收取门票，二十元一张。我和霜儿笑笑没有说话，没有景区不商业，当然这里为游客提供了赏风景的喜悦心情，收取门票并不为过。只是那些曾经天然去雕琢的自然馈赠，却被明码标价，总让人起初有些不悦吧。看简嫃的《水问》时有篇文章这样写道：知识本无价，书籍却被明码标价。这个世界就是这样，当那些原本真诚的东西被标上×××元的时候，总会失真。我突然想起这样一句话：爱情本无价，婚姻却被明码标价。不是吗？恋爱的时候，什么都不用在乎，但是当我们陷入婚姻中，柴米油盐冲击着你的诗情画意，你还会不相信明码标价吗？

且不说这些，回到太湖美景。进入景区后，我们就被一阵冰冷冷的湖风吹得瑟瑟发抖。有水的地方，就比较有灵气，但也有湿气。所以就着湖风，比站在大马路上吹风冷多了。

太湖湿地公园在太湖岸边，由栈道相连，在栈道上走着，仿佛置身湖中那般。若坐上游船穿梭在冬季里的芦苇荡，我想更有意境。冬天的太湖呈现一派萧瑟的景象，湖岸边的树木高大耸立，树上的叶子几乎都已经凋零，但那树长得真的很好看，即便没了树叶。我不知道那树叫什么名字，感觉类似杉树，但又并不确定，或许，你去了就会知道吧。不管多美的风景，听人说终究只是想象，只有自己置身其中，才会感受到那种壮阔的美丽。栈道另外一边则是枯萎的芦苇，还有极少的稀稀疏疏的芦花，虽然都干枯了，但还屹立枝头，不屈不挠的样子。

我喜欢冬天的芦苇，萧瑟之美，仿佛我的故乡，不过我故乡的萧瑟缺少了水的柔情，只有高大的杨树直冲天际，寂寞的鸟巢迎风而立。江南的冬季即便是萧瑟也让人觉得温情，不知道是太湖水为江南披上了诗意的嫁衣，还是江南造就了太湖水的温情蜜意，总之在江南，冬季也令人欢喜。

我们沿着栈道一直往前走，我拿着相机，拍冬季里的芦苇，拍风中的太湖水；拍高耸的枯树，拍零落的水草植物。我喜欢植物的灵性，它们不惊不扰，在大自然的恩泽下顺应季节荣枯有序，所以在这个薄情的世界里，它们最深情。栈道很长，木质的栈道远远望去，和着两旁的芦苇和枯树，真的好似画家挥毫的一幅油画，说不出的静美。枯树下，是绿着的铜钱草，为萧条的冬季添了一抹生机盎然。以前我见到的铜钱草大都被当作盆景在室内养尊处优，此刻这样大片大片地铺展在我眼前，与大自然融合得那么完美，看得让人心里生出无限感动。铜钱一样大的小草，绿着，即便你只是为了来看浩渺的太湖水，它也不争夺，在自己的小小泥水中自生自长。

公园大部分都是浑然天成的存在，极少人工雕琢，水畔还有几艘破旧的木船，木船上杂乱无章地放着些物件，质朴、真实。天气慢慢阴沉下来，因临着湖水，更感觉到冷意。我扯着身上的大毛衣，试图多些温暖。站在栈道上望太湖水，流水湍湍，水中附着些许枯萎的睡莲叶，耐不住冬季的寒冷，睡莲叶已经和水波融为一体，不再如夏日那般青绿，反倒添了历经岁月过后的那种淡定。湖水还清澈，可以望见睡莲叶下的茎，我用相机记下了这里的美，相机里出现一张张素净的图画，这是冬季的太湖。

往回走的时候，近距离地看到了太湖水车。这个水车和甪直古镇的有些类似，我不太明白水车的作用，只记得去莲花岛的时候，有个江南民俗博物馆，里面说到江南的水车，是早些年的江南居民用来发电的。太湖这里的水车正好屹立在湖中，在清澈的湖水下，水车的倒影在水中浮动，这些水映成趣的美景，真真是让人留恋呢。以前看太湖的图片，水车都是标志性的出现，如今真真切切地站在它面前，就好像许多年的梦突然实现，那份来自内心深处的感动唯有经历过才深刻。

这样的风景当然少不了摄影，我愿意用拙笔和镜头把太湖深植心底，多年后，哪怕我离开了苏州，再无缘相识太湖，终究还有份念想。

我对太湖的钟情，还因我喜欢过的一个作家——白落梅。她的一句栖居太湖，心似兰草，就让我深深地沉迷。所以我跋山涉水，只想看一看这片苍茫的湖水，植下一段痴梦。

风渐渐住了，空气中还是冬日的寒气，我和霜儿也到了离开的时候。太湖，萧瑟的风景中，有一艘等待靠岸的船，若你看见，请不要惊讶她的执念，或许，多年后的心愿都会实现，待到时光都结上茧，坐下吧，聊聊那些故事里讲的永远。

江南雪夜

江南的雪，落在大寒的夜里，也落在太多人的梦里。二十四节气里大寒是最后的节气，也是一年中最冷的时候。大寒之日，天寒地冻，大雪纷飞，孩子们在雪中奔跑，花鸟虫鱼在冬日里沉寂，自然万物皆有自己的一套生存法则，但春秋冬夏的轮回却是都要经历的，就像人生的来来去去，来自尘埃，归于尘埃。

我已经很久没看到雪花。江南很少落雪，如果没有记错，近年来只有2008年的那场大雪吧，那时已经成了雪灾，为了生存南下工作的异乡客，被困在那年回家的路上。生活从来就不易，而我们都是迁徙的候鸟，春风吹来，继续背上行囊踏上梦的旅途。

在我还没有离开故乡的时候，以为世界就是头顶的那片天空，生活也不过是郑州北环堵车严重，小区楼下卖菜的阿姨今天多给了几棵葱。后来我坐着咣当咣当的火车离开了故乡，拥挤吵闹的火车站，形形色色的人，我猜不出他们来自哪里又将去往哪里，我猜不出他们没有表情的面容下，有着怎样火热的心，而这些人也和我一样，拥挤到某座城，为了梦想或者生活，交付短暂的年华。

我期待江南落雪，因为只有江南和雪花相遇才有着诗般的美丽。去年的腊八天，江南也下了雪，但那雪却是那样的温柔，仿佛害怕人间浊浪的女子，轻轻地落下，便了无踪迹。那天我站在阳台上赏雪，其实不过是给自己的诗意找个栖居地，身上的羽绒服裹得更紧，依然挡不住寒流侵袭，伸出手，想要和雪花打声招呼，还没来得及说句好久不见，雪花就化作指尖一缕寒意。后来我关了窗起身走进卧室。去年租住的房子没有空调，屋子里也冷，只有赶快缩进被窝，软软的棉被包裹着身体，希望冬天早些过去。

江南今年的雪似乎比去年大方多了，下班刷朋友圈，看很多人都在转载一篇苏州大雪的帖子，于是心里有了期待，这场雪，终于缓缓而至。回到家后去楼下寄快递，收快递的小姑娘说："今天该寄的赶紧寄，今晚苏州大雪，明天说不定快递就走不了了！"听得出她言语里满是欢喜，我笑了笑："是呢，这场雪应该会下大吧，听说苏州的小学都提前放假。"我把快递拿给小姑娘，用最真的情等待江南的雪。

吃过晚饭就看到朋友圈各种晒落雪的风情，最喜的是在苏州古城区拍的雪景，温馨的路灯下，雪簌簌飘落。苏州古城区的街道上就连路灯也那么诗情画意，何况到了夜晚，会让人忘记前世今生。雕花的路灯，木亭子公交站牌，还有街道两旁古老的梧桐，我想再没有一座城市可以像苏州这样古典。雪花就这样在大寒的夜晚飘飘洒洒，落在雕花路灯上，落在梧桐枝丫上，也落在了有情人的心上。

今夜的平江路是不是更有情调。斑驳的墙，古朴的桥，悠扬的音乐，水岸的垂柳，在今夜都是这场雪的陪衬。今夜的园林呢？没有了平日里游人的脚步，雪落在园子里的蜡梅上，蜡梅绽放冷香；雪落在假山亭子，可惊醒了千百年的旧梦；雪落在翘起的瓦檐上，添了层层白霜；雪落在历史的烟尘里，续写江南柔情。今夜的园林会不会寂寞，只有飘零的雪和曾经的故事相伴。如果此刻能有缘闲步庭院，听一朵雪花的心事，嗅一缕蜡梅冷香，想来定是风雅之事。

雪是梅的情人，梅是雪的知己，那么江南则是雪和梅的姻缘线。只有在江南，闲愁生出风雅；只有在江南，爱情凄美婉约。我看不懂昆曲，但我迷恋这样的腔调，如果在塞北荒原，定无法孕育这种具有万种风情的戏曲。古人懂生活，你看他们耗费金钱打造的庭院，春赏花，夏嬉水，秋悲叶，冬玩雪。坐在江南的庭院里，围炉煮雪，闲话家常，最好的生活莫过于此。

我没有再赏今夜的雪，这场雪或许依旧如昙花一现，但它带给人的感动却不曾离去。不问明日悲喜，在江南的雪夜里，闲言碎语把旧梦重提，我愿用手中的拙笔，把感动化作纸上的印记。

雪片片飘落，落在我的思念里

今夜，又是雪夜，江南2016年的第二场雪，这场雪仿佛精灵般悄悄地跳进你的眼帘，还来不及打声招呼，她就落在了你的眉间。

下班回到家里，一同租住的小姑娘过生日，于是在楼下聚餐。那时雪下得并不大，小雨点伴着小雪花簌簌落下，吃过饭回来的路上，雨住雪落，纯粹的雪花，大片大片，如果在我的故乡，这样大片的雪落在地上，肯定已经白茫茫。这里到底是江南，任是大片雪花在风中凌乱，地上还是没有积雪，只有停靠在路边的车子上积了层薄薄的白雪，没有人打扰，安安静静。当我们经过的时候，我想轻轻地擦拭车玻璃上的积雪，在风中继续飘着的雪落进我的脖子里，凉凉的，却充满了惊喜。

路灯下，雪纷飞，我租住的小区楼下路灯没有苏州古城区街道的雕花路灯那样古典，即便如此，站在楼下赏雪也同样很美。雪花在路灯下很唯美，让我想起学生时代看过的青春杂志，寒冷的冬天，女生手中捧着织好的红色围巾，小心翼翼地帮男孩儿围上，男孩儿眼神里，写满爱怜，我记得那本杂志封面上的这幅图画，我记得那幅图画也是这样的雪景，灯光昏暗，雪花纷纷扬扬。青春因为短暂而美好，总以为时光很长，岁月很慢，却原来长大不过在一瞬间。那些年的青涩和单纯，在日子里消磨殆尽，偷偷暗恋过的男孩子，早已长成了曾崇拜的模样，握在手中的只有几张泛黄的照片和几片零碎的记忆。

回到家里已经十点钟，我打开电脑，听窗外落雪的声音，写下时光美意。江南的冬冷起来比故乡还厉害，可能是湿气太重的缘故，把空调开到最大，屋子里除了空调发出的温暖和窗外雪落的声音，似乎很安静。窗帘紧紧地闭着，我很少拉开窗帘，即便是周末，也习惯打开灯和空调，拉上窗帘写文。那种不知窗外黑夜白天的日子特别有诱惑力，因为不知，所以心静。今夜有雪相伴，又多了几分诗情画意，我看不到窗外的雪花，却在心里画了一片白茫茫。

我的心里住着小村庄，村庄四季分明，春天有花开，夏日有溪流，秋季有霜叶，冬天有落雪。我在村庄里侍弄花草，冬天的寒流袭来，雪落了整座村庄，村庄一下子成了安徒生爷爷笔下的童话。冬天的月光分外明亮，竟不知是雪照亮了夜的黑，还是明月洒在雪上的微光。柴门外犬吠声传来，生锈的门环响起，你来了，我早已备好茶，围炉煮雪话家常吧，再繁复的明天也随它去，今夜只为你而翩然。

中学时代青涩纯净，记得2002年的那场雪，小镇的音像店里都在播放刀郎的歌。那年小镇上下了很大的雪，坐在最后一排的那个漂亮女生拿着随身听，循环播放刀郎的这首歌："2002年的第一场雪，比以往时候来得更晚一些……"我听着刀郎沧桑的声音，想象着歌词里写的故事。那年学校里举办元旦晚会，我穿着姐姐的雪白小棉袄，搬着凳子坐在学校礼堂，听台上隔壁班帅帅的代课老师唱《愚公移山》，想着成年人世界的精彩。礼堂外的雪下得很大，地上白茫茫，少年的心却并不觉得寒冷，只想快些长大，长大像代课老师那样站在讲台上。

雪夜的江南像一首婉转的诗，你看停泊在岸边的乌篷船，蓝印花布上撒了白雪花，安睡的小城，只有雪花落在湖面的声音，在这个冬天百转千回。住在苏州城内的人真幸福，可以看雪落在瓦檐上的倩影，可以听隔岸邻家姑娘唱着江南小调，可以打开那扇雕花的窗，邀请雪来屋子里做客。我想起小时候的时光，深夜大雪，压断了院子里的那棵枣树枝，枣树枝上栖居的老母鸡扑扑翅膀飞出大树，雪花四处飞溅，日子在雪花纷飞中悄然逝去，那些童年的欢乐再也回不去。

窗外的雪似乎更大了，站在窗边可以看到雪在风中的身影，片片片片，落在我的思念里。房东阿姨打来电话，关切地询问是否关了窗，我起身检查了所有的窗户，今夜有雪做伴，注定诗意浪漫。

冷清秋的季节，我爱上一座城

冷清秋的季节，我爱上一座城。

——锦官城。芙蓉城。成都。

我买好了来回的车票，预约一场远行，没那么任性，没那么洒脱。只是心里的渴望。听闻那里有古巷，有茶有桂花，还有老人和闲散。

小丢说：银杏叶快要变黄了，芙蓉桂花都开好了，我们等你来。这样动情的碎语，我看着心里欣喜。有人等着，有山石花木等着，有那么多美好等着，怎能不去呢？

这世上有太多深情，一朵花的低眉，一缕风的温柔，一个人的等待，让钢筋水泥的冰冷多了几分美好。少时读那句“晓看红湿处，花重锦官城”只觉得美。诗人妙笔生花，简单的文字碰撞出清丽的好，我想着诗人笔下的城应该有花影重叠吧。是在某个落日黄昏的午后吗？满城的花香在空气中流动，余晖把花的影重叠得满城都是，煮了茶的老人坐在古巷，在等少年时的那个梦吗，还是在等赴约而来的茶人？

盛夏的季节，小丢与我分享宽窄巷子的闲和慢，还有青城山的幽和静。我和小丢有过花宴的约定，这些年不喜纷扰的性情，使得深交的知己并不多，还好，总有那么几个陪伴在身边，不惊不扰。我在小丢发来的照片和视频中，听到山涧溪流的欢笑，鸟雀的快乐，看到宽窄巷子里这座城的悠然自得。

心生眷念的城市并不多。江南、成都、拉萨和大理。每座城市都有我思念的因缘。江南，是日日夜夜思念的梦里水乡；成都，是芙蓉、桂花和她的等待；拉萨，是高高佛床上的情事；大理，是家家有花户户有水的牵挂。二十几岁的时候，我希望可以活出仙人掌的模样，努力、坚定和不辜负，生命是自己的，没有谁可以永远护佑你，多年后，愿你我都有独自面对生命的勇气。

江南的雨送来秋的凉，我认真地计划着成都的约定。

旅行最大的意义是什么，不是看过多少风景，遇见多少有趣的人和事，而是在途中回归本真的自己。我最喜欢的是在路上看着风景慢慢倒退的时光，坐火车旅行，不仅仅是艺术，更是寻找自我的过程。遇见山川，遇见林荫，遇见麦田，车窗外由清晨的微光缓缓滑到日落夜黑，那种莫名的情愫，会像小蛇那样击中人的内心，让坚硬的灵魂变得柔软、动容。

每座山都是不同的，每片土地都是不同的，尽管我无法叫出它们的名字，亦无法相守相伴，但我路过它们的时候，就是这场缘分的开始。

桂花洒满城的时候，路过你的美
云朵是不是还那样软
天空是不是还那样蓝
温一壶桂花酒，斟一杯桂花茶

是不是还有人痴痴守在那里
那就抓一把桂花香
把城市的秋装进大大的口袋
——收集，这一季的浪漫

成都，一座来了就不想走的城市

成都是一座来了就不想走的城市，回来后她这样形容。

旅行，照见内心的自己

少年时，读到这样的句子：坐火车去旅行的是艺术的。望不到边的铁轨仿佛遥远的梦想，坐上火车，梦就在不远处。

手边是安妮宝贝的新书，从宿命、流浪到禅学、日常，这是个成长的过程。她遇见安妮宝贝的时候，已经是庆山的阶段，但她还是去读了安妮还是安妮时候的作品，好像那是她搁浅的青春，迟到的爱情。

遇见早与晚，其实并不重要，在某个阶段，我们都会遇见属于这个阶段的故事，然后再去不断寻找遗落的空白。小说中的女子凌冽、决绝、任性、自我，她永远都做不了那样的女子，但她深深地迷恋着。好像每个人都有两面性，乖巧懂事和自我决绝。她从小就被冠以乖巧懂事的标签，好像，那就是她既定的生活，即便偶尔激起的涟漪，都在早就写定的轨迹里。

火车轰隆隆地向前行驶，车厢里各种声音混杂着，她买的无座票，找餐厅坐下。盘腿，摊开书，有光斑明明灭灭地投射到铅字上。她临窗而坐，一会儿低头看书，一会儿抬头看窗外的风景。

小说之后是作者写的日常。小女儿的成长，日常生活中的喜乐，都在铅字间流动。无论是写作者还是阅读者都是幸福的，写作者用动情的语言描绘心中所想，阅读者通过几行铅字窥探到写作者的生活、感悟和心情，这是一场电影默片。

火车行驶的声音太大，她感到有些短暂的耳鸣。经过山川、隧道。绵绵的山，仿佛无绝期的故事，一座连着一座，村庄在山坳中，城市在山坳中，朴素的光阴也在山坳中。有时候火车经过隧道，漫长的黑暗，看不到外面的风景，蓦地，有一束阳光洒下来，眼前一片亮，然后又进入无尽的黑暗。

西北的山崖陡峭，四周都是山，人和火车置身在山中。傍晚的山间雾气重，盈盈的，偶尔还会有湍湍急流滑过。如果可以在这里有一座小院，日出而作日落而息，人生百年就能写就无悔二字吧。她想。

坐火车旅行的艺术，应该是沿途无尽的风景。她更愿意带着喜欢的书坐火车，风景与书中的故事让她觉得心安。她临时作了个决定，抵达目的地之后，将手中的书送给那里的有缘人。坐在对面的年轻情侣在看电视，旁边的小女孩儿困得睡着了，女孩儿身边的妈妈为她盖上围巾，车厢里有陌生人走动。

十点多钟，她抵达目的地。背起包，她随着陌生的人群走下车。她和闺蜜早已订好酒店，乘地铁，到酒店洗漱休息。长途跋涉之后沉沉睡去。

洛带古镇，风情如你

小镇是种在她心中的一株莲花，不分季节地开着。曾有人对她讲：毕业后带她去江南小镇。后来她真的去看了心心念念的江南小镇，却是一个人。如今，她把自己照顾成一株小小仙人掌。无论到哪里，都要去看小镇风景。

洛带，是一座客家风情的古镇。享有“中国西部客家第一镇”之称。这里没有小桥流水烟柳画舫，更没有白墙黛瓦软绵吴语。但这里的厚重和大气让她折服。

成都人讲四川话，听起来活泼明亮。这让她有种回家的亲切感。讲方言的城市，人情味更浓。在她生活了二十多年的故乡，亦讲方言，人与人之间尽管有无法抹掉的小市民习气，但温情满满。

在古镇主街上闲逛，因为是假期，游人很多。两边是琳琅满目的小店，吃的、玩的、特色纪念品，看得人眼花缭乱。洛带古镇百分之九十居住的是客家人，古镇内分布着“四大会馆”和客家博物院等。广东会馆里展示着当年客家人的生活习俗。客家人原本是居住在中原一带的汉民族，后来因历史变迁等各种原因，迁徙到各地，这是她在会馆内看到的字样。她是中原姑娘，因为心中的江南梦远离故乡，在苏城追梦。客家人的大迁徙让她心中生出悲悯的情感。

她们运气足够好，遇见客家古镇内的成都美食旅游节。美食香扑鼻而来，表演声阵阵欢乐。她和闺蜜走在欢乐的人潮中，感受着这份喜悦。

看过了太多的江南小镇，面对这座古朴厚重的客家古镇，少了纤巧，更多的是震撼。恍惚间以为回到明清时期的集市，灰的墙，坚实的砖瓦，高高挂起的灯笼，热闹的人群。伤心凉粉是洛带的特色美食，据说因为“吃的人都会被辣得流下眼泪”而得名。店家用四川话招呼着客人，她吃着川味风的美食，感受这座小镇的烟火生活。

挂历博物馆内展示着各种不同年代不同风情的挂历，让人的思想跟着挂历的图画游走，回到民国，回到九十年代，回到书画家的世界里。收藏这些挂历的收藏家是河南收藏人宋广福先生，历时四十年的收藏，这份情怀，让人敬仰。挂历博物馆后门出去是小镇的居民区，生活味更浓。她说：这里好像在故乡的时候呢。闺蜜笑：对呀，木门、草木、颓败的小路。

时间最是情深，她走过一座座小镇，用镜头和拙笔记下心中的风景。无论是婉约的水乡，还是这样的文化洛带，在她的心中，都是美的。诗与画，已无须再向过去分享，风月往事，都留给风月去饮。

诗人笔下的锦官城

对成都这座城的喜欢，起先是读了诗人笔下的“晓看红湿处，花重锦官城”。那时候她想：这到底是怎样的城市，花影重叠吗？当你的心中有所向往的时候，脚步总有一天也会抵达。

她终于来到这座开满芙蓉花的城市，来看大诗人杜甫居住过的地方。

浣花溪畔，茅草小屋，唐代诗人杜甫流寓成都时，就在这里居住了将近四年。历史变迁，当年的诗情画意早已不再，留下的仅是几座茅屋和文学史上的几笔挥毫泼墨。茅屋里游人很多，她站在屋外，望着屋内熙熙攘攘的人影，不忍再踏近半步，怕惊扰了大诗人的诗意。

写诗本是悠然自得的事情，所以即便是茅草小屋，亦充满情怀，可如今的拍照声、熙攘声挤满小屋，不过是为了发圈到此一游。知音难觅，自古琴棋书画都只示与有情人，唐朝的天下已经陨落，诗坛圣人亦随着大唐的山水搁浅，来过的人那么多，懂得诗人情怀的寥寥无几。若诗人还在，应该会无助地闭门谢客吧，既不是知音，何必惊扰往事。

草堂内除却几间挤满了人的茅草屋，还有丛林、大树和流水。午后的阳光穿透树叶落在地面，斑驳的光影忽明忽暗。她蹲在地上拍光影下的叶，经脉纹路清晰，生命的迹象在叶脉间流露。偶觅得一座小亭，坐下来歇歇脚，看亭下流水，听林中鸟语，被熙攘人群扰乱的心蓦然平静起来。

秋天，花木已经进入凋零的状态，看到的是葱郁的黄绿。杜甫诗中写：花径不曾缘客扫，蓬门今始为君开。她走过花径，桃红柳绿已不复存在，取而代之的是秋色连波，红墙小径。若是在当年，想必花径两旁应该有葱葱郁郁的花木，春夏秋冬，四季轮回，花开花谢，大诗人在花香中抒发诗意，写下锦绣诗句。

浣花溪畔浣花溪。她不由得想起诗人的描绘：两个黄鹂鸣翠柳，一行白鹭上青天，窗含西岭千秋雪，门泊东吴万里船。这是描绘溪畔风光的诗句，唐代时浣花溪水深，溪水畔鸟语林绿，风景旖旎。她望着今日的溪水，尽管未看到诗中的风景，但只要心存风景，何须在意眼前呢。

她寻着诗人的足迹，来到成都。路过竹林，路过荷塘，路过幽深蜿蜒的小径。在时光中怀念大唐的山山水水，诗人的家国情怀。

锦里，繁华如梦

锦里之于锦官城，大抵就如枫桥之于姑苏城吧。她这样想着，走向繁华热闹的锦里古街。

落日的余晖洒落在高高的建筑上，灰的砖瓦，红的灯笼，流动的人群，这是傍晚时分的锦里。她和闺蜜挤在人群中，紧紧挽着彼此，生怕不小心走丢在熙攘的街市。

书中说：这是历史上西蜀最古老的街道，早在秦汉、三国时期就已经闻名全国，被称作成都版“清明上河图”。走在街区，恍惚间有回到蜀国的感觉。“清明上河图”原是描绘宋都汴京的胜景，而此刻的锦里就犹如图中描绘的繁华、多彩，尽管这不是大宋王朝，更不是烟火汴京。

客栈、酒吧、茶楼、工艺品、戏台……任何一个地方的风情都能让人沉迷。何况还是在夜幕即将降临的时刻。

莲花府邸酒吧在锦里入口处不远，这里走出过很多快男超女。闺蜜挚爱的歌手张杰，曾在这里驻唱。这是后来她听闺蜜讲的。她看得出闺蜜说起张杰时候眼睛里有一束快乐的光。她有些怀念，曾经她也喜欢过一位演员，只要是他演的电视剧，唱的歌，她都不厌其烦地去看去听，家里珍藏着他的海报，努力向前，只因为他太优秀。原来喜欢一个人是那样的美好，这喜欢不是爱情，但比爱情更长久，在最无助的时候，是那样一个不是爱情的人给予她力量和希望。

锦里洋溢着成都市井的喧嚣和随意，夜幕降临，挂在高高瓦檐上的灯笼亮起。多像某个朝代的花灯街市，她自言自语道。饿了，停下来就是各种民间特色小吃，还有众多老成都手艺人忙碌的身影，吹糖画、捏面人，等等，烟火着，生活着。

不知道走过多少条街区，她来到华小夏汉元素服装店，这是重回汉唐旗下的品牌。华夏衣裳，民族情怀，她心生敬畏之情。在迷离的夜色下，火红的灯笼和写着蜀字的大旗在风中飘扬。如歌里唱的那样：

终于再见我汉家衣裳
她重现在这片土地上
她散发出蒙尘已久的光芒
照亮我喜悦的心房
终于穿上我汉家衣裳
再也止不住热泪盈眶
祖先的血液在心中流淌
告诉我你的名字是炎黄

她望着这家汉元素服装店，看着身着汉服的姑娘，月光清凉，落在蜀国大地，街市灯火辉煌，游人来来往往，汉家衣裳在橱窗里被无数人以为是古装，几千年的中华文化，竟被时光遗忘。

夜越来越浓，灯笼也累了倦了吧，幽幽的光芒穿过小巷，在如水的十月里寂静欢喜。她不想走了，找家清吧坐下，和闺蜜一人要了一杯咖啡。清吧里歌手唱着舒缓的老歌，一首接一首，每一首都唱得人心里生出无限惆怅，好像这样的夜晚，就该允许这样的惆怅。爱过的，恨过的，离开的，拥有的，不用纠结，释怀就好。

男歌手的声线很好听，当他唱起“为你我用了半年的积蓄，漂洋过海来看你”的时候，她的心随之微微颤抖。闺蜜说：我听到这首歌特别想哭。她知道，闺蜜说的是她喜欢的歌手，虽不曾漂洋过海，但也跋山涉水，来到他生活过的城市，走过他走过的路。她曾在一档音乐电台里听到过这首歌曲创作背后的故事，那个叫娃娃的台湾女歌手与北京舞蹈老师漂洋过海的恋情，而光阴，让这段搁浅多年的情渐渐风干，成为不再娇艳的玫瑰。

坐了好久好久，街市的热闹渐渐退去，歌声谢幕，她拉着闺蜜的手走出清吧。回家吧，再远的路都要有归途，再深的记忆都无法重来。夜色锦里，蜀地风情，汉韵史情，锦绣华年。愿你归来时，仍旧是少年。

那一束清凉的光

她是在清晨来到大熊猫基地的。八点多钟的太阳很温柔，穿过葱葱郁郁的竹林，斜射在潮湿的竹林大道上。她贪婪地望着这一束阳光，沐浴在清风林间。面对自然风景，心生宁静，都市里再多纷扰，都抵不过这一抹清新的空气。

这里的熊猫都有个好听的名字，九点多钟，熊猫们开始进食，它们摇晃着笨笨软软的身体走在林间，津津有味地吃着竹笋。每个人都有童心，只是在钢筋水泥的城市里奔波，让我们慢慢地隐藏起那颗童心，带着仅有的保护色安然度世。可爱的熊猫们带着游人找回童真，找回爱和希望。

竹林间的气温比外面低好几度，湿度也很大，仿佛刚下过雨的清晨。她和闺蜜走在竹林间，清新的环境洗掉生活里的浊气，遇见的每片叶子、每束阳光都写满温情。

走了好久，太阳光从温柔慢慢变成炙热，朦胧的光晕渐渐消失，留下一地碎碎的斑驳竹影。游人渐渐多了起来，景区开始热闹。她寻着指示牌来到天鹅湖畔。天鹅湖并不大，湖两边是葱葱郁郁的绿，湖中有几只黑色的天鹅悠然自得地游来游去，岸边有小孩子嬉笑着，几丛小花认真地开着。接近正午的阳光洒落在湖面，波光涟漪，她来天鹅湖是想看白天鹅的，但未能如愿。

山中有林，林间有湖，湖畔有花，这便是最好的生活。遇见过，离别过，就会有更好的相逢。她默默地对呆萌的大熊猫说声再见，回首时，童真依旧。

宽窄巷子，小日常

无数次在朋友那里听到宽窄巷子。来成都之前，她亦在心中描绘过心中的巷子。桂花香，树影，老人和猫咪，古老的街巷。

尽管她来的时候正是旅游季节，游客熙熙攘攘，但她还是迷上了这里的仿古四合院。古老的街巷，青砖黛瓦，攀爬在砖瓦上的老藤，特色商铺、茶馆，生活气息扑面而来。

宽窄巷子由宽巷子、窄巷子和井巷子组成，曾经这里叫作胡同，宽巷子叫兴仁胡同，窄巷子叫太平胡同，井巷子叫如意胡同。经过朝代更替，胡同渐渐消失在人们的记忆里，取而代之的是不同的小巷。有巷子或者胡同的城市，总有些古朴的味道，从遥远的故事中踱步而来。她爱这种古朴的味道，这味道让她有尘埃落定的心安。

城市的灵魂，在这些小巷，在这些市井。她穿过人群，走过小巷，看到卖特产的，气质古拙的茶馆，掏耳朵的手艺人，活雕塑摄影，还有写着私人住宅字样的大院儿。想起在苏州的那些日子，她喜欢带着相机去古城老街的小巷，那里有最市井的日常，有让人迷恋的气息。后来她在网上贩卖些手绘的礼物，取名江南古巷。这一生，我们与某个事物的结缘，总是在不经意间。她与古巷，在某个刹那相逢，交付寻常日子。

有这样一句话：宽巷子是一个有着古老脸庞的怀旧地带，窄巷子是小资最爱的情调延长线，井巷子是老成都的生活方式。

感受成都的闲和慢，走走宽窄巷子，找家老旧的茶馆或者咖啡馆，看树影投落在灰砖墙上的影影绰绰，店家的白色猫咪依偎在身旁，听老成都人用明丽的方言唠着家常，闲散地度过整个下午，绵延的光阴亦有了诗意的轮廓。

川大，回到青春

无论去哪座城市，大学都是不容错过的风景。她去的时候，正赶上川大 120 年校庆，古色古香的大门前写着 120 年校庆的字样，浓厚的文化氛围，是川大传递给她的气息。他给她拍照。她说：把我拍得高些哦。于是，有了这张看起来很高的游客照。三三两两的学生从身边经过，仿佛回到二十岁。年轻的脸庞，灿烂的笑容，连空气中都是青春的旋律。

从川大正门进去，有两片很大的荷塘。十月的荷塘只留下略带沧桑的叶，干枯的莲蓬在叶间兀自清凉。他们沿着校园小路往前走，草坪，教学楼，古老的建筑。这座大学是全开放式的，傍晚时分，有住在附近的居民来校园里散步，阳光很好，他们坐在操场的看台上，看红色跑道上奔跑的路人，聊各自的生活。

从川大望江校区的另外一个门出去，有很多小店。她想起自己的大学生活，仰起的脸上写满骄傲，未来许得无限大，不懂生活的酸甜苦辣，蓦然回首就走到毕业，才惊觉未来是那么遥远，梦醒后生活还是要自己埋单。

他带她们去吃正宗的四川火锅。成都火锅的辣，是从锅里看出来的，入口回味无穷。他们等了好久，终于在大宅门吃上火锅，然而在火锅店的门外，还有很多人等着。成都人好像天生喜欢晚上的生活，叫上几个朋友，撸串、吃火锅，能嗨到很晚。这和她的故乡有些像，华灯初上，在夜晚和灯光的保护色下，你是你，你又不是你，幻觉与现实此刻已不那么重要，开心就好。

到大宅门酥肉和红糖冰粉儿是必点的，吃完火锅吃点冰粉儿，辛辣的味道在甜甜的冰粉儿里融化。从小就喜欢吃辣的她在成都快乐得不行，尽管她喜欢苏州的温柔，但口味还是无法适应甜糯。每次几个人围着吃火锅的时候，她都很幸福。火上有锅，锅里咕噜咕噜煮着食材，特别是冬天，热辣的氛围让人忘记门外的寒气，喜悦、幸福、满足，实实在在生活里的好，都煮在火锅里。

夜深，他们走出火锅店，马路上依旧灯火辉煌，成都人的夜生活还在继续。这座烟火着的小城，让她心生欢喜。日子不就像火锅吗，红红火火，今朝有酒今朝醉，任外面的世界多么精彩，只要心放好，就是最好的生活。

遇见，一生珍惜

三圣乡是她在最后一天去的地方，那天，她见到小丢。

认识小丢之前，她对成都并没有太多的思念。那年她刚大学毕业，在网上贩卖些手绘的小礼物，子期在她的古巷定制手绘莲花钱包送给小丢，她与小丢结缘。很多遇见都是刚刚好，这个喜欢莲荷、七里香和薄荷的姑娘，成了她的知己，成都这座城，亦有了她的期盼。

芙蓉花开的时候，小丢拍了照片给她，说这是成都的芙蓉花，这里又叫芙蓉城；桂花开的时候，小丢在电话里说，夜夜闻着桂花香入睡真好；小丢给予她太多对成都的渴望。

她说：等我们相遇，无论在江南还是在天府之国。

于是，她来了，遇见她的小丢丢。

相见。拥抱。欢喜。竟像是阔别多年的老友重逢。是的。她们相识那么多年了呀。

三圣乡蛮远的。是个主题湿地公园。深秋季节，草木有些萧条，但依然挡不住它的美。她喜欢这样的自然风景，在高楼林立的都市外，有这么一片草木葱郁溪流欢畅的地方，呼吸都会变得轻盈。就这样她们在公园里漫无目的地走着，有芙蓉花含苞待放。小丢说：亲爱的，这就是芙蓉花，等到芙蓉花开的时候，大片大片，好漂亮的，只是这里的花期有些晚，都是花骨朵呢。原来这就是芙蓉花。她抬头望着朵朵花苞。心中期待花开的风景。

若是夏季来，这里还有满塘的莲花，可撑一只小舟误入藕花深处；若寒冬寻来，则可往梅林大道探访一朵梅花的暗香浮动；若春日好风光相遇，这里又会是葱葱郁郁的田园趣味。这个时候，随处可见的菊向每个路过的人讲述一段秋事，清幽如晚风拂面。

从三圣乡回来，她们去喝茶。穿过好大一片竹林，走进竹林深处的茶庄。她不懂茶，但她喜欢这样的时刻，日子里的小欢喜，都在茶汤里，她们细细碎碎地说着生活，不紧不慢。

坐了很久的车才回到市区，几个人去吃冷锅串串。成都的美食太多，怎是几天就能吃遍的呢。几根竹签穿起来各种菜蔬、肉类，小小芝麻浮在上面，看起来就辣得让人直流口水。她知道，他们吃的并不仅仅是几串菜蔬，还有那种豪迈的情怀，热闹、喜庆、烟火日子里的好，接地气的幸福。

成都人喜欢在旮旯里寻找美食，据说，很多装修豪华的地方，反倒食客没那么多。她心中的成都亦是这个样子的，不拘小节，有着民间的味道。民间的味道最难得，这能让人心生踏实，就像爱情，亦需要民间的味道，要一粥一饭的稳妥，要能抓得到看得见的实实在在的日子，细水长流，把风景看透。

旮旯里的小饭馆她记不住名字，再相逢成都的时候，她也未必能找到。旅途的记忆，留在心里就好，记得记不得都不再重要。

小丢的家距离市区比较远，天渐渐暗下来，她送走小丢，和另外的朋友去春熙路和太古里。

没去之前她以为春熙路类似苏州的观前街，到了之后却让她有种回到郑州二七步行街的感觉。有些情感真的蛮奇妙，在成都的好多天，她都觉得似曾相识，马路、街灯、生活，处处都有郑州的影子。她不知道这是不是对故乡的思念。

后来到太古里，尽管看起来都是人为修的古建筑，但到底有些韵味。她喜欢方所书店的古朴气息，生活美学、书籍、咖啡，等等，类似苏州的诚品书店，相比诚品又多了几分静谧。如果选个悠闲的下午，坐在这里喝杯咖啡，翻一本闲书，倒是蛮惬意的事情。但对于她来说，遇见匆匆，只留下几笔回忆。

夜已深，她与成都说再见，这些天看过的风景，遇见的人，是这座天府之国留给她的芙蓉花事，镌刻在她的记忆深处，丰盈薄薄的人生。

都江堰，山水小城的诗意

山清水秀，绿意茵茵，这是她对都江堰的印象。

她并没有多么想去都江堰，因为她的记忆还停留在水利工程的都江堰，只是一项工程而已，无法提起她的兴趣。直到车子驶出成都，缓缓地驶向这座山水环绕的城市，她才惊叹：生活在这里，枕着山山水水真好。

古老与现代的交错，山绵绵，水滔滔。天气温和，炙热的太阳躲到云层里。车子停在都江堰古街入口，她随着游客下车，抬眼就望见远处绵延的群山，在雾气中若隐若现。导游带大家从老街走过，来到都江堰景区门口。经过南桥的时候，迎面扑来重重凉意，桥两边水流得湍急。有山水的地方气温总比外面低，而且清新。

南桥上游人真多，熙熙攘攘。景区门前有表演节目的，锣鼓声震耳，欢喜极了。她们在同城上购买的都江堰自由行套餐，导游把游客带到都江堰景区后，就会离开，想怎么玩随你自己喜欢。这样的玩法其实蛮好的，来到陌生的城市，又不喜欢跟着旅行团听小导游的絮絮叨叨，就选择当地参团自由行吧。套餐包括来回大巴和景区门票，方便实惠，到了景区自行取票就行。

进入景区，山下是修建的公园。青青翠翠，尽管是秋季，这里依旧让人感到生机盎然。流水、绿植、假山，等等，看起来和外面的公园没太大区别，但那种清澈却是外面的公园所没有的。走着走着下起了小雨，她向阿姨买了把雨伞，撑着伞随性往前走，寻觅伟大的水利工程。

回到公元前256年，那个叫李冰的蜀郡太守，用智慧在大山中修建了这座水利工程。秦始皇统一中国的时候，认识到巴蜀的重要地位，曾有“得蜀则得楚，楚亡则天下并矣”的说法。作为蜀郡太守，李冰下决心根治岷江水患，造福成都平原，为秦始皇统一六国奠定了经济基础。历史的烟尘淹没了太多故事，唯独这项伟大的水利工程世世代代灌溉着这里的生活，造福人民。

经过宝瓶口、飞沙堰、鱼嘴，江水像撒开了野的小孩，向前冲，夹岸的山青青葱葱，注视着滔滔激流，历史都走远了，山和水仍旧不离不弃，日日夜夜相伴。突然遇到阻挡，立马翻身，转变流转的方向，始终都在往前奔，不管不顾，谁知道流向哪里，反正就是不停歇。如果爱情也可以这样勇往直前，就算在他面前重重碰壁，亦不回头，多好，低到尘埃里，还要在尘埃里开出花。

走到夫妻桥的时候，游人越来越多，排了好长好长的队伍。她不知道为何那么多人都要走走夫妻桥，是因为爱情吗？但夫妻桥真的有一个关于爱情的故事，无论历史怎样更替，故事始终像桥下的滔滔江水，在后人的日常生活中长流不息。不过她不喜这样的拥挤，绕开长长的队伍继续向前走。

鱼嘴形似大鱼的嘴巴，将汹涌的江水分为内江和外江，分向两边流淌，外江用来排洪，内江则用来灌溉。站在鱼嘴分水岭，低眉望见湍急的江水发了怒似的流向望不到边的远方，她思绪纷飞。山水，是治愈情绪的良药。无声的自然万物，胜过伪装的万语千言。

从鱼嘴往回走，出了景区，她在老街上闲逛，准备买些礼品。古街热闹、风情，建筑古朴，工艺品价格亲民。著名文化学者余秋雨曾留墨宝：拜水都江堰，问道青城山。返回成都的途中，她路过青城山脚下。建议两个地方都想去的朋友，安排两天行程。因为都江堰足够闲情碎步地行走一天。

风景在身后倒退，成为瞳孔里一个模糊的缩影，山水小城，期待有天再相逢，别来无恙可好。

一生痴绝处，无梦到徽州

宏村，择一村终老

如果有一天我离开城市，择一村终老，遇一人白首，那在宏村就好。

车子飞快地驶在盘山公路上，车窗外山峦起伏，一座连着一座，迎面而来的风，散发着山里独有的清香气息。汤显祖那一句“一生痴绝处，无梦到徽州”诵唱六百多年。今日，我追着他的痴梦，寻觅徽州。

十二月的宏村游人不多。可能是天气冷的原因，写生的学生散了去，只有闲散的摄影爱好者拿着相机在南湖边拍古村落。

三四点钟的太阳温柔地洒落在湖面，连呼吸都变得清澈。南湖中间有一堤，夹岸古树石阶，因是冬季，那些老树只剩下干巴巴的枝干，越显寂寥悠远。总觉得，冬天里的树有深深禅意，经历早春的鹅黄，盛夏的葱郁，金秋的灿烂，那些大把大把的经历，仿佛都是为冬天做准备的，叶落归根，再无颜色，枯瘦的鸟巢在树枝上，竟让人生出悲悯之心。我喜欢看冬天的树，若临水而立，则更有几分悠然自得。

看到湖中有散落的几株残荷，我想，若是夏季，这里想必会有一番夏荷盛宴吧。那如果是春天呢，柳丝吐绿，青藤盘绕，鸟雀鸣唱。湖对岸是典型的徽派建筑，那在我梦里出现过无数次的场景，就这样真实地呈现在眼前。曾几何时，那质朴简约的白墙黛瓦入梦缠绵；曾几何时，那徽州女人的坚贞和良善让人震撼；曾几何时，那高高的马头墙落下多少故事；曾几何时，徽州，轻轻吐出便唇齿留香。

遗落了太多前尘旧事的老民居，在南湖中落下梳妆的倩影，清幽、雅静、明丽，太阳缓缓落下，游人在湖堤上来来去去，带来一身尘埃，带走一片清梦。

很多人倚着湖堤拍照，我和闺蜜走过湖堤，去我们早已订好的客栈。这个伴我走过美好青春的姑娘，再见依然如故。那些青涩的往事，在见面的刹那化作无言的深情。岛上书店的招牌上这样写道：没有人是一座孤岛。所以我们童年时被亲情温暖着，少年时因友情和爱情让生活充满快乐。

客栈是在美团上直接订好的，但我们还是走错了路，最后打电话让客栈老板来接，才算安顿好。客栈在景区入口右拐不远的小巷子里，环境幽静。它有个很好听的名字叫栖木居。这三个字组合读起来真美。诗意栖息的栖，木字本身就带着古朴的魅力，居，更好听。德国诗人荷尔德林说过，人应当诗意地栖居。当栖木居这三个字组合，竟有人应当诗意地栖居的美意。管它外面兵戈铁马，有远山清风做伴，有流水落日相拥，够诗意的栖居了吧。追寻一生浮华虚名，到头来怀念的，还是那一寸寸与自然为邻的光阴呀。

客栈古色古香，大概是老房子吧，客房都是木质结构，赤脚走在房间里，都能听到木头咯吱咯吱发出的响声，似乎是从久远的徽州梦里传来，让人忘记时光还在流转。

走出客栈，我们准备去老街上走走，找些吃的。臭鳜鱼是徽州菜的代表之一，到宏村的第一顿饭，便点了它。听说臭鳜鱼闻起来臭吃起来香，但我们当时已经蛮饿的，谁还去闻它臭不臭呢，反正肉质醇厚，挺好吃的。而且刺和肉很容易分开，对于我这种不太会吃鱼的人来讲还蛮方便的。

冬天的夜来得比较早，走在老街上，感觉有些凉。宏村的夜很安静，它仿佛从不为迎合游人，自顾自地日出而作日落而息。走在那些幽深的小巷，昏黄的灯光照亮跨年夜的凉，老墙上爬山虎守护着这片片砖墙瓦楞，思念故乡的心，在这样的夜色里蔓延。朋友问我宏村如何，我答，适合隐居。

民谣小店内放着原创民谣，歌声清幽得犹如在心湖投下一颗石子，激起层层涟漪。手工艺小店没有熙熙攘攘的游人，冷清得让你误以为小店只是一人的诗意栖居梦。我倒是喜欢这样的宏村，它本来就该是这般模样。八百多年了呀，那个让人迷恋的南宋时代。是为躲避战乱吗？还是爱上了这片山水？反正有位汪姓男子携家眷在此晴耕雨读，子孙绵延。

晚上的月沼恍若幽深梦境。四周老房子上挂的灯笼亮起，微弱昏黄的灯光，映在湖中。正对着月沼的是汪氏宗祠，是夜，宗祠显得庄重神秘。在旧时，宗祠是供奉祖先和祭祀的场所，有着不可言说的神秘与威严。那些家族中的掌家人，一丝不苟地坐在宗祠中央，讨论家族大事。很多相爱却门不当户不对的女人到死都无法进入心爱男子家的宗祠，抱憾终身。宗祠文化，记录着家族的辉煌和传统，这样的圣殿亦不知埋下了多少不为人知的血泪史。

回到客栈已经夜深，我和闺蜜躺在床上说着这些年的过往，好似二十岁那年，青春还那样饱满，我们还那样年少，两个人挤在宿舍的单人床上，你爱谈天我爱笑。时光真是个恼人的东西，转眼间我们都长成了大人的模样，你找到了自己的幸福，未来安稳，我还追着那个遥不可及的梦，不知疲倦，但未来不管发生什么事情，我们都坚信，艺术就是生活。

微信上有朋友发来新年祝福，朋友圈各种跨年的狂欢声。噼里啪啦，不知谁点起了新年的烟火，在宏村的夜空，清凉如许，复又归于安静。木质房间不隔音，隔壁在看跨年晚会。小村的日子，日复一日，平常又真实，静谧又稳妥。

新年快乐。新年快乐。不要在意新年该怎么过。

晚安。好梦。

水墨画里的栖居梦

睡到自然醒，清晨的宏村很安静，我下楼去买早餐。

远处的山峦看起来更加清新，有生煤炉的宏村女人，有端着老瓷碗站在门前吃早饭的男人，恍惚间我以为光阴流转，回到了十几年前的故乡。

卖早餐的是一对小夫妻，女人娴熟地帮客人拿好包子豆浆，男人在旁边为客人盛馄饨米粥，他们的脸上洋溢着喜悦的笑容，有小村男人和女人的淳朴。掀开包子笼，一股热气迎面扑来，日子，就是这样的一粥一饭，哪有什么轰轰烈烈，稳妥，才是最真的幸福。

我买了些包子和豆浆给他们带回去。走在回去的路上，内心始终是安静的。

我知道，这是我的小村情结，是我的山水田园情结。

洗漱。吃饭。带上相机继续与小村对话。几百年的光阴流转，此时，我是那寻旧梦的姑娘吗？

村口的老树是真老，几个人合抱都抱不过来。老树皮皱皱巴巴地附着在老树上，像个沧桑朴拙的老人，稳妥地守着小村，无喜无悲。有的树干不知经过多少岁月侵蚀，都断了呢，跌落在南湖中。这些老树有多少年了呢？恐怕只有远处斑驳的老屋知道。

很多时候，只是想做个安安静静的小村姑娘，在晨光中阅读，在暮色里听村头的老人说说先辈的故事，天气好的时候，提着竹篮去后山采几把野菊，做菊花枕，泡菊花茶；遇上雨雪天气，就坐在堂屋听雨从天井落下的声音，拿来洗净的瓷瓶，灌上几把雪花，来年煮茶。外面的光阴怎样流转，你不管，你不问，你只是那个小村姑娘。

跟着导游走进清末盐商汪定贵的承志堂，听导游讲解承志堂的秘密。在商人的眼中，天井好似聚宝盆，天上下雨便是下金子，下雪则是下银子，所以承志堂有大小天井九个，雕花依旧，故人已逝，留下的，是后人津津乐道的故事。

在这种建筑中，二楼为小姐的闺房。据说当时的小姐选夫婿，就会站在二楼闺房观望坐在楼下的少爷，因为从楼上看，可以很清楚地看到少爷的面貌体态，但少爷坐在下面往上看，则是雾里看花，看不清楚小姐的容貌。古人建造房屋，真是用尽智慧，旧时的爱情，亦是这般动人。

离开承志堂，我们去往树人堂。同样是古宅，但气息却是不同的。树人堂原主人是做官的，其名字取百业须精儿女当教的意思。为弘扬徽州文化，树人堂房主汪升九十五代孙汪森强把这里打造成私人收藏馆，并著书立传，讲述老徽州的生活、建筑以及树人堂的历史习俗。堂前梁上还结着燕窝，春天，小燕子还会飞回来吗？对这位守宅老人，心里不免多了几分敬意。这是他的家，是他的根，是几百年来的守候。

在宏村的小街上走着，总能看到徽派民居下的水街，当地人称为水圳。朋友微信上对我说。如果你在宏村迷路了，不要着急，沿着有流水的小沟走总能走出来的。她说的水沟就是水圳。宏村距今有多少岁，这些水圳大致就有多少年。从前的宏村人利用地势落差，把一泓清泉引入村子里，水圳可以通向每家每户，宏村人在这里洗衣、洗菜，而村子因有水环绕，有了灵动之美。

我们沿着水圳走，沿途看到有女人浣纱洗菜，有老人坐在老屋下闲话家常，偶有孩童嬉戏。那穿着粉色小棉衣的小村姑娘，不知手中提着什么，走向小巷深处，远方有位妇人对着她笑，我想，那大概就是小姑娘的妈妈吧。

回到客栈已经中午，客栈老板养的小猫咪慵懒地晒着太阳，老宅依旧散发着古老悠远的气息。订好下午去黄山的票，我们与老板告别。宏村，这个冬季与你邂逅。如果有一天重逢，那我就不走了，可以吗？

山上风景妙不可言

我们所追寻的，不过是不曾拥有的，就像旅行，只是从我们自己待腻的地方到别人待腻的地方去。但我们依然乐此不疲，并且愿意山水迢迢。我对山川，有很深的憧憬和依恋。这缘于我小时候生活在平原，所以希望某天可以在三面环山一面环水的地方有座小院，平淡的守候流年变迁。

离开宏村，我们来到黄山风景区。在山下吃了毛豆腐，便坐着大巴一路上山。

大巴车在盘山公路上走着，进入山林。山路蛮陡的，即便系着安全带，遇到拐弯处，还是会感到颠簸。山路两边是葱葱郁郁的绿，午后的阳光透过山林洒下斑驳的光影，有时候会落到大巴车玻璃上，坐在靠窗的位子上，整个人有些懒洋洋。

不知道大巴开了多久，我们停在后山半山腰。从后山云谷索道上山，坐在云谷索道上，远处山高云阔，脚下是望不见底的深渊。仿佛人与山坳融为一体，想大喊吗，那就喊出来吧，大山会懂得你的深情。

总觉得山有着不动声色的美，那些石块经过几千年的风蚀变迁，坚韧不拔地守着古老的岁月，你来，它不悲不喜，你离开，它亦不会挽留或叹息。此刻只有山，只有山上的林木。无论多么叱咤风云的你我，在山林间都渺小如蝼蚁。

登远山而小自我。索道缓缓往上，人脚下的山谷越来越深，心里开始恐慌。寂寥比热闹更无奈，在人群中的孤寂，是大家的，而在山谷中的孤寂，是自己的。环顾四周，皆是高大巍峨的山峰，我们只是自己的旅人和归人。

下了索道继续往上爬将近一个小时，才抵达我们订好的北海宾馆。

沿途风景妙不可言。山峰上枯枝直冲云天，在瓦蓝瓦蓝的天幕下，有着孤独寂寥的美。哦，就是这种瘦瘦的美，让人回味无穷。还有未完全融化的积雪，天寒结着的薄冰。徒步的这段路不是特别陡，都是阶梯山路。一侧是悬崖，一侧是山峰。

沿途有导游带着登山。看，猴子。导游说着。有个小姑娘探出头，猴子？在哪儿呢？导游便滔滔不绝讲解起来。手指着前面山峰上的一块小石头。听导游一介绍，那块石头还真的蛮像猴子的。猴子端坐在山峰上，望向远方。大自然的奇妙，真让人赞叹不已。而人类的想象力更是难得。

连理松并蒂齐肩，传说是唐明皇与杨贵妃死后同游黄山，修身养性再结连理，亦是爱情树的象征。中国人喜欢把事物美好化。杨贵妃被唐明皇赐死在马嵬坡，生死面前，曾经的海誓山盟都化作云烟，历史给了红颜以祸水的罪名。她只是个女子，在历史的烟尘中，却要背负江山的荣辱。她错就错在爱的人是万人之上的王，她错就错在想要和那个高高在上的男子朝朝暮暮。

他们没有结为连理松。那句“在天愿作比翼鸟，在地愿为连理枝”只是中国文人的臆想。爱，是美好。爱，亦是枷锁。就像很多人都会在连理松旁边的小桥上，锁上心愿。有期待是幸福的，至少，心明净如许。

北海宾馆在山上北海景区内，曾经还接待过不少国家领导人。我们住的是四人包间，环境蛮好的，只是山上的宾馆都没有洗漱用品，要自己带上山哦。晚上在狮林大酒店用餐，人均 100 元左右，味道还行。

夜晚山上温度低，山上很安静。山风吹在身上，有丝丝凉意。酒店的灯闪着微光，天上有几颗小星星，有几位登山的老外在宾馆门前搭起帐篷，可能是想看星空吧！我们没有在外多待，回到宾馆早早休息，期待第二天的日出。

以松相迎，以松相送

这世上有很多事，你苦苦追寻，却未必就能如愿以偿，比如：黄山的这场日出。

山中的清晨寒气很重，当我从睡梦中醒来的时候，日出的时间早已过去，我有些懊恼，穿好衣裳走出宾馆想看看黄山的清晨，刚走出宾馆就看到很多游客已经看日出回来了，我问他们是否看到了日出，他们说今天天气不好，等了很久也没看到日出。

——原来这场日出是注定不会遇见的。

你瞧，我来到黄山，没有见到大雪漫漫，更没有与日出打个照面。但我相信这世上很多事情都讲求缘，无论遇见怎样的风景，都是注定的。所以即便错过了日出与雪景，但我感受到了清晨山间的曼妙。

不知道是早晨的雾气重还是昨夜下了一场小雨，地面上有些湿漉漉的，宾馆对面卖早点的小铺子热气腾腾，而且价格并不贵。我和闺蜜买了鸡蛋和烤肠，站在宾馆门前贪婪地呼吸着山间干净的空气。我们都是迷恋大自然的姑娘，在山川河流面前，总是快乐得像个孩子，就像此刻，我们许诺这一寸光阴，在黄山的清晨微光里，在岁月的吉光片羽中。

梦笔生花就在我们入住的北海宾馆前面，如果不仔细看的话，真的没什么感觉，但听到导游的介绍，你再仔细去观察，还真的蛮像一只妙笔呢。笔峰亭亭玉立，上面一棵笔花松仿佛笔头，峰前另有一峰，顶分五叉，称为笔架峰，这样看有笔有架，还真有趣呢。导游戏谑地说：黄山美不美，全看导游一张嘴。其实风景美不美，在于欣赏它的人，你的心里若装着风景，哪里不是山河灿烂呢？

下山的时候，我们是从后山往前山走的，前山风景更妙，从飞来石到光明顶，再到百步云梯、莲花峰、迎客松等，沿途有山石有松林还有挑夫，那些绝美的石头，在山上赫然而立，那些葱葱郁郁又有些干枯的林木，那些很多天前残留的冰雪，浑然天成，让人不由得为之震撼。

小心，让一让！听到这一声声的吆喝，看着挑夫们淳朴坚韧的脸庞，那一刻，有千千万万的震撼在心中萌芽。他们穿着统一的蓝色裤子绿色小褂，黝黑的皮肤上汗珠涔涔，一根长扁担挑在肩上，一根短扁担支撑着肩膀，肩上或扁担上会挂着一条汗巾，扁担的两头则是山上吃住用的物品。我遇见的挑夫大多是中年男人，看着他们走几步就会气喘吁吁地停下一会儿，然后继续挑着物品一个台阶一个台阶地向上走，真让人由衷地敬仰，黄山景色很美，更美的是这一个个勤劳、善良的挑夫叔叔。

在山上，很多吃住用都会比山下贵，看到挑夫叔叔们一步一步艰难地将这些吃用的物品送上山，再也不会有山上东西太贵的感觉。如果可以，希望欣赏大自然美景的游客们，不要再为苹果十块钱一个耿耿于怀，更不要再以我是顾客就随意浪费山上的一粥一饭。尊重辛苦的劳动者，是我们能为山之美做的小点滴。

走到光明顶已经是中午，这是黄山的主峰之一，被称为黄山第二高峰。不知道这里的光明顶是否与张无忌的明教有关，那个金庸盛行的年代，心里一度对明教总坛光明顶有所期待，想着有天练就乾坤大挪移，如无忌与敏敏那般归隐山林，逍遥自在。故事只是故事，终归要回到现实的生活。据说明代和尚曾在光明顶上创建大悲院，而今顶上的黄山气象站就是其遗址。站在这里天高云阔，看日出观云海会有很美的景象。

一路都是陡峭的阶梯，险峻的山峰，直到看到百步云梯，我才相信，自己前面走过的阶梯都不算什么。百步云梯在莲花峰西北的峭壁上，远看十分艰险，走在云梯上，头都不敢往回看，因为下面就是深深的悬崖峭壁。我天真地以为百步云梯只有 100 个台阶，走着数着，结果走到 100 梯后还有那么长。

莲花峰为黄山最高峰，因为我们去的时候恰是冬季，为防止天寒地冻发生意外，莲花峰并没开放。我们只好走另外一条路去往玉屏楼。黄山著名的迎客松就在玉屏楼的右侧，有迎有送，与迎客松相对的是送客松，在玉屏楼的后面，是玉屏峰，峰石上有毛主席的草书“江山如此多娇”，明旅行家、文学家、地理学家徐霞客曾称它为黄山绝胜。

以松相迎以松相送，我们坐玉屏索道下山。再见，草木松林，再见，让人震撼又欣喜的黄山风景。

状元博物馆的故事

窗外雨声滴答滴答，园子里的芭蕉更绿了吧，还有那一丛丛翠竹，在烟花三月天，在风缓雨慢的午后，又说着怎样的故事呢？我迷恋的姑苏城，是白墙黛瓦，是流水人家，亦是那在光阴长河里闪烁着微光的古老宅院。

小镇、街巷、庭院、古宅，我以文字把江南的温柔，藏在心底，我以影像把姑苏的浪漫，记在眼眸。去过大大小小的园林，有的清雅，有的大气，有的古朴，但有一处，它兼有清雅、大气、古朴，更有满室书香。

苏州状元博物馆，位于姑苏城内姑苏区钮家巷3号，清大学士潘世恩故居。老苏州人都知道，苏州有两大潘家，一为平江路礼耕堂潘麟兆，二为钮家巷潘世恩。前者经商，乃富潘，后者做官，乃贵潘。潘世恩在乾隆五十八年中状元，为官五十余年，历经乾隆、嘉庆、道光、咸丰四朝，被称为“四朝元老”。潘世恩家族状元辈出，当时在苏州，贵潘亦是极其显赫，高官显宦，有“祖孙父子叔侄兄弟进士”之称。

如今的潘世恩故居，修缮后被打造成极具文化气息的状元博物馆。我想，对于这座古老的宅院，大概亦是最好的归宿吧。状元之家，读书，有梦有实现。是的，知识改变命运，尽管这句话不似鸡汤那样华美，但它却实实在在。这是个充满诱惑的时代，诱惑越多，心就会越浮躁，连静下来读一本书的时间，都觉得发生在上辈子，就像旅行，不要只随着人流上车睡觉下车拍照，行走，是为了让心灵丰富，来听一座城的故事，探寻一座古宅的光阴，大概会更有意义吧。

朋友苏砚在馆内工作，我去的那天，他带我参观馆内的文物，并向我介绍了很多苏州状元的故事。进门就看到一张苏州状元分布图，图上写着“苏州状元，甲冠天下”，图的上方，是四个辉煌大字“状元府邸”。左右两侧，则分别是苏州状元特色和苏州状元留痕。左侧可以看到有的连中状元，有的家族几代状元。在这里还能看到唐宋明清四个朝代苏州的所有状元名录。苏砚告诉我，因为元朝是蒙古族统治，所以这里没有元朝。

在苏州，还保存有很多状元留下的痕迹，比如苏州大学内的文星阁，人民路南端的三元坊公交站牌等。这些状元的故事和他们留下的痕迹，在状元博物馆，你都可以寻觅到。

再往里走，是鸳鸯厅，听说是接待宾客的厅。厅分前后，前厅接待男宾，后厅接待女宾。

然后就看到大量保留下来的旧时考试试卷。娟秀工整的字体，泛黄的甚至残缺的旧宣纸，向你缓缓诉说着当年科举考试的风华。那些古老的文章与墨迹呀，在光阴里发着光，让看客生出深深的敬意。

我在一组绘有梅花的柜子前驻足，那是一组镶嵌在墙上的柜子，古朴的灰黑色柜子上落着精致的锁，柜面上是一株株凌寒而立的梅花。苏砚说，这是个书柜。我更喜欢了，绘着梅花的书柜，书香与梅香，从这里拿出的书，会不会染上梅花香呢？

踏出这扇门，又是另外一扇门，旧时的宅院，深深深深，怪不得会有庭院深深深几许的诗句。后厅前面是个小花园，三月的江南有多美，你到这些古宅看看就知道。假山竹林，葱葱郁郁，老青石板的缝隙里，偶尔钻出来的小草，亦是这般灵动。看书累了，站起来看看园子里的风景，花还在开，竹叶在风的问候下唱着沙沙沙沙的歌谣，瓦檐上，光阴缓缓滑过，平淡的日子，亦可入诗入画。

从状元长廊走过，那一刻，仿佛时光静止。我在脑海里回想刚刚邂逅的风景，这样的一座老宅，书香花香竹林萦绕，晴耕雨读。寸寸光阴，就在这几百年的老瓦片间流转，在朴拙的墨迹中，化作永恒。

如果你来苏州，在繁华热闹的临顿路走累了，就来钮家巷 3 号吧。苏州状元博物馆，带你走进静谧的书香之家，与你说说那些金榜题名的故事。

初见书房，结下与苏州的深缘

第一次邂逅初见书房，是在木渎，香溪岸边，无意的一瞥，便注定开始一场深远的缘分。

初见书房首家概念店坐落在灵岩山下木渎古镇，这里不仅有精美的图书，还体现着多元化的人文精神。咖啡、阅读、旅行，生活总要给自己一点儿美好的时光。很多遇见都是无意的安排，仿佛只因无意，才会更添浪漫色彩。

去木渎之前并不识得初见书房，只因心底的小镇情怀。离开木渎之后，初见书房定格在我的镜头下，被我写进文字，藏在心底。还是八月的天气，这座江南小城还未退去夏的气息，趁着周末，我和姐姐乘车去往木渎。真的有点儿远，坐了两个小时的公交车，终于抵达木渎古镇。走过西施桥，沿着流水畔一直往前。“灵岩下 · 香溪岸 ART+”园林式样的特色街区就在古镇街道的碧水畔。初见书房安静地坐落在香溪岸边，是因初见停下了脚步。初见书房，这名字真美。我对姐姐说。就是这么一刻，我想到了子期，远在岭南的广西女子，擅书法，喜绘画，懂诗词，知花草。和她的初见是在桃花开的三月天，她赠予我第一本书。名字就叫作《人生若只如初见》。我告诉她，初见是美好的，像春天的朝露，夏天的清风，秋日的红叶，寒冬的白雪。我会因一条意境悠远的飘带选择一件裙裳，就像我会因一个名字爱上一个地方。初见书房就是如此，因初见二字动了心，交了情。

启智、行旅、见或者不见。骨子里的文艺情怀被这一行字打动。人说旅行是为了遗忘，亦是为了寻找，遗忘旧时自己，寻找未来自己。而我，不为遗忘不为寻找，行走的过程就是一种启迪智慧的过程，就是一种在寻找和遗忘中明彻的过程，何须刻意寻找或者遗忘。譬如旅行和旅游，自是不喜欢旅游，听着导游背课文似的讲解，赶集似的奔忙，旅行则不同，是心境的不同。旅行不必刻意追寻终点，亦或者繁华的风景，漫无目的地行走，放空身心，走累了，邂逅一间格调书房，初见，恍若重逢，点一杯咖啡，随手翻阅一本书，甚至很多时候只是静静地坐在那里发呆，见或者不见，我都在这里。

遇见初见书房之前，我从来不期待缘分的长情，因为我懂得所有的遇见都逃不开最终的别离，所以我只祈祷珍惜眼前的相遇，哪怕只能对望一眼，也值得珍惜，下一秒会怎样地辗转流离，天涯海角，你我又怎能说得准。

芊芊姐发信息：周末平江路有摄影讲座，一起去吧，给你介绍一位朋友认识。下午赴约，芊芊姐介绍旁边的男生，苏砚。原来今天的摄影讲座在初见书房，苏砚如今在负责初见书房。世界上的事情总是如此奇妙，离开木渎之后初见书房就成了我镜头下的风景，却不曾想到在平江路还可以再遇初见，纵然这已经不是初见，是重逢，重逢亦欢欣。

平江路上的初见书房位于历史文化街区平江路卫道观前3号【礼耕堂】。这里曾是富商潘家的宅院，每一缕花草，每一块石阶，都彰显着这座宅院曾有过的风华绝代。现如今作了书房，再现诗书文化芬芳。书房的环境真的清幽，适合阅读，适合思考。跨过一道门槛穿过一道庭门，它就那样安静地停留在时光的最深处，古老的书架上摆放一盆幽兰，书桌上的斑驳迹象告诉你我它曾有过的辉煌历史，这里所有的书籍都经过精挑细选，来到这里，你我都是归人，仿佛走进自家书房，闲逸的午后，泡上一壶清茶，随手翻阅书架上的书籍，还有什么比待在书房更幸福的呢。

下午是摄影讲座，我们一起穿过回廊，礼耕堂大厅赫然立在眼前。我们找了座位坐下，认真地听讲座。当年的富商宅院，果真大气，我知道，我已经深深地爱上了这座深宅大院，爱上了这里的书香气息，而我亦明白，我与初见书房，缘深深深。

与内心深处的自己邂逅，在初见书房与芊芊姐的相遇，在初见书房后来与思芳的初见，依然在初见书房。朋友说：他乡遇故知，是人生一大幸事。我是多么的幸运，在他乡回眸遇见所有的美好。思芳从广东赶到苏州，说：我在初见等你。就在这么一刹那心动了。周末起来很早，书房人还很少，只有工作人员在忙着整理书籍、擦拭桌椅。二楼靠窗的位子，窗外的那株芭蕉刚好落在我的双眸，透过雕花木窗。我安静地坐在书房的二楼，等待初见的女子，犹如在自己书房约见久别的故友，那份情怀，只有初见能够给我，此情此景此心。

二楼书房更加清幽，一曲曲清远的音乐把我带入一种久远的期盼，点了花茶，和朋友一起畅谈，谈文学、谈生活、谈旅行和写作。心中有种无以名状的感动，知己、诗书、花草，还有什么可以阻挡心中的快乐呢，没有的，只能把所有的情怀化作文字，在我的笔下开出一朵朵小花儿。

上个周末陪着思芳去了木渎的初见书房，她说：想去木渎的初见看看。初见呀，你是要带给我多少感动。离开书房的时候，我明白，初见书房已经成为我心的归宿。

不经意的一回眸，它就在巷子深处，安静地，淡然地，等待有缘人去叩响生锈的门环，翻阅搁置在书架的书籍，讲述一段初见的故事。

生命，是浩渺深海中的浪花

所谓的远方，不过是过去的你和未来的你相遇的距离，小的时候，我时常以为头顶的那片天空就是全世界，工作后，也只是迷恋江南的山山水水，后来我终于抵达海的那边，才明白生命不过是海上偶尔激起的片片浪花，终有一天会消失不见。

深海与浪花

我记得那片湛蓝的海。轮船在海上行驶，望不到边的海面和天空相接，而我们每个人，都如这艘航船，在人生的河流中翻涌。大巴车开进上海吴淞口国际邮轮港，我拖着大大的旅行箱，开始漫长的海上之旅。旅行，对很多人来说都是美丽的事情，遇见陌生的人，遇见陌生的国家或者城市，对于我来说，旅行更重要的是遇见自己。

在这次旅行之前我见过最大的水域是太湖，少年时，故乡护城河边的算命先生说我土命缺水，当时只作笑谈，后来我义无反顾地来到太湖畔，仿佛应了算命先生的说辞，绵绵不休的水缓缓流淌，流向我看不见的远方，流淌在我的生命里。

上海登船，前几天海上风平浪静，海水平和稳妥地流淌。登船的那晚我和朋友相约看海上日出，但清晨起来的时候，太阳已经升起，在船上的几天我终究没有亲眼看到日出美景，但我并不遗憾，因为我还遇见过其他时刻的大海。

那天清晨我站在 11 层的甲板上，看着远处的海面，习习凉意钻入我的衣服。远处有微弱的光晕，那是太阳升起时投下的余晖，海天相接，紧接着轮船的海水翻涌着，白的浪花一圈圈，围着轮船。我处的位置在船尾，所以能看到轮船驶过后一道长长的海浪痕迹，特别美丽。

海水很纯净，站在甲板上我被风吹得落了泪，想起小时候唱过的那首歌：小时候，妈妈对我讲，大海就是我故乡……海边出生，海里成长。那时不过七八岁光景，我没有见过海，当我唱起这首歌的时候，在心里描绘着海的模样。海鸥自由地飞翔，海浪翻涌，沙滩上拾捡贝壳的小姑娘，悄然成长。终于见到了大海，真的如我心中描绘的那般美丽，仿佛内心找到了归属，我为水而生。如果有来世，就让我做海里的一尾鱼或者海上的一只海鸥吧，与蓝天大海为伴。

我喜欢的女作家琼瑶，她有很多部小说都提到了海。最喜欢的是那部《浪花》。我们都是海上的浪花，海风吹来，没有哪朵浪花可以决定自己的归宿，但浪花也是自由的，她可以激起涟漪，也可以决绝埋入大海让你找不到踪迹。还有那部《海鸥飞处》和《潮声》，琼瑶对大海的爱，一定也很深吧，我想着。

甲板上风很大，海风吹乱长发，层层浪花像精美的蓝色锦缎，铺展成大海的倩影。清晨的海刚刚苏醒，带着独特的湿意，白天的海则很活泼，阳光投射在海面上，天空的蓝映衬着海水的蓝，是很美的风景，傍晚的海添了妩媚和柔情，晚霞在海天相接的地方投下倩影，昏黄的落日余晖缓缓落入海的另一边，直到消失不见，夜晚大海归于宁静，只有几艘航船在海上继续漂泊，星星点点的灯火点缀着大海的夜色，而我们枕着浪潮入睡，仿佛躺在摇篮里，摇啊摇，摇入梦乡。

赛琳娜号

歌诗达·赛琳娜号是具有古罗马风格的邮轮，船上的设计完美地还原了古罗马的神话传说，在这艘邮轮上有种“罗马假日”的喜悦。

在船上的几天时间，我去得最多的就是11层甲板和3层宙斯大剧院，宙斯大剧院晚上有精彩的演出，登船的第一天，我欣赏到了极具欧洲风格的《神话》表演，我对欧洲的文化极少了解，表演其实也没看太懂。当我坐在剧场的时候，那种浓郁的欧式风情，还是让我很喜欢。

万神殿大堂设计也特别棒，非常浓厚的文化气氛，罗马神话中众神身着华服，踏彩云而降，整个万神殿大堂跨越11层直通到露天甲板，从最底层往上看，犹如神话里的穹顶，凝重而平和。在最后一天，我坐在万神殿大堂听乐队的歌唱，他们唱着邓丽君的老歌，随着音乐的流动，叫上一杯红酒，真的会有酒不醉人人自醉的感觉。

邮轮的餐厅既有意大利风格的浪漫，也有中式的简单。欧洲人吃饭很讲究，每样东西都很少，但花样很多。比如我们点餐的时候，主食可以选择两项，沙拉、汤类以及餐后水果甜点可以选一项，服务生会根据顺序上你点的餐，最后一道是水果或者甜点。这里的服务生也很热情，不管是餐厅服务生还是客房服务生，在他们的脸上，看到的只是喜悦和微笑。

中国风味的餐饮也有，比如早餐的包子、馒头、油条，还有很美味的老干妈。我只有最后两天去吃了油条。每天晚上我和同事都去吃比萨，坐在9层餐厅里，聊着无关痛痒的话题，看着夜色下的大海。有些时光，用来消磨也不为过。

这里的服务生大部分是意大利人，也有中国的船员服务生，但并不多。我们每天吃过饭回到房间，都会遇见意大利的服务生，他们会很热情地向你打招呼，有时用英文对你说Hello，有时用蹩脚的中文说你好，他们每个人的脸上都保持着真诚的微笑。清晨起来的时候，若遇见这里的船员，他们也会对你说早上好。我有时会感到疑惑，他们的热情为何从未消减，或许，这就是生活态度吧。每当我想到那张微笑的面庞，心里再大的痛苦或者委屈都会烟消云散，做个每天保持微笑的人，生活也会有很多乐趣。

船员真的很辛苦，来自欧洲国家的船员工作时间是四个月才能下船回家休息一个月。如果是非欧洲国家的船员，比如中国，他们就需要做满八个月才能下船回家休息，而在船上的几个月，并没有休息时间，每天都会面临强大的工作量，即便如此，你看到的还是满腔的热情和美丽的笑容。

船员们教会我用一颗向阳的心面对生活的艰辛，没有任何一种职业不辛苦，微笑面对，你也就不再为此苦恼。

每个人都有故乡，都有无法割舍的乡愁，这些远离故乡的船员们，他们也会在某个深夜思念家乡吧。每天表演结束后，那些来自意大利的船员就会用意大利语和大家道声晚安，这也是思念家乡的方式。整日在海上漂泊，面对苍茫无边的大海，看不到故乡的方向，游子的心都相同，我也只有祈愿船员们早日归乡。

韩国济州岛

济州岛靠港的时候，已经是第二天的中午，领队带着我们下船，下午半天是岸上观光时间。接船的导游是位三十多岁的年轻男人，我以为是韩国人，后来上了大巴才知道他是由中国移民到韩国的。

大巴车开往的第一个景点就是济州岛自然史博物馆。博物馆展示了济州岛的形成以及历史。济州岛是由火山活动形成，原来这里荒无人烟，后来有了人居住，开发旅游业，慢慢地成为韩国最佳养生地。

如果去某个城市旅行，不要忘记看看这座城市的博物馆。我不记得这是在哪里看过的话，但我觉得这是真的，因为在博物馆里，你会了解这座城的文化历史。旅行不是上车睡觉下车拍照的走马观花，只有用心去感受这座城，才是最贴近心灵的旅行。如果时间允许，我特别建议去旅行的你在去到的城市住上几天，如果时间匆忙，来不及好好体会当地的文化，融入当地人的生活，那就去博物馆吧，在那里你可以用最短的时间充实你的旅行。

济州岛的自然史博物馆坐落在绿地之中，虽然冬季花木早已凋零，但进入博物馆的大门就看到了位于右侧的山坳，山坳里种了很多的植物，冬季叶子都凋零了，只有干枯的枝干在风中。前些天这座城刚经历了大雪的造访，所以还能看到残留的雪迹，雪化掉后地上湿漉漉的，这就是我遇见的济州岛。

进入馆内，先看到的就是济州岛上最高的山峰——汉拿山的介绍。汉拿山是韩国的最高山峰，这里气候温润，特别适合生活。济州岛有“神话之岛”的称谓，据说是因为一个神话故事。很早的时候，有三位仙人遇见了从东海乘木舟而来的三位公主，这三位公主带来了种子和牛马，后来三位仙人和三位公主结婚，在这里安家落户，繁衍生存并长期生活下去。有神话故事的渲染，使济州岛添了很多浪漫的气息，我也更喜欢这样的浪漫。在博物馆内，还有原来这里人民劳作的雕塑展示，鸟语花香，人与自然和谐相处，金黄的麦穗，勤劳捕鱼的海女，都体现着济州岛这座城市的人文。

离开博物馆后我们去了济州岛的免税店购物，免税店人很多，大部分都是中国游客。免税店门口人流量大，所以有些吵闹。韩国的化妆品确实不错，我也买了些面膜和彩妆，女孩子不仅仅要心灵美，外在美也会让人感到舒服，舒服则是女孩子要保持的状态，没有谁会愿意和一个外在邋遢的姑娘共处，这不是外貌协会，只是人的本性。如果能做到内外兼修，那才是女孩子该有的模样。

夜已经慢慢降临，而我并没有在异国他乡的感觉，却仿佛是在祖国的某座城市里渐渐入夜。济州岛城市的夜晚很安静，这样的安静会让人误会韩国人不喜热闹，当然，他们也确实不像我们国内的很多城市那样夜生活沸腾。

在国内，都市的夜晚简直就像不夜城，记得在郑州的时候，二七纪念塔、火车站附近到了夜里十二点还是灯火辉煌。我坐在大巴车上，透过车窗看这里的街道，人很少，就连车辆也不多，导游告诉我们说：“韩国人不喜欢闲逛，不像中国那样买东西喜欢货比三家，逛街能逛很久也未必会买到心仪的商品。韩国人目的性很强，他们想要买样东西就会直接去买，他们不愿意把时间都浪费在闲逛上”。

这样其实很好，人生最珍贵的是什么？一定是时间，但许多时候，我们都喜欢浪费时间，除了工作，下了班不是逛街就是刷电视剧等，似乎热闹才是主旋律，而一个人如果下了班安安静静做一些自己喜欢的事情，反倒成了另类。热闹的背后是什么？我觉得是虚空的心灵。所以呀，珍贵的时间，一定要放在有意义的事情上，而不是大肆地挥霍。

我们这个韩国接船的导游很专业，我一路上，都在听着他讲韩国的民俗。“济州岛的方言很短，因为这里是岛屿城市，海风很大，四季都有风，如果你把一句话讲得很长，很有可能就被海风吹走听不清楚。所以这里的方言就缩短叫出来，这样本身五个词的语法，可能在济州岛方言里只要说两个词就行。”他说。

晚上快七点的时候，我们返回港口。虽然我与济州岛只是匆匆的相遇便迎来了别离，但旅行不在时间的长短，只要用心走过，便无悔。

日本福冈

到日本福冈是第三天的清晨，迎接我们的是淅淅沥沥的小雨，还有迎面而来的湿润。福冈清晨，我站在甲板上望这座城市，雨后的街道非常清新，城市建筑的远处是绵延无尽的山峦，在雨雾中若隐若现。这座城用它最纯净的美迎接我们。

在甲板上我拍下了这座城市的俯瞰照片，很多个角度，很多张照片，雨后的城市有种说不出的干净，像刚刚揭开面纱的少女，海水是这座城市的灵魂，远山是这座城市的衣衫，在深冬的季节里舞动，舞出这个民族独有的雅致。

福冈接船的导游是位帅气的小伙子，说着一口东北普通话，后来才知道他是大连人。我们上了岸就坐上了旅游巴士，我坐在巴士上欣赏异国的城市，纵横交错的水陆相连，建筑并不高，街上行人也不多，偶尔有撑着雨伞的日本姑娘走过，这座城安静的气质，让我喜欢。帅气的导游介绍着接下来要去的地方，我们在福冈的岸上观光时间到下午六点前结束，所以时间并不长，而我并没有兴趣去听他叨叨的介绍，只是看着车窗外倒退的风景，想要用仅有的时间和福冈好好对望，生怕错过了什么。

福冈塔高高耸立在大地上，是标志性建筑。据说这座塔是日本的海滨之最，而且塔身的建造由8000多片半反射镜覆盖着，不论白天还是夜晚，春秋还是冬夏，都能映出福冈市的街景。我们只是在塔下远远地观望，就被导游带去了附近的药妆店购物。同行的很多姑娘都买了很多商品，我在药妆店选了三支口红，打算送给身边的几位朋友。有人把旅行购物当作乐趣，有人旅行则喜欢去著名景点，而我旅行，只想用心地去感受这座城的喜怒哀乐。

车子开往太宰府的路上，我可以有很长的时间欣赏沿途风景。途中路过的民居，都是一栋栋低矮的建筑，似乎每家都有小院子，院子里种满花花草草，很有中国乡间的庭院风格。

民居依山而建，那天山间雾气很大，可能是下了雨的缘故，也让我欣赏到了雨后如仙境般的美丽。云雾在山间缭绕，像画家笔下的轻纱，袅袅婷婷，我坐在靠窗的位子上想要用相机记录下这般风景，却无奈车子行驶太快，拍了很多次，都比较模糊。我们同行的一位朋友说：“我们老家每当下雨的时候，山峦也是这样的若隐若现。”她所说的老家就是安徽的黄山，我没有去过，不过我在读大学的时候去过新乡的万仙山，有天我们去山上写生，天气阴沉沉的，就是这样的云雾，在山间流动，宛若哪位大师挥毫的一笔山水画，又似小时候看的仙侠剧中神仙居住的地方，很美。

在太宰府吃了午饭，一碗很有特色的日本海鲜拉面。那家卖拉面的店名字很好听，叫暖慕。我们在点餐的时候，由于不太懂，把1000元日币投入收钱机的时候钱被吞掉了，坐在旁边的几位日本姑娘便很热心地帮助我们和拉面店的服务生沟通，最后把1000元日币取了出来。那碗拉面我吃得很开心，面不多，汤很鲜美，这和我们国内吃的兰州拉面不同，他们的拉面主要是鲜，味道不重，但吃起来却让人回味无穷。

走出拉面馆我们在街区闲逛，这里有些类似中国的小古镇，如果不是临街店面上写着的日本名字，我会误以为到了无锡的惠山小镇。街区很干净，前几天这里下了场大雪，地面上还有稍许未化的雪，有三三两两的学生排队从身边经过，她们穿着黑色的校服和裙子，店铺里的老板用日语招揽着生意。无论在哪里，都是一样的烟火，这就是生活该有的模样。

日本的糕点也是值得说的，甜而不腻，有春秋冬夏四种口味，最喜樱花味，咬入口中，淡淡的樱花香在舌尖上起舞。如果你去日本，建议可以多带回来几盒送给父母。

离开福冈，接下来是漫长的海上行程。漂洋过海来到这座日本小城，若有缘，期待再相见。日本女孩儿热心的笑容和樱花糕的香甜，我始终记得。

海鸥飞处

浪花掀起的时候，我想到故乡，想到了那些爱着我的人。船儿不停地晃啊晃，在船上我已经开始头晕，雨水和海水交融，会编织出怎样的故事？

雨依旧不停地下着，浪潮越来越大，雨水落入大海激起涟漪，被浪潮翻涌过去。我去听了乐队的演出，坐在最底下的一排，船的晃动感稍微好些。乐队是三个中国人，唱邓丽君的歌。我很喜欢具有中国风的古典情歌，他们的歌声把我带回八九十年代，有些风情，有些期待，有些羞涩，有些勇敢。

回去的旅途中，海鸥特别多，围着船不停地飞。船上的时光很悠闲，我在 9 楼靠窗的位子上坐着，点了水果和比萨，看海鸥飞来飞去，消磨掉午后时光。

晚上船长举行欢送鸡尾酒会，即将离别的时刻，什么都不要多说，用意大利的方式告别，所有的感情都倒在这杯鸡尾酒里，相聚和别离，珍重是最好的祝福。浪花终有天会淹没在大海里，而我们每个人，告别后都将继续淹没在人潮中。

清晨邮轮停靠上海港口，五天的行程，在层层浪花中开始，又在层层浪花中结束。不管我们去往哪里，走得多远，总有个地方是停泊的港湾，回到上海，有种叫作祖国的情怀在心头涌动。

人潮里，你我都是人海中的浪花，有交集也有远离。我们每个人都会溅出最美的姿态，迎接生命中交集的那朵浪花，让生命更有意义。

|第二辑|

说一段经年往事

你是我踏遍天涯海角时肩上的行囊

姐姐给我发来微信，说家里下雨，很大，然后给我拍了几张雨中凌霄花的照片。那株凌霄，是我去年为妈妈买的，没想到今年就开了花。看着照片，不知不觉我的眼角就蓄满了泪水，故乡，那让我魂牵梦绕的小院，我到底错过了多少风景？

我的新书会在今年冬天出版，这本书中，我花了很多笔墨来写故乡。江南是我前世乡愁，所以我不顾一切地来到这里，将思乡的情绪压在心底，可我今生的乡愁呢？是否还有来世偿还？

从我离开的那天，故乡就只剩下冬季，萧瑟的杨树以及弥漫的雾霾。

我不停地给妈妈买花种，买花盆，在我的心中，有那么一座小院，花香萦绕，绿树环抱，鸟雀欢喜，家人团圆、相守。这座小院，是我心中的桃花源，每当在霓虹闪烁的都市里，迷了路；每当在孤独的夜里，失了神，小院就能给予我力量、温暖。

故乡情，人人皆有。木心年老时，毅然选择从美国回到乌镇，那是他的故乡，是他出生的地方。那里的每一座桥，每一株草木，每一片砖瓦，每一湾流水都有他儿时的记忆。老屋老了，人也不是当年人了，但故乡，还是那个故乡，乌镇，还是乌镇。

俗话说“叶落归根”。我想，一个人孩童时期的记忆，是最纯粹美好的，那些个无忧无虑的时光，在花香满径的小路上奔跑，在父母的佑护下数天上的一朵朵云，真让人怀念，人老啰，大半生的叱咤风云，努力拼搏，都化作云烟散去了，忘不掉的，散不了的，唯有孩子时期的往事。

无论走得多远，故乡都是我们最深情的牵挂。有一次，有个河南读者给我留言：“小隐，你写了那么多江南，有机会可以写写河南哦。”我回复：“有机会一定写。”

我的家乡历史悠久，现存的有明代县衙遗址，如果是冬天，下了大雪，县衙的古建筑在雪中真的有穿越回明朝的感觉。但因为小城的旅游业发展得并不好，所以这里的游客不多。去年春节回家，我和朋友一起去县衙一条街闲逛，看着那些老建筑和县衙遗址，感到十分惋惜，没有好的规划，街面冷清，站在县衙门口就感受到萧条的氛围。

除了这些古建筑，城外是纯粹的自然风景。麦田、村舍、野花，我在这样辽阔的风景里向前跑呀跑，跑出了小村，跑出了小城，跑在风景之外。

没有春秋冬夏记忆的故乡，少了太多美好。

小时候，春天的麦田一望无际，村舍就在一片片麦田间，还有抽了新芽的杨树，鼓足了劲儿盛开的油菜花……夏天，铺天盖地的绿，村舍在这绿林掩映中，秋天是金色的，玉米棒子又大又灿烂；秋天还有许多野趣，玉米秸秆里藏着蚂蚱，又肥又大，蛐蛐晚上总是唧唧地叫个不停，夜凉，月光也凉，躺在月光下，不知不觉就睡着了。

妈妈用她的手机，为我记录下季节的美好。那是我们的小院，她将每一朵花的盛开，都留在照片里，我知道，这不仅是一朵花一张照片，更是妈妈给予我的思念。没有焦距、快门、景深、光圈等这些专业数据设置，更没有构图、美学这些高大上的摄影学问，但在我的心中，妈妈拍下的每张照片都好看，因为它们很珍贵。

小城有留存的人文古迹，小村有辛勤劳作后拥有的绵绵花香。小城和小村，都有世俗的模样。这是不可避免的现象，因为不曾远行。眼界也就在方圆二三里，无论是讲话还是做事都会比较目光短浅，但它依然是我的故乡，我爱它，不只是美好，还有俗气。

这俗气里，往深了去解读，有浓浓的生活气息。是邻里乡亲见面时的一声“吃了吗?”是菜市场二斤猪肉三两土豆的讨价还价，是接地气的浓厚乡音呀。

我理想中的小院，还需要光阴的沉淀，这过程，不容易，但我相信，只要有心，总会实现。

这一生，无论追求的人生有多富丽堂皇，最后都不过是能与家人，安心地在小院里生活，平安，快乐，不分离。我想，那时候一定是推窗有花香和清风，关窗有书香和笑语，在一起，和谐、幸福。

到那一天，我就日日住在大自然里，守着我的亲人，若是有缘，就邀请你来小村做客，带你看看我家乡的风景，我再用文字和照片把这样的时刻记录，你就自由地奔跑吧，尽情地大笑吧，田里的麦子听得见，树梢的鸟儿，也听得见。

水 镇

阿婆是水镇的女人，十八岁嫁入梁村。

在水镇时，阿婆和她的母亲一起生活，父亲去世得早。阿婆年轻时长得真美，大眼睛，长发，眉不描就似远山，唇不点就如樱桃。十里八村的媒婆来说亲的真不少，后来在媒婆的牵线下，阿婆与水镇的一名教书先生一见钟情。

阿婆嫁给了那个教书先生，从水镇，到了梁村。没过几年，阿婆的母亲去世，阿婆在水镇也就没了什么亲人，梁村有她的丈夫，有她的儿女，阿婆回水镇的次数，越来越少。

一晃眼儿女都大了，去了大城市工作。阿婆也老了，水镇，只成了记忆中的影子。

阿婆的丈夫身体一直不太好，前些年查出肺癌晚期，没过多久就去世了，梁村的家，就只剩阿婆一个人守着。最近这半年，阿婆也感到身体的疲惫，儿子从城里回来，带她去检查。人一老，病就找上门，晚期没法治，最多只有五个月的时间。

儿子想把阿婆接到身边照顾，没想到阿婆却颤颤巍巍地说："儿啊，我想回水镇看看。"

水镇，自从外婆去世后，他就再也没去过那里，母亲怎么想回水镇呢？

"妈，您身体不好，得好好休息。"儿子说。

“妈知道自己的身体，我老做梦，梦到你外婆叫我的名字，我得回家去呀。”阿婆眼角噙着泪水，说。

他看着母亲这张布满皱纹的脸，以及说到水镇时眼睛里的泪光，点了点头：“妈，咱这就回家。”

阿婆终于回到了她的水镇。街道变宽了，老屋塌了一角，小院儿里杂草有半人高。小院儿的路，还是当年母亲用青砖铺的，如今上面长满了青苔，屋子里倒塌的梁柱横七竖八，蜘蛛在这里结了网。这里还是她的故乡，这里已不再是她的故乡。

回来了，这一生的牵挂，也了了。阿婆闭上眼，油菜花真香呀，夏天的蝉鸣一声接着一声，夜里还有青蛙呱呱呱，一个扎着羊角辫的小丫头在风中跑呀跑，终于跑得看不见身影……

满屋子的人围着阿婆，哭得撕心裂肺。阿婆走了，脸上挂着笑容，没有一丝病痛折磨的苦难痕迹。

这一年，阿婆八十八岁。整整七十年，她终于又回到水镇。似乎，时光只是兜了一圈，又回到原点，记忆还那样年轻，风景依旧。

遇见，小时候的味道

收到叶子寄来的糖片，是在江南的寒冬里。她说："小隐，那糖片是我妈妈亲手做的，更是我小时候的味道哦，送你也尝尝，我的童年。"我打开那用心包装起来的糖片，咬一口，淡淡的甜。

让我感动的，是那一句小时候的味道。

小时候的味道，是什么呢？

是清晨冒着热气的稀饭，是白面馒头散发的麦香，是一盘亲手包的饺子，是故乡，是妈妈。

少年时，不曾离乡，所以也不知道故乡为何物，只以为，我会一生都在小村，推门有蓝天白云，关窗有爱和温暖。直到后来，终于踏上远方的列车，挥手作别妈妈不舍的目光，在匆匆忙忙的都市里跌了跤、碰了壁、落了泪，茫然又无助，才忆起，还有个地方，叫故乡。

李建后来唱："不知不觉把他乡当作了故乡。"初听时，我正一个人坐在租的房子里码字，心头一酸，竟落了泪。于是给妈妈打电话，电话那头，她叮嘱着："在外该吃吃，该穿穿，身体重要啊。"我小声应着，却始终没有说出那句："妈，我想喝你烧的稀饭。"

刚来苏州时，我最期盼的幸福，竟然是吃碗烩面。苏州面食偏甜，第一次去吃，我差点儿以为这面里只放了糖而未放盐，后来朋友对我说苏州人喜欢吃甜，那时我就想，要是此刻能来碗热气腾腾的烩面，就太幸福了。

人对故乡的感情，在吃上，会体现得淋漓尽致。与一位河南朋友聊天，本来我们在说冬天的蜡梅，不知怎地说到了吃，于是，烩面、胡辣汤、灌汤包、茄汁面，等等，都出来了。其实，食物只是载体，它承载的是依恋。

每年春节，无论多么艰难，我都会如期回家。妈妈相迎的身影，厨房里飘散的香，爸爸依旧沉默的脸，都是我的眷恋。

“今天吃什么？”

“萝卜白菜就行。”

回到家里，妈妈总会去超市买许多菜，她时常说：“你们好不容易回来了，要做点儿好的。”其实啊，只要是妈妈做的，无论什么，都是世间不可复制的美味。

这么多年，我仍然记得，田里的玉米快要成熟时，妈妈把它们掰下，一粒粒地把玉米籽剥出来，煮的那一锅玉米稀饭，香甜的玉米，入口丝丝滑的稀饭，是我暑假里最大的期盼。

妈妈真是个勤劳智慧的女人，她会变着法儿地把朴素的食物，做成美味。比如，稀饭里打鸡蛋，除了好喝还有去火的功效。比如，把鸡蛋和着油盐在炒锅里煎了，给我和姐姐卷着烙馍吃。那刚出锅的煎鸡蛋，香能飘散好久，让清晨赖床的我早早爬起来，只为了吃到热的烙馍卷煎鸡蛋。

乡愁，此生都无法割舍，那思念，是入了骨的。虽然我们都知道，人的一生不过如浮萍，聚聚散散，与故乡的缘分也是如此，但人心的归依感，却是无法抹去的。

每个人都有故乡梦，一座小院儿，一粥一饭，平凡但充满温情。无数个深夜，我都会梦到故乡，梦到童年时光和老屋，一日三餐，屋不漏，衣不贫，爱不减，心不空。我想，这就是我最期盼的幸福吧。

好在，归期近了，更近了。

她说，我真是老了

电话里她说：“我真是老了，记性差得很。”我听着，鼻子酸酸的。

这么多年，我从来没想到过，有一天，她会老，会花了眼睛，倦了耳朵，会被皱纹包围，会记性很差。

多年前我大学毕业，在郑州有一份安定的工作，可心中，总有千千万万的梦想。于是和她说：“妈，我要去南方。”她先是眉头皱了皱，那时，她还没有这么多白发，脸上虽有岁月风蚀的痕迹，但还算明朗。“去南方？你一个人怎么办？”她关切地问。“郑州离家近，随时都可以回来呀。”她又补充道。“可我喜欢南方的风景，我不想二十几岁就看到五十岁的样子。”我倔强地说，却不敢直面她。

她到底懂得自己的女儿，心中有了愿，就一定会全力以赴。所以她没有再说话，走的那天，她默默地帮我收拾好行李，嘱咐着：“感到委屈了就回家。”我小声嗯了一下，头也不回地踏上了开往南方的列车。

第一年归家，好似隔了一个世纪。当我风尘仆仆地站在老屋门前，她欢喜地笑着，接过我手中的行李，问我晚上要吃什么。她的眼窝深了，是皮肤松弛的原因吧，她的长发又添了几缕白，是因为思念吧。那天夜里，我睡在她的身旁，枕着她消瘦的臂弯，仿佛婴孩时期，也是这样，夜幕已深，我蜷缩在她的身旁，听着她均匀的呼吸声，有一种心安的感觉。

我爱阅读，看过的书都寄回了家。她会偶尔拿着我的书看，有些字看不懂，她就会问我。我看着她坐在老屋门前，冬天的阳光很暖，落在她的身上，她戴了老花镜，用手指指着书上的字，一句一句地读，声音很蹩脚。我悄无声息地落了泪，兴许是阳光太刺眼吧，可是，她什么时候需要戴着老花镜看书了呢？我竟全然不知。

幼年时，她的眼睛那样明亮，我和姐姐的书包、鞋子、棉衣，都是她一针一线缝制。她徒手就能把线穿过针眼，再加上巧手，每次我去学校，都是被人羡慕的孩子。可是如今呀，她却常常对我说："真真，给我纫个针吧。"

前不久给她寄了本我的新书，又给她在网上买了些过年的零食，因为是两个快递，一个写的她的电话，一个写的我的电话。电话里跟她说："一个是中通，一个是韵达，中通是你的电话，韵达是我的电话哦。"她在电话那头应着。我们又聊了会儿家常，她突然又问："什么快递，什么电话来着？"我又重复了一遍，她感到不好意思，赶紧说："我找个纸和笔写一下，现在记性特别不好，老了呀。"

这一句老了呀，戳中我的泪点。我的记忆，还停留在她边种花边哼豫剧的时候。时光打了个盹，那个喜欢把长发编成麻花辫的女人就即将步入暮年。我竟有些害怕，害怕有一天，时光会带走这个世界上最爱我的女人，而我，竟没有好好爱她。

曾经读过《父亲、儿子和麻雀》的故事。午后，风华正茂的儿子坐在阳光下看报纸，垂暮之年的父亲坐在一边，突然有只麻雀落在面前，父亲问儿子："那是什么？"儿子随口说："那是麻雀。"然后继续低头看报纸。父亲若有所思，又问："那是什么？"儿子眉头皱了皱："那是麻雀。"过了会儿父亲又问："那是什么呀？"儿子不耐烦了，大声说："刚才不是说过了吗，那是麻雀！"父亲默默地起身，从屋子里拿出一个本子，本子上写着："今天，我和刚满三岁的儿子坐在公园里，一只麻雀落在面前，儿子问了我二十一遍那是什么，我都不厌其烦地说那是麻雀，他每问我一遍，我都抱他一下，心想着我的儿子真可爱……"

父母对孩子的爱，从不厌倦，他们会十遍二十遍地告诉我们一个简单的事物。可是后来，他们老了，就像我的妈妈N遍地问我："都是什么快递？写的谁的名字呀？"就像那位父亲，一遍遍地对着麻雀问："那是什么呀？"

作家龙应台说："所谓父母子女一场，只不过意味着，你和他的缘分就是今生今世不断目送他的背影渐行渐远。"子女为着远方，为着梦想，固执又倔强，留给父母的，只有一个渐行渐远的背影。我曾想过，为什么我们无论走多远，都有深深的乡愁挂在心头，也许，因为那故乡，有爸，有妈。

春天的风吹来梦的种子

那日在校园里，遇见一株含苞的梅花，小小的花骨朵，仿佛婴孩熟睡的模样，那样纯净。我知道，这是春天就要来了，山河苏醒，草木萌芽，冬眠了一季的虫鱼，蠢蠢欲动。

春风一吹，沿河的柳绿了，沉睡的心，跟着流水泛起丝丝悸动。若是在小村，人家养的小鸭，纷纷游向小河深处，再过些日子，又有大片的绿映入眼帘；田野里，小野花纷纷探出头，薄瓦上炊烟袅袅，孩童的笑声如风铃般叮咚。

做快乐事，不问朝夕。我会把冬藏的花种，拿出来一颗颗地播种到小院儿里。数了数，有凤仙花，有紫茉莉，还有喇叭花，那些稍显名贵的花朵，比如牡丹和芍药，是不需要精心种下的，春一来，天一暖，它们就从地上自顾自地发出新芽。

收藏花种是秋冬里的喜悦。把紫茉莉的籽，一粒粒地剥开，再用写了铅笔字的纸小心翼翼地包起来，不光孩子们喜欢，母亲也爱呀。

那年，她把长发梳成一条长长的辫子，贴在后背，额前的刘海，会随着风儿一动一动，她眉目善和，笑容爽朗。

我看着她走在凤仙花旁边，用大拇指和食指一捏，那凤仙花的种子就嘭地炸开，她会远远地唤我："给我撕张纸啊。"我走向老屋，拿出不用的本子，撕一张纸递给她。凤仙花的种子很小，经常会炸开散落地上，她就把手中的种子用纸包起来递给我，嘱咐我放在那座老式座钟里。而那些散落在地上的种子，来年还会默默地破土、发芽。

我也喜欢捏开那小小的凤仙花种子，可是，每次我捏开，手中都所剩无几，都掉到地上了。母亲就说："你去摘喝汤花（学名：紫茉莉）的种子吧。"她温和的话语，像一阵风，吹进我的心里，如今，那温和的话语成了我最美的追忆。

播撒种子，是在春天。我还会央母亲去街上买些生葵花籽，与凤仙花、紫茉莉一起种下，就可以吃到亲手栽种的葵花籽。当然那时不懂亲手栽种的美，只是觉得有吃不完的葵花籽，很幸福。

我居住的楼下，有一家阳台上种满了紫茉莉和喇叭花，有次我路过，看到那家的老人在俯身摘花籽，阳光正好落在她满头银发上，那一刻，我的心里好暖，原来，热爱生活不分贫贱富有不分年老年少。城市里的生活，总是充斥着许多漠然的气息，可无论你走得多么匆忙，都会有一朵花，等着你遇见，都会有一粒种子，等着你采摘。

采摘一粒花籽，种下一季希望。每一个孩子，又何尝不是父母种在尘世的希望呢。天冷了，他们第一时间告诉你，多加衣；在外时，他们时时叮嘱，别委屈自己；回到家里，他们又忙前忙后，张罗出一桌他们平时舍不得吃的饭菜。这所有的日常，或许很笨拙，但却是他们最深沉的爱。

我听见春风吹开窗扉的声音，那么轻。春天，薄薄的思念停留在老屋小院儿，停留在梦里，种下清浅的念想，以及那淡淡芬芳。

春耕秋收，是自给自足的小欢喜

每一块泥土，都散发着芬芳。

每一缕春风，都洒着清香。

每一阕思念，都是对过往的依恋。

两年前，我为妈妈买了一株白蔷薇，如今，它长得真快呀，都蔓过了半面老墙。只是我总无缘，看它从枯寂到花开满枝丫。妈妈说："我给你看，它开花的样子。"

她拿出她的手机，给我一张张地翻，白色的小花，花蕊是淡黄色，密密地开满枝丫，叶子浓密，初夏的阳光正好。"这一株开得最好，花朵压的花枝都快断了，一场雨下来，落了一地小花。你看，我用竹竿支着枝干。"妈妈一边说，一边给我指着她拍的照片。

冬天稀薄的阳光正落在我们的肩上、发上。我心中升腾起深深感动。许多年前，我为了一意执念，头也不回地告别故乡，心中却时常怀念，小院儿老屋的旧光阴，于是，暗暗许愿，终有一天，要活成一株贞静的植物，守着日子，平和慈悲。可是呢？眼前的光景，不正是那在故事里描画了许多遍的温暖？

"这是木槿，一个叶子根就有一个花骨朵，开得特别大，多层的。"她那被岁月侵蚀的手指，落在一株开得正好的木槿花上，满怀喜悦地说。

“花开得真多呀。”我轻声回她。眉眼之间，已落满笑容。

她继续滑动着手机屏幕，声音低低的，极温柔：“海马齿菜花我撒了一地，有黄色有粉红色，可好看。二三月份开的小紫花，像萝卜花一样，沿着院落一侧，去年我撒的，今年忘记留种子了，春天不知道会不会发新芽。”

“那紫色小花，是二月兰，应该还会发吧，种子落到地上，天一暖就会自个儿发芽。”我看着那一丛开得灿烂的小紫花，补充着说。

她又给我看了喝汤花（学名：紫茉莉），从满屏的青绿，到微微合着的花苞，再到一朵朵盛放的小喇叭。还有她从邻居家里移植过来的重瓣指甲花（学名：凤仙），每一朵，都深情款款。我们就这样坐着，听她给我说着故乡的春秋冬夏。

坐了多久呢？太阳缓缓落下，天色半明半暗，呈现出蓝灰色，远处高大的杨树上，有鸟儿回巢，一弯清凉的月，正悄悄挂上树梢，父亲的脚步声，在门前响起。

在故乡的那些光阴，慢得可以安静等待一株植物的生长。

冬去春来，小院儿里的花儿们，都开始陆续长出新芽。第一天，蔷薇老枝上只是露出芝麻大的小眼，过了两天，小眼变成谷子粒，又过几天，它竟然舒展着新叶，在初春的阳光下充满希望。

我离开家的时候，叶子已经有一枚小硬币那么大。记得那天，母亲说：“四五月份你如果回来，就可以看到这些花。”我应着：“好，五月份回来。”

回到江南，日子一如往昔，我知道，故乡那片清新的土地，质朴的小花，亲人的牵挂，都是我心底挥之不去的思念。也许，多年后，我会风尘仆仆地归去，春耕秋收，岁岁年年。到那时，依旧会有一院儿的花和居住在小路上的风，为我相迎。

家有屋檐　春有新燕

黛瓦，小院儿，春燕。想起这些风景的时候，对往事的思念，又多了几分怅然失神。

我对院落的情结，很深。幼年，还未走出田野外的世界，眼睛里看到的，是衔泥筑巢的燕，是田埂上漫漫无边的野花，是抬头的那一片蓝天，是傍晚母亲伫立小院儿的身影。这些自然的风物，在我的成长中留下了很深的烙印，至今回想起来，依然洁净纯粹。

落花人独立，微雨燕双飞。古诗的意境，只得留给古诗。长大后再读，已不记得燕子的模样，更无微雨的黄昏，那小小的少女心事。

也许春天时它来过，只是我少了发现它的眼睛。也许春天时它筑了新巢，只是我遗忘了它。就当是这样的吧，反而会觉得舒心些。

依稀记得，小学时学过这样的句子："燕子的尾巴是一把剪刀，它飞过天空，给天空剪了一件蓝衬衫；它飞过田野，给田野剪了一条绿裙子；它飞过湖面，给湖面剪了一面大镜子。最后，它落在电线上，弹奏着春天的乐曲……"那时候，燕子和春天是连在一起的，就连姹紫嫣红开遍的花都得逊色。

这是我记忆里的燕。黛瓦梁栋新巢落户，双双对对燕子归来。它们拖着好看的尾巴，叽叽喳喳地叫着，春天好。

弹古筝，曲名叫《小燕子》。“小燕子穿花衣，年年春天来这里。”多么耳熟能详的歌曲，童年时天天唱。后来呢，歌还在，燕子却归来无处栖。黛瓦没了，梁栋没了，燕子的家，也没了。

以前的房子真好看，瓦片上会雕上花纹，门楣上精心设计，房子前面会有个院落。以前的燕子与人家也是好邻居，所以有了“旧时王谢堂前燕，飞入寻常百姓家”的锦词佳句。当我们居住的那个小屋，不再有抬头云朵飘浮，推窗泥土芬芳，心灵的美也就消逝了大半。

没有谁不爱自然天成的风景，要不然怎么会有踏青、旅行的火热，怎么会有那么多人愿意花钱去住山林听鸟语。王开岭在《古典之殇》中写：“好东西都是免费的。”古时你去险山峻岭，没人问你收费，山林之中抚琴、饮茶，作诗、填词，在空灵的自然中，心慢了下来，情怀亦深。

这种美，是接地气的。雨后泥土的芬芳，雪夜月光的清凉，阳光下花开得灿烂，曾经都是再自然不过的事情，直到后来我嗅到了钢筋水泥的气息，夜里的一场雪清晨就消融，阳光下花瓣上落着污浊灰尘，那些从前的浪漫已不复存在。

林立的高楼，改变了人们的生活态度，却也掠夺了许多触手可及的美好。家，是生活美学，而这美学里我希望有新燕呢喃，梁栋做伴。

深居简出

老墙上的青苔又多了几圈，就像你离开时，说过的归期又长了一季。

我只是打了个盹，你就从夏天走到秋天，而那些来不及的美好，终究还是来不及。

六月的时候，我说去看你，听一听花开的声音，在江南的小院里，遇见一朵又一朵洁白的茉莉，然后我们假装曾经的伤害都不复存在，就像这朵茉莉花，洁净、无瑕。

七月的热浪把我淹没，勇气，终究败给了时间。我躲在角落里，望着你说的归路，一遍遍，深深浅浅，却只是把红豆种在心底。

你瞧，这就八月了，桂花在来的路上，夏天收起它火暴的脾气，诗人说：人生若只如初见，何事秋风悲画扇。他把秋天写给画扇，写给秋风，还写给那个等待的人吧。而我，想明快些。

你看。

天高云阔不是形容秋的吗?

硕果累累不是形容秋的吗?

月明风清不是形容秋的吗?

我才不要那思念才下眉头却上心头，我要把飞鸟写进秋天，把梧桐深院写进秋天，把收获写进秋天，把相见欢写进秋天，还要把故人归写进秋天。

以前你老说，女孩子多去看看风景，不纠缠，不奢望。

后来我去了南方去了北方，身上的背包越来越重，学会了谦卑、平和地面对生活给予的种种。

只是，那些风景已不能与你分享，那些成长，终究是我独自的修行。

也好也好。

成长本来就是一场独旅。

我还有生锈的笔尖，旧了的宣纸，我还有笨拙的记录方式。

深深的巷子，冷眼看过岁月的老屋，摇船的船夫，高大笔直的林木，绿潭一样的流水。

葱葱郁郁的竹林，高低错落的山间小院，滑过林间的风，飘在空中的薄雾，落在油纸伞上的细雨。

想了很多美好的辞藻，到了嘴边，只剩下那一句：深居简出。

我们的一生，那么长，又那么短，缘分那么多，又那么少，遇见的人那么真，又那么假，对生活，早已不再处处逢缘，新不如旧，三三两两的关系足矣，剩下的，就与那些简净的风物为伴吧。

我明白的，更多的是我对把自己抛出去有恐惧心理。那些看似热烈的春风得意，其实不过是马蹄尽失。况且我只不过是爱了心之所向的事情，你信也好，不屑也罢，那不过是你的态度，不是我的生活。

故乡与远方

故乡与远方，一个藏着心，一个住着梦。

藏心的后来真的就只能藏，住梦的后来也许梦成了真，也许梦还在酣睡。

离开故乡的那天，你就知道，草木年年依旧，人却日日疏离。

四季还是那个四季，你的故乡却只剩下寂寥寒冬。

春天的时候，我终于暂别充斥着生活的琐事，回到那个在地图上都找不到的小村。犬声此起彼伏，菜花温柔烂漫，树叶抽了新芽，小路上稀稀疏疏的行人，隐在那片细雨蒙蒙中的麦田。呼吸间，有花香有傍晚的青草气。

藏着的心，只能偶尔拿出来追忆。

住着的梦，却要时常陪伴你的旅途。

风慢了下来，阳光不再焦灼刺眼，而是温柔地落在窗前的植物上，恍恍惚惚中，有光晕流动。

收到友寄来的新裙，明黄色，刺绣的花，古典的盘扣。穿着它，坐在八月的时光里，等一城桂花落在枝头。而我，已很久没穿得这么古典，那些久远的往事，因为一件裙铺展开来。

二十岁，总把矫情当作文艺，总把日月写给新愁。

二十岁，爱穿白色的旗袍，素净净的白，就像这窗前的月光，掩映着小小心事。

二十岁，收集所有与古典有关的物，一枚发簪，一卷书信，一阕小令，一池秋水，仿佛读到七里香的故事里，那弹箜篌的女子，就是此刻的自己。

与友说：你送的裙真好看。

友回：你喜欢就好。

素未谋面的姑娘，你真好。素未谋面的两颗心，在八月里，将彼此挂牵。

每天都从一簇簇紫薇花下走过。

清晨，有花从枝头落下，只一小点。离开了大簇的花枝，花瓣会理解“逝”这个词的含义吗？不，不能用“逝”这样伤秋的词，它只是回归了泥土，落花不是化作春泥还护花吗？所以它只是以另一种方式让生命继续。

我在的小城，风景一程又一程。住着的梦，仿佛一颗深埋土壤的小种子，但它会慢慢发芽，然后成长，直到开出灿烂的花。

就像枝头的紫薇花，在意的人很少，它依旧在八月里，美着。

故乡里，少了春草寸寸，少了夏风拂绿，少了秋果灿烂，可能会失落，会茫然，但四季不会变迁，那些静好岁月里的浪漫，总会如期而至，不过换了片风景。

这片风景，叫远方。

每个晨曦和日暮，都是黄昏美学

你有多久，没看过夕阳下的风景，你有多久，没在晨曦中醒来。

第一次知道黄昏美学，是在张晓风的书中。她说：有天我回到家里，想做个幽光实验，于是没有开灯，在日暮的光线下看书、煮饺子、给花草浇水。那几个小时的时光，就像是与自己的交谈。

童年时，我亦常常伴着黄昏美学，只不过，那时候不懂，还有美学这个概念。

我的母亲是个很节俭的人，而我，则遗传了父亲的大手大脚。在故乡时，天刚刚暗我就喜欢打开屋子里的灯，母亲则会嗔怪：这天儿哪儿黑呀，浪费电。你瞧，对母亲来说，她只是不想我浪费电，因为用电要交钱呀，但现在看来，岂不是也是黄昏美学。

妈妈会趁着黄昏的微光，做全家人可口的晚饭，余晖一点点地落下去，直到夜幕降临，把小村覆盖。母亲在厨房忙碌的背影真美，夕阳落在她的身上，落在她的长发上，那光晕仿佛会跳舞的精灵。多年后我客居异乡，让我思念的，竟是那个夕阳西下的傍晚。

夏夜与秋收时，最能感受到夜幕慢慢降临和太阳慢慢升起的过程美。

小村的夏天，是晚饭后的夜里，就着漫天星光与皎洁的月色，在花香萦绕的小院儿话的家常。屋子里灯是不开的，有月光和星光，把夜点亮，何须人工的白炽灯呢，而且，这自然的光线温柔又浪漫。

秋收要早起，东方刚刚露出鱼肚白，鸡鸣声声此起彼伏，夜睡的人便早早起来，奔向田地。他们是季节的知音，是土地的爱人，他们与太阳一起醒来，与月亮一起入眠，日子过得有朝有暮。我小时候还见过黎明一点点来临的样子，从微微的鱼肚白到渐渐微红，开始一天的生活，就在那一段交替时光，心中盛满对生命的虔诚。

现在很多恋人，都喜欢烛光晚餐，把这作为浪漫的象征。我想，应该是那昏黄的烛光，朦胧的情调，带来的爱的美好吧。

黄昏美学意不在黄昏上，而在朦胧与诗意，模糊与距离上。白天的我们，被毫无保留地暴露在日光下，这样的暴露是没有美感的，因为一览无余，而美学讲求的是含蓄，黄昏会给万物加上柔光镜，你看黄昏下的树，披上了锦绣衣衫，你看黄昏下的他，举手投足都有浪漫萦绕，而我也相信，任是再硬朗的心在黄昏下都会变得柔软。

我很喜欢日出和日落，曾许下心愿，与爱的人等 99 场日出日落，告诉他，我爱他，十指紧扣，在每个日出日落的瞬间，许下一生的誓言。

这是我想送给自己的黄昏美学时光，而那时，我想，爱情一定是美的。

成长是一本泛黄的相册

每年冬天，都在期待一场大雪，而我在苏州，却很少看到雪花纷飞的风景。

昨夜的窗帘没有拉紧，漏了个小缝，清晨醒来看到窗户上有雨珠，窗外雨还在淅淅沥沥地下着。就赖床不想起，支起身子靠着枕头看窗外的雨。对面远处的高楼若隐若现，因窗上雨珠的缘故，而我躺着的视角，正好可以感受到朦胧的美感，于是拿起手机拍了张照片，修成黑白效果倒蛮艺术的。

看到许多朋友在发下雪的消息，心里充满了期待，苏州也能有那么一场大雪，可惜一天过去还是只有雨下个不停，不过，雨有雨的浪漫，我喜欢这一天天的日子，无论风雨雪霜。

给妈妈打电话，妈妈说她在铲雪呢。昨夜我的故乡下了很大的雪，足足有十五厘米深。与妈妈聊着在苏州的日常，还有家里的点点滴滴，平凡的日子里有了许多真情。

我想着故乡的雪。小城的街上，路人匆匆，小村庄很安静吧，雪中的村庄，白茫茫一片，干枯的杨树枝干上覆着薄薄的雪，枝干一半在雪中一半在风中，一半是素白一半是褐色。其实，冬天的样子就应该如此，有雪，有家人在一起的情意融融。

冬天让人变得静，亦如古诗词里写的“千山鸟飞绝，万径人踪灭”。我小时候，冬天常常遇到这样的风景。一梦醒来，门外白茫茫，小孩儿爱玩，非要出门去，大人拦不住就只好把棉衣手套帽子统统给孩子拿出来，裹得厚厚的，出门去路上，只有雪和风，呼呼地下着刮着。

不过那时候根本不懂欣赏这样的意境美，只会邀三两伙伴，掷雪球打雪仗堆雪人。要是搁现在我肯定要即兴文艺一番，随口来一句“雪纷纷风凛凛空巷岑寂寂”这样的诗词句子吧。

童年有童年的喜乐，成年有成年的诗情画意。把那些过往的快乐珍藏，偶尔拿出来追忆，亦是对生活的爱吧。

没有看到雪，却遇见孩子们的笑容，我也跟着孩子们仿佛回了一趟青春。

长大，让人既懊恼又期待，懊恼的是不再是个孩子，不能再任性，期待的是梦想的翅膀越来越坚实。

孩子们亲切地叫我小隐姐姐，恍惚间我似乎看到了当年的自己，十五六岁，青春那样长又那样美好，可以做很长很长的梦。其实，我们都是不愿长大的孩子，但成长哪容得我们拒绝，好在，成长的路上我们坚守着初心，就会多些花开和芬芳。

与梅老师班级里的孩子们聊着写作，说着梦想，不知不觉下课铃声就响了，四十五分钟的相处，竟这般快。有两位孩子追出教室，又聊了会儿写作与梦想。关于写作呀，生活中处处都是素材，一定要用发现美的眼睛去看待每一分每一秒，才能在平凡中，寻找到不平凡的意义。

雨没有要停的意思，撑伞走在雨中，我的内心如此平静。十年前，那个迷茫的小姑娘，十年后回到校园，以一个姐姐的样子，与他们说着梦想。十年恍若一梦，一梦已是十年，无论花开还是荆棘，我知道，终有美好在身边。

亦如，这个寒冷的冬天，心，却是暖的。因为有雨，有遇见。

四月你不来，不许花谢

给你写了封信——
四月天
一起来看牡丹
你不来
不许花谢

这是我在今晚阅读到的诗，淡淡的柔情从诗中扑面而来，是呀，三月已经接近尾声，人间最美四月天，铺了宣纸写信，告诉你洛阳的牡丹已经舒展笑颜。

洛阳，那曾是我的朝思暮想，后来却成为回不去的过往。那年你还是意气风发的少年，我还是象牙塔里不谙世事的姑娘，你说远方有你追寻的梦想，而我却始终抵达不了你温暖的臂膀。亦有过公园听风吟，深夜写下句句诗行，是什么原因让最后的你我陌路擦肩，成为彼此生命里那枚抹不掉的烙印，或者，我本就不属于洛阳，你也不属于江南。

隋唐盛世，那被帝王钟爱的城池，如今是否偷换了模样？你看，她纵是万人之上的王，亦有温柔似水的女子情结，满城牡丹风雨，萦绕在大唐的土地，是不是，她褪去龙袍也会小扇扑蝶，她离开大殿也会闭目嗅花香。我没有去追寻历史，只在穿过了唐风宋雨后，在江南的深夜想起弄丢的牡丹往事。

离开故乡的那年，大学闺蜜约了去郑州绿博园看牡丹，正是花开季节呀，满园的牡丹像赶集似的，唯恐你看不见，我们走在花丛中，偶尔有蝴蝶停留，偶尔有清风拂过。自始至终我都没去看过洛阳的牡丹，就像汴京的菊花，我亦不曾遇见，我们总是想要越走越远，以为寻不到的就是真正所爱，却忽略掉原本唾手可及的美好。

来到江南后，我遇见桃花、海棠、樱花、梅花以及秋桂，这些都是比较精致的小花，但我很少看到拖着笨拙身体的牡丹，不知道是不是牡丹性喜北方，江南的纤巧容不得它娇媚的雍容。

这世上没有丑陋的花朵，每朵花都有自己的使命。曾经我不喜牡丹，后来因为洛阳城的 TA，开始期待为爱守一座城，开一朵花，虽然最后花还未开就已凋零，人还未归就已天涯，但洛阳城和牡丹花却依旧弥足珍贵。其实这些都无关牡丹，只是人类赋予的不同情感。唐代诗人刘禹锡说：唯有牡丹真国色，花开时节动京城。就这样不懂人间烟火的牡丹被推上了国花的地位。

四月是个多情的季节，庭前黄昏落花意，牡丹花开倾人城，顾盼巧兮笑意浓，回首蓦然旧梦笙。提笔写封信，告诉你季节和花期，你若来，岁月倾城，你不来，牡丹不开。

洛阳牡丹富贵花，娇艳人人夸竟不知

那是他年少的家，和如今切切牵挂

天上星星在说悄悄话，洛阳城里有个他

江南的烟雨，迷离了昨日的风华

牡丹花下，沏一杯牡丹花茶
抚琴作画，描摹一幅墨染山水画
这样的日子算不算快意潇洒
四月芳菲尽，那是最美的牡丹花嫁纱

打个电话给妈妈

那次给妈妈打电话，我说：妈妈，我好久没给你打电话了呢，想你。妈妈在电话里有些孩子气地嗔怪：是呀，自从过完年走后就没打过。我听得出，她也想我。可我却无法在春暖花开的季节里给个拥抱，甚至连个电话都那么奢侈。

我到底在忙些什么？

过完年来到苏州，我确实把自己搞得很忙碌。古筝、绘画和写作，可是，我真的就那么忙吗？连往家里打个电话的时间都没有。

很多次我都想着给妈妈打电话，坐在下班的公交车上，耳机里播放着古筝曲，看着车窗外的风景即逝，等到要给妈妈打电话的时候，车子已经到站。那就回到家里再打吧，心里这样想着。等回到家里，吃饭弹琴，再看手机时间的时候，已经十点半。妈妈早已睡下，又没有把电话打出去。

那天周末，我上午去琴房，中午回到家里，大小姐加班，我突然想起要给妈妈打电话，于是拨通了熟悉的十一位数字。其实电话里也不过说些日常，但就是这日常，让我感到温暖。妈妈问我：吃午饭了吗？我答：没呢。妈妈说：正在吃吧，我听着你像吃着东西在讲话。我大笑：这都能听出来，我在吃草莓。

妈妈说邻居家的小妹妹就要嫁人，叮嘱我在外遇见合适的也要考虑考虑，我嘿嘿地傻笑。妈妈在我和大小姐的婚姻上，极少催促，但我明白，年纪越来越大的妈妈还是希望我们姐妹俩能找到个好归宿，否则这件事永远是她和爸爸心中的牵挂。

家里的蔷薇长得怎样呀？我在电话里问妈妈。好着呢，过年你给我带回来的几株花草，只有东边花园里的那两株似乎没活，西边花园里的那株蔷薇叶子长得特别好，绿油油的，还有那株桂花，长势也很好。妈妈在电话那头兴奋地说着。那就是东边的那株爬山虎和那株小的蔷薇苗没活呀，西边花园的蔷薇本来就比东边花园的那株苗年数长，容易活呢。我也开心地说着。等今年再回家，给你多带些花草。说完这句话，我突然心里酸酸的，再回家，说的那么容易，还不是要到春节。

我和妈妈在电话里聊了好长好长时间，说家里的花草，说爸爸的烟瘾，说田里的麦苗……那些日常的点点滴滴，正是我与妈妈之间最真挚的爱。

到底有多忙呀？其实，根本没那么忙，就算每天晚上弹琴，就算深夜还在写作，就算下班的路上看风景，难道，就不能有两个小时和妈妈好好说句话。

打个电话给妈妈，如果这个春天你不能回家，就把思念讲给她听吧。

我是曾经的你，你是未来的我

习惯了沉默，就连那句我爱你都觉得矫情；习惯了远行，就连背影都来不及多看；习惯了离开；就连皱纹都不记得何时爬满额头。旧时人家瓦檐的燕子秋去春来，日日年年，身在异乡的你，是否也会偶尔把她思念。

那天在古巷，有位母亲预订了手绘荷花双肩包，她说这是为女儿订的。我听着心里暖暖的。随后她和我讲起自己的女儿，还在读中学，喜欢古筝古琴，喜欢诗词歌赋和绘画。听她讲的时候，我能感受到她的欢喜，这欢喜里饱含着母亲深沉的爱。随后我决定在这份特殊的包裹里附上祝福贺卡，我不能为这份爱做什么惊天动地的感动，只希望她的女儿在收到包裹后能有份惊喜。

这位素未谋面的小姑娘是幸福的，她的母亲，用最朴素的方式表达着爱，但就是这样的朴素最让人感动。天冷，她给你买新衣嘱咐你别冻着；夜深，她起身为你盖好被蹬掉的棉被；雨天，她冒着风雨去学校给你送伞；回家，她絮絮叨叨地问长问短；远行，她默默地为你收拾行囊；在外，她隔段时间打来电话问候……这样的日常，是她们爱的表现，可我们却还会觉得烦，试图逃离。

年少时，我们都是风中的蒲公英，以为远方的风景旖旎，仰着头想要被风送到海角天边，长大后，我们终于迎风飞向远方，那个叫作家的地方，那个叫母亲的女人，被记忆搁浅。在外的这些年，我隔段时间就会往家里打电话，曾经和母亲说几句话都觉得没劲，如今竟渴望能多与母亲聊天，哪怕仅仅是家长里短，心里也觉得温暖，母亲变得有些孩子气，如果我忙得忘记了打电话，她就会自己打来，还带着嗔怪的语气。

如果说女儿是父亲的小情人，那么女儿则是母亲在这个世界上的另一个自己。小时候觉得母亲很美，长长的黑发如瀑般倾泻下来，眉梢眼角都是风情，梳妆台上，有母亲的味道，衣袂间，有母亲的温柔，于是小小的女孩儿搬了长凳偷偷拿来她的润肤霜，害羞地擦在自己肥嘟嘟的小脸上，对着镜子一遍遍欣赏，渴望有天长成母亲的模样。日子在春去秋来中渐行渐远，她终于黑发及腰长，穿上了漂亮的裙裳，安心地坐在镜前把蛾眉轻扫，朱唇轻点。

见到她的人都说她越来越像母亲，可她却找不出任何相似的地方。母亲的黑发不再柔顺，草草地盘成发髻，眉梢眼角布满皱纹，说起话来唠唠叨叨，风霜，早已把她的风情化作云朵，消失在某年前的某天。而此刻的她，却正值花样年华，热情浪漫。她再回头看母亲，心里突然有些难过，原来她是曾经的母亲，那个小小女孩儿的梦，已经出落得亭亭玉立，以母亲的样子继续在人生这条路上前行。

离开故乡太久太久，那颗思念的心总是不安分地在某个落英缤纷的午后飞呀飞，飞越千山万水，飞到母亲的身边。多年后，我将会成为现在的你，就像童年时，我渴望成为那个眼角眉梢都是风情的女子，岁月会赋予我们相同的美和不同的美，不要害怕，燕子归时，终会云淡风轻。

旧光阴里的明信片

阿萨在明信片中写：我总想象着，是不是每一个从身边经过的人，都藏着岁月数不清的故事。

明信片的记忆在很久很久以前，时光早已在生命的旅程中落满尘埃，那段久远的年少，却像从来不曾抹去。

七八岁的光景，同学之间经常互赠明信片。那时候热播琼瑶的还珠格格，明信片的图案大多是这部剧的剧照，直至今日，在我的老家，还有些染了光阴的明信片。那个时候我们把这些写满祝福的卡片叫作贺年卡。寒假前夕，很多同学都拿着父母给的零花钱挤进学校的小卖铺，买各色各样的贺年卡，送给班里的同学。写满祝福的贺卡，传递着同窗情谊。我也收到很多贺年卡，大多是小燕子和紫薇，也有晴儿和含香，我把它们放在自己的私房盒子里，成为童年里最美的回忆。

我也送出去很多贺年卡，卡片上写下的祝福语，早已被我忘记，只有这样单纯的情怀，挥之不去。小学二年级，那年的冬天异常冷，雪下得很大，瓦檐上结着长长的冰凌，我拿着妈妈给的零花钱去买贺年卡，最后我写给了姐姐，我在小小的卡片上写下歪歪扭扭的字迹，卡片上的图案是还珠格格里的紫薇。我读中学的时候，姐姐去了南方的城市读大学，我也曾再次寄过新年贺卡，那时候的贺卡已经漂亮了很多，可以折叠，我在贺卡上写：家，永远是牵挂的远方。

去年春节，我回到家里，无意地翻找出很多曾经的记忆。学生时代写下的同学录，那些泛黄的相片，还有写满祝福的贺年卡。记忆，翻江倒海般汹涌而至。

大学至今，我便很少再写明信片。偶尔会收到以前的朋友寄来的祝福，心里就特别感动。在郑州的时候，我收到荒城寄来的明信片，从遥远的拉大飞越千山万水，抵达我在的中原小城。拉萨原来那样美，美得那样惊心。

拉萨是很多人的向往，他们头也不回地踏上开往拉萨的火车，站在布达拉宫前虔诚地磕长头许下心愿，那么多人义无反顾地奔赴，把满身的尘埃抖落在这片神圣的净土，我对藏地失去了向往，脚印越多的地方，越无纯净可言。直到收到荒城寄来的明信片，我才恍然惊觉，纵然世人带去再多尘缘，拉萨这座城，始终站在高原之巅，干净得纤尘不染。

江南的冬天，我收到了阿萨寄来的两张明信片，分别是神圣的布达拉宫和飘扬着的五彩经幡。这是我第二次收到从拉萨寄来的明信片，让我对这片土地，有了更多的向往。贺卡上的布达拉宫隐藏着太多故事，我不知道，曾经的仓央嘉措坐在高高的佛床上，会有怎样的思想，是想念梦中的姑娘吗？他是活佛透彻佛法，可他也爱梦中的姑娘。五彩的经幡在拉萨的风中飘着，向匆匆赶路的人讲述久远的故事，在信仰面前，人类永远都是那么渺小，那么卑微，甚至，不如生长在青海湖畔的野草活得安然。

阿萨在明信片上写：2015 年 1 月 11 日，我在拉萨，下午 15：35，天气晴，我想起你，我们都在尽力过自己想要的生活，真希望未来的某天，我们各自实现理想，聚在世界的某个角落，说说流年往事。

许多年以后，我们都老得掉了牙，白了发。或者，在太湖畔的某个村庄里，我们煮好了茶，用干巴巴的声音读那些年写下的明信片。聊聊过往，说说年少轻狂。

那个穿裙子的梦

对裙子的痴迷，是入了骨的，一块块碎布在老裁缝的手中裁裁剪剪，竟成了一身漂亮的裙裳，穿上它的姑娘眉眼里都是欢喜。竟不知是裙子美好了姑娘的年华，还是姑娘让裙子有了灵魂，每当打开衣橱，满满的裙裳静静地挂着，就觉得心安。

童年没有花裙子穿，于是盼望着长大，以为长大了就可以有花裙子穿，隔壁家的大姐姐中学没读完就去了广东谋生活，再看到她的时候，穿着一条花裙子，打身边走过，有一阵好闻的玫瑰香。在小孩子的眼里，裙摆在风中像一朵盛开的花，那是小小女孩儿不懂的浪漫。大人说那样的女子太妖娆，可我却觉得有着致命的诱惑。

读书时候母亲是不喜欢我穿裙子的，所以大学毕业前我基本都是牛仔裤白 T 恤。母亲自己也不穿裙子，在我的记忆里她总是裤子搭配衬衫。

母亲很瘦，所以穿的裤子和衬衫很修身，及腰的长发或绾成发髻，或梳成马尾，那时候母亲年轻，三十多岁，也喜欢些胭脂水粉，独独对裙子极少提起。年轻时候的母亲很美丽，属于九十年代里的美人，我见过母亲出嫁前的一张照片，在外婆家的相框里。听母亲说，那是她嫁给父亲的那一年，细密的波浪卷披散下来，母亲倚着一辆看不清牌子的车，穿了一件看不清楚颜色的连衣裙，虽然隔了年代，又是黑白照片，但依稀还能看到母亲灿烂的笑容。

我记事的时候，母亲已剪去了卷发，取而代之的便是柔顺的直发，还有利落的长裤和衬衫。母亲穿裙子的样子，定格在那一张黑白相纸中。穿了裙子的母亲，卷曲的长发，还有二十几岁少女脸上的羞涩，都被时光封存。

大学毕业后，我拥有了第一件白裙子。白似雪的裙，很公主。后来我的衣橱里开始有了各色各样的裙裳，我为自己添置不同的鞋子，搭配不同的裙子。高跟鞋搭配旗袍裙，帆布鞋搭配公主裙，绣花鞋搭配民族裙，森系鞋搭配法式裙。看着被裙裳填满的衣橱，会偶尔想起孩童时期的梦，那时候的梦想就是赶快长大，像隔壁家大姐姐那样穿好看的裙子。

长大原来只是时光打个盹，就匆匆忙忙地走到了现在。我没有长成隔壁大姐姐的模样，涂着红色的指甲油，擦着玫瑰香水，唯一不变的是那裙摆飞扬的日子，我开始偶尔用公主香水，穿各种精致的裙子。这么多年过去了，小小女孩儿长成了梦中的姑娘，隔壁的大姐姐早已嫁得良人，相夫教子。那些年少的时光，像一场老电影，偶尔在我的心中回放。

朋友偶尔也会对我说：你都是裙子呀。我笑笑回答：是啊，我喜欢穿裙子。我没有对她说起那些裙子时光，只是灿烂地微笑。如今每次发了工资也会给母亲选购衣裳，偶尔会帮母亲挑选一件裙子，但我依然很少看到母亲穿裙子。母亲真的老了，光洁的皮肤变得黝黑松弛，给她买的裙子，穿上不再亭亭玉立，但我看到母亲把它们放在衣橱的深处，我想，那是母亲少女时洁净无瑕的梦吧。

在外工作的这些年，搬家是常事，每一次搬家除了书籍便是一箱箱的裙子。有些随着我从河南辗转到苏州，有些则留在了故乡守候着那些老去的时光。记得来江南的那晚，我在屋子里整理着裙裳，母亲走过来，看着我的背包说：这么多裙子。我回头对母亲笑：是啊，有些搁家里吧。母亲也笑，那晚我和母亲躺在一起，有一搭没一搭地闲聊着。

在江南我穿着不同的裙裳走过很多小镇园林。但母亲却很少看到我穿裙子的样子，在外工作这些年，几乎只有春节才会回家，而回家的路途迢迢，哪里带得了那么多的裙裳，于是穿着裙子的时光，都留在了柔情的江南之地，定格在一张张彩色相纸中。

前几日又去买了一件棉麻连衣裙，素雅的米白色，宛若旧时光。我给它起名“婉心”。母亲，您的小女儿也穿上了裙裳，是不是一如二十几岁的您。

愁莫渡江秋心拆两半

秋在季节里徘徊
等一场叶子的盛大约会
云朵是嫦娥身边的玉兔吗
为什么那样白
秋了呢
给你寄去思念
悄悄地跳进你未关好的窗
等你来迎

清晨推窗，凉意灌进来，阳光也不再刺眼，而是温柔地从窗缝里钻进来，像个调皮的孩子，等着你对它笑。什么时候感受到秋意呢？是从窗外的薄荷落了叶，秋虫在草丛里呢喃，是从无袖连衣裙搭上薄薄的开衫，天上的云朵团团簇簇。到底是从什么时候你说不清楚，反正，秋了呢，你知道我知道，花知道树知道，山知道水知道，云知道风知道。

立秋，是个词，更是一种情怀。

在小村，立秋意味着万物成熟的季节到来，二十四节气对农人来说，没那么多诗意和浪漫，只是四季播种收获的时间表。记忆里的立秋，蝉鸣声辽阔，杨树叶子开始由苍绿走向这一年的终结，院子里的向日葵籽可以剥着吃，藤上的冬瓜、丝瓜搬上餐桌，一场场秋雨一件件加衣，心也跟着秋的韵味平和宁静。

秋送来清爽，送来天上的云朵和地上的桂花香。这几天朋友圈被云霸占，被晚霞霸占，被秋色霸占。早晨被天上大朵的云撞个满怀，等公交车的时候拍了云朵下的香樟树，发给远在故乡的朋友。江南的初秋是住在云中的风景。朋友很快回复。我们望着同样的云朵，你看，它像心，你的照片里是树上长了秋心。我被这样的幸福打动，香樟树上长了秋心，这是多美的画面。

秋心这个词比秋色、秋景、秋味、秋颜都好听。方文山有句歌词写：愁莫渡江秋心拆两半。只是秋心两个字就喜欢上这首歌。那还是周杰伦刚兴起的年代，我读中学，学校广播站里经常放这首菊花台。那些初秋到深秋的日子，少年不识愁滋味，却偏偏喜欢为赋新词强说愁，校园花坛的菊开得满径幽香，每个清晨我都会路过，俯身看看菊，再抽身离去。

秋总是带着薄薄的愁绪走来。银烛秋光冷画屏，轻罗小扇扑流萤。这是我喜欢的描写秋的诗句。秋天的烛光是银烛，秋天的夜色是冷的，那天上的恋人，是不是会在今夜相会。她手执小扇，轻轻拍打飞舞着的流萤，这个时候的月色应该明净如水，远方的你是不是也遥望着明月和星空，想念远在天边的故人。诗人信手拈来，就是句句诗行，但今夜的我不写诗，只想你，因为再多的句子都无法把故事写满。

秋来，搁浅了一季的梦都该收获了吧。伴着落日黄昏走在下班的路上，路边水岸的紫薇花在余晖下仿佛穿了件昏黄的霓裳羽衣，车窗外的天空，被热情浪漫的晚霞笼罩，金鸡湖畔，那些高大的建筑像伫立在水上的海市蜃楼，恍惚间有些不真实。

八月，我单曲循环《风居住的街道》，似乎每年的这个时候，那颗思乡的心就开始游走，季节里的事，都在小村里来来去去，我伸出手想要抓住一点温存，江南的风景在故乡的梦里寻找归期。

今夜的思念你听到了吗
桂花那按捺不住的小性子
应该也在来的路上
还有蝴蝶羽翼般的银杏
红于二月天的枫叶
最后是我写给你的这封信
在秋的路口等你拆封
人走了，等到也不再是旧时人

来生，若你不认得我，我就说，你的茶凉了，我再去给你续上吧，你便知那人是我。

是不是该回家了？

妈妈在电话里絮絮叨叨地怨怪我不回家，我呵呵地打着岔。

我不知道自己二十几岁选择远离是对是错，可那颗飞远的心，总是收不回来。似乎有很多梦未完成，写文章、弹琴以及做手绘，我都希望能交上圆满的答卷。妈妈不懂我的这些梦想，她只希望女儿平安快乐。

秋天，适合把思念写在天空，让云朵捎去。前几日读陆苏的新作，她在序言中说：让别人都去远方吧，我哪都不去，就待在小村。她是我喜欢的为数不多的作家，她写小村写四季，每周五天在城市工作，两天开车回小村，日子不惊不扰。我时常被她质朴的文字打动。

远方，有多远，小村，在何方。记忆有多深思念就有多重。四季花谢花开，春天的柳枝发了新芽，夏天的水池开了莲花，秋天的天空明净澄澈，冬天的雪花漫天飞舞，这是我记忆中的小村，没有纷扰和争夺，只有邻里间的笑语，花圃田间的绿肥红瘦。

很久没见过小村的四季风景，唯有天寒地冻的腊月天，我才风尘仆仆地归来，伫立在小村口，熟悉又陌生的风景，无法言说的情感。我的小村，已经没了风雪夜归人的童话。干枯的杨树枝干在灰蒙蒙的天幕下，看不到尽头。

刚毕业在郑州工作的那年。春日四月天。妈妈打来电话：油菜花开了好多，周末快回来看花吧。就因为这句话，那个周末下班后我就买了汽车票回家，看花看妈妈。小村里的油菜花到了四月真是好看，在大片绿油油的麦田中，偶有几片金灿灿的油菜花，是风景亦是风情。

小村的人日日闻着菜花香，不觉得有什么好的。但我还是拉着妈妈去菜花田里拍照。妈妈任由我拉着，笑得像个孩子。我穿了新买的白色棉布裙，花香染衣襟。属于我和妈妈的温馨，最后定格在那些泛黄的相片中。

我不知道自己的小村小镇情结源于哪里，是读的文字太多，还是本就不喜喧闹。我的故乡，没有烟火小镇，所以当我来到苏州后，最喜欢去不同的小镇看风景。同里、周庄、西塘、乌镇，甪直、木渎、枫桥、锦溪等，这些生活着的小镇，烟火浓浓。

很早的时候，我还在空间平台上写文。那时候大家都纯粹地写文，腾讯有个手机美文，偶尔会把文章发去那里。在这个最初的平台上，我认识了伊。她是我认识的姑娘中最恬淡的。后来她大学毕业，去了小镇教书，在学校里认识了同为教师的他。有很长时间，我在空间平台上没看到她的只言片语。再看到她的消息，她已经有了可爱的女儿。她的女儿长着大大的眼睛长长的睫毛，笑起来像个天使，安静的时候自有诗书气质。像伊那样的好姑娘，上天本该如此眷顾她的，送给她温和的他和可爱的女儿。

伊的女儿乳名是茉莉，像小茉莉那样芬芳四溢。偶尔可以看到她记录小茉莉的成长，像诗像童话。她说：养个小姑娘像养着一个童话。她写给小茉莉的信笺，读来总有淡淡的喜悦。小镇上没有轰鸣的汽车声，却有浪花的嬉笑声，小镇上有他有花有养得起生活的工作和可爱的女儿，默默相爱，寂静欢喜。

对于教师这个职业，读小学的时候就蛮期待。到了叛逆期，却是怎么也不肯读师范。如今又在奋笔疾书地参加教师资格证的考试。这一生，我们所有的努力，都不过是想要在某个风和日丽的午后，有山水草木为伴，家人在身边，平平安安。

对未知远方的向往，可以说是探索精神，亦可以说是欲望所致。幸福的根源在于自己，枕着山水的人自有山水乐趣，万水千山走遍的人亦有风景看遍的欣喜。妈妈并没有想要收回风筝的线，她只是，在夜深人静的时候，想要给被风吹远的风筝一些温暖。

无论我去哪里，妈妈都笑着目送。但她总会说：如果想回家，就回来，还有爸妈。我从来都只和妈妈讲外面的风景，她会在电话里细细地听着，再与我说说家里丝瓜又结了好多，凤仙花开满小院，紫茉莉到了五六点就约好似的争相开放。时间真的如白驹过隙，八月接近尾声，九月的桂花爬上枝头，十二月的风雪还远吗？

秋色渐浓，在花开的夜里蔓延。待到春暖花开，我就会陪着妈妈，在小村闲敲棋子落灯花，奢侈到忘记远行的匆忙。

今夜，楼下的犬吠声，像极了旧光阴里的夜晚。我不写诗不弹琴不绘画，就坐在这里听那声声犬吠，然后想你。

成长，原来如此不动声色

很久没联系的朋友在微信上联系，满满的感动。我们相识在中专的时候，后来我去郑州读书，算来有五六年时间没见过，但彼此并没生疏。最好的友情，莫过如此。

无论人生走到哪里，那些路过我生命的她们都留下过美好，且值得我此生珍惜。

中学时有两个知己。那年电视里热播《香樟树》。讲述的是大学里三个姑娘的友情和爱情，她们在香樟树下相识，许下永不分离的誓言。那时候我和她们正如这部电视剧里的三个姑娘。我们在小镇读书，镇上的日子淳朴得像田里的麦子，春秋冬夏，年年复复。就是在那个时候，我喜欢上香樟树的叶子，小镇没有香樟树，我在日记本的扉页上写着：有那么一天，我渴望折一枚香樟树的叶子，送给你们。

十六岁，离开小镇去平顶山读中专。她去读幼师，她去漯河读中专，我们三个姑娘就这样在新生活里各自欢喜。那个年代，流行写信寄明信片，每次去收发室里看到她们寄来的信，我都迫不及待地拆开。她换了新发型，寄来照片，笑容甜蜜。信中她写校园生活，写某个男生。少女情怀，在淡蓝色的笔迹中铺展。

在平顶山读中专的两年，于我是上帝最深的厚爱。那两年，我结识了新的知己三两人。艺术设计专业给了我们足够大的自由空间。教学楼前面的小花坛，留下我们拿着铅笔沙沙作画的身影。后操场上，有每晚细碎的闲谈，关于梦想和爱情。

无数个晚自习的夜晚，听着 MP3 坐在操场的看台上数星星。身边有夜跑的隔壁班男生，有拥抱着的情侣，还有大把大把的青春。

从宿舍到教学楼必经的那条路两旁种着高大的梧桐树，深秋的校园，叶子铺满整条道路，走在上面像走在地毯上。那个喜欢穿白色系带帆布鞋、牛仔裤洗得发白的年纪，手中捧着安妮的文字，未来，许得无限大。

北方的小城到了冬天会下雪，周末和她买上好多好多零食，坐在温暖的被窝里听周杰伦和王筝。外面的雪就那样下着，宿舍楼下干枯的花木枝干都穿上了白色的衣衫，整个世界安静素雅。

学校的广播站每到中午的时候，会播放那首耳熟能详的歌曲：《我们都是好孩子》。那是我最喜欢的音乐。她说：我以后听到这首歌就会想起你。我们哈哈大笑。许多年后，我又在电台听到熟悉的旋律，而那个她，早已嫁作人妇。不知道，当她再听到这首歌的时候，是否还会想起疯跑嬉笑的岁月。

学校外面的小网吧，没有完善的管理，没有营业执照，她坐在那里飞快地打游戏，我坐在那里戴着耳机听音乐聊天。那是个无眠的夜晚，十七岁的两个姑娘不用担心第二天的黑眼圈。清晨泛着潮湿的雾气，我们俩起身去小摊上买鸡蛋灌饼，谈笑着往学校的方向走去。

大学，对于十七八岁的姑娘来说很神秘。我们约着去距离不远的平顶山城建学院，看着比我们大的学生来来回回从身边经过，坐在草地上拿出拙劣的化妆品涂涂画画，十七岁的心渴望拥有二十岁的成熟。

两年后，我随着父母的意愿转学，参加高考，继续读书。她们随着毕业将不谙世事的少女过早地交给这个嘈杂的社会。尽管我们走了不同的道路，但这份情谊依旧。转学后，我写下这样的话：别回头，希望就在不远处。

在新的学校，很多学习生活我都不习惯。新的同学对我这个转学来的孤僻的姑娘亦无太多深交，有女生窃窃私语，有男生递来情书，只因为对无端闯入他们生活的姑娘的好奇。

我没有交新朋友，把所有的时间都用在学习上，终于考上郑州的大学。我沉默，把所有的深情厚谊都写进日记，把所有的未来都许给自己。

十九岁的那个夏天，我去大学报到。在这里，我依然只交心两三好友。太多的交往是负累，每个阶段都有每个阶段的人生，无论她们何时出现，都是刚刚好的安排。

第一次在外面租房，第一次煮饭，第一次远行，我们一起。

她假期回家，带来新鲜的大米，我们在那个每月 100 元房租的小房子里熬各种不同的粥，做色香味都欠佳的饭菜，却依然吃得喜乐滋滋。去太行山写生，红彤彤的山楂和黄澄澄的柿子装满随身带着的大背包。

大学时候多了几分成熟，亦有未褪去的稚气。图书馆、食堂、不同的教室，以为相伴的日子还很长，不知珍惜地肆意挥霍。三年后，毕业。她留在郑州，我来了苏州，从此又是山水迢迢。

离开郑州那年，她从新乡赶到郑州送我。在苏州的几年，每到冬天，她就会打来电话，问我的归期。好的情谊是什么？就是无论隔着多少山高水长，你走，她笑着送你，你回，她笑着迎你。

成长，原是这样不动声色，当年那个对香樟树充满期待的小小女孩，已经走过了人生的二十五载。从来对友情都没有太多苛求，三两知己，足够。偶尔会遇见爱夸张自己认识多少多少朋友的人，有的甚至只是某次活动或者因工作社交需求加了彼此的微信而已，面对这样的夸大我习惯笑笑不语，把自己的生活过好就好，不同性情的人，何必去打扰。

我和朋友昨天晚上聊了好久好久，似乎又回到那个十六七岁的年纪。尽管现在的我们在不同的城市，过着不同的生活，但我们始终都在向着美好奔跑，用自己的努力创造梦想的生活，这就是成长最好的诠释吧。

十五岁到二十五岁，十年就这样仓促又美丽地成为过去，如果时光有回头，我依旧不后悔走过的路，相遇的人。我还愿意回到十五岁的香樟树下，在十七岁的花季牵着她的手奔跑在落满梧桐叶的校园，十九岁和她去远行。

爸妈，我为你们买好了过年的新衣裳

妈妈打来电话，说给她买的衣裳收到了，穿上正好。最后挂电话的时候又不忘叮嘱一句。我家里很多衣裳的，下次别买了，你们自己买着穿吧。我应着，这是每年我给爸妈买衣裳后都会有的叮嘱，我只是随口应着让她安心。但每年春节的时候，还是会照旧给她和爸爸买新衣。

就像小时候过年的时候，妈妈都会拉着我买新衣。

在我很小的时候，家里条件不是很好。因为我是女孩，爸爸从小对我又没有太深的爱，只有妈妈，用她温柔的母爱小心呵护着幼小的我。所以每年过年的时候，妈妈会拉着我去买新衣。北方的冬天下雪，而且雪下得很大，妈妈和我走在厚厚的积雪上去买新年的衣裳。买来后舍不得穿呀，放在家里的檀木箱子里，焦急又喜悦地等待初一的清晨。小孩子本来贪睡，但初一那天必然起来很早，因为想穿新衣裳。

还是孩童的时候，平时我和姐姐很少有新衣裳。只有过年，像一场盛大的仪式，新衣新帽。妈妈不怎么买新衣。当一个女人做了母亲之后，她所有的爱都随着孩子而存在。宁愿她自己少穿，都不能委屈了自己的孩子。其实哪个女人不爱美，不爱漂亮的衣裳？长大后我给妈妈买的每件新衣，她收到的时候都欢喜得像个孩子。小时候妈妈总说，年是给小孩子过的，大人不用买新衣裳，结果我天真地信了，每年都心安理得地等着妈妈带我去买新衣。

长大后我才明白，谁不期盼过年呢。妈妈曾几何时也是个爱做梦的花季少女，只是生活交给她的历练让她收起了少女时代的情怀，走向那个妈妈世界。

读书之后对新衣的期待已经没那么深厚，平时都能穿到新衣，过年的新衣不过是个形式。

直到大学毕业，我开始每年春节都给爸爸妈妈买新衣。

2013 年的冬天，大三的我去一家新闻公司实习。刚好实习完第一个月就是春节，我拿着第一个月的工资给爸爸妈妈买了第一件新年衣裳，心里喜悦呀。这么多年，第一次拿到自己赚来的钱，而我用这钱给爸爸妈妈买了过年的新衣。回家后我拿出来给爸妈，他们脸上荡漾着笑容，穿着我买的新衣走亲戚。

从那之后，无论我在哪里，都会给爸妈买过年的新衣。曾经我对爸爸心存芥蒂，但现在每次回家看到爸爸越来越苍老的面容，心里的芥蒂就会荡然无存。到底是爸爸。那个穿着中山装的翩翩少年，那个说起话来凌厉威风的男人，到了迟暮之年，平和取代了戾气，他也会在我和姐姐回家的时候，满心期待，在我们很久不往家打电话的时候，回拨过来问我们的近况。

人，都是会老的呀。

为爸爸妈妈选的新衣，我总会不偏不向。因为我知道，年岁越大，越会像个小孩儿。若我只为妈妈买爸爸会伤心难过，若给爸爸买多了妈妈又会觉得我心里只有爸爸。那个扎着羊角辫舔着棉花糖的小女孩已经出落得亭亭玉立，可她却为了远方倔强地一次次离开。爸爸妈妈的一生，都系在孩子身上。孩子长大了扑扑翅膀飞走，守着岁月的，只有那两个越来越迟暮的老人。

年味越来越浓。很多人告诉我早已不再期盼春节，因为都是些琐事。但我很爱很爱春节。春节，多好。团圆，多好。一家人平平安安长长久久，多好。公交车上播放着苏州市春节烟花爆竹燃放的新闻，我等着回家的一张车票。小时候期待这一生平平安安长长久久，荣华富贵长命百岁。

如今，这份期待从未变过。只等，春来。

伴着鸡鸣醒来

沾着清露的晨，我被几声悠远的鸡鸣声唤醒，这一刻的时光，我无法言说，只是有莫名的感动，沁润多情的梦境。

睡在村庄的夜里，我关掉了所有的闹钟。伴着星空进入梦乡，伴着鸡鸣迎接朝阳，淡然随性，默然欢喜。

读大学的年纪，描绘过很多次未来故事。住在村庄里，一座小房子，薄田几亩，房前是精心侍弄的花园，屋后是应季的蔬菜，屋子的左侧植遍大树，右侧是和善的邻居，站在屋顶，可以望见如黛的山峦和青绿的湖水。我的故乡没有如黛的山峦和青绿的湖水，后来我邂逅太湖，被那片碧波如流深深打动，如上苍不负痴情儿女，寻得有缘人，在太湖西山购一方废弃的宅院，日出而作日落而息，定是一件妙事。

图画总是太美好，文字总是太曼妙，只好悄悄地把故事打包，辗转漂泊，任时光马不停蹄地追赶，接受命运布下的棋局。

人总是惧怕光阴，却又期待光阴，岁月从来不会为你我留下回眸的机会，当我还是小小女孩儿的时候，渴望一夜长大，像隔壁的老奶奶那样，有一双历经沧桑的慈祥眼睛，浇花种菜慵懒地晒着太阳，小猫咪蹭在老奶奶的身边，像雪球一样美得动人，或者该有一把摇椅，椅子上的纹路和老奶奶一样苍老，有一种旧的无法再旧的感动，蓦然涌上心头。人生像一叶小舟，你我都是舟上的渡客，彼岸是花开灿烂，还是荒漠孤烟，都由不得肆意选择，蓦然回首，却惊觉时光如梭，昔日里那个舔着棉花糖想要伸手摘下云朵的小姑娘，已经是菱花镜中另一番模样，羞涩的容颜多了几分红晕，及腰的长发再也不会梳成两只羊角辫，胭脂盒里的岁月，化作了心底的朱砂。

原来我也怕长大，害怕岁月无情地拂过脸颊。

辗转的时光绽成我心底的野菊花，我不敢抬头，看一看童年那一幅画。也不过是十几载光阴，竟恍惚了一季又一季的青丝暮发。

很久以前家里也养鸡鸭，院墙用红砖堆砌成好看的梅花，淡蓝色的瓦檐停留过燕子的呢喃，还有冬季里飘落的雪花。院子里有一棵枣树，大抵历经了很多春秋吧，年年花开年年结出甜甜的枣子，就是这棵没有来因的枣树，成了鸡的家。小孩子总有很多的精力，从来不知疲惫为何物，每天清晨都在第一声鸡鸣中睁开惺忪的睡眼，那时深秋露浓，小院里的菊花开得正好，淡黄的菊花瓣上还有清露亲吻的痕迹，透明清澈。太阳缓缓地吐出一点点红晕，花瓣上的露珠在阳光下发出七彩的光芒，渐渐地消退，在属于它的清晨，我的梦里。枣树上的鸡则会一个扑棱地飞出去，抖一抖身上漂亮的羽翼，飞奔向母亲早已为它们准备的美食。那时年纪小，对世间万物总有一种热情和好奇，我也会蹲在旁边看它们啄食，直到母亲轻轻唤我，才起身循着母亲的声音一路小跑过去。

后来我学了绘画，也爱上了文学，我把这样的野趣写成诗笺，绘作故事，交给一个叫作岁月的老人，珍藏。

家里什么时候不养鸡鸭了呢，我竟也说不出来，是我挥手作别童年的时候吗，还是我系上红领巾的时候呢？后来老院儿里的那棵枣树，也被砍伐。再到了吃枣子的季节，只能看到大街上吆喝着的小贩，推着破旧的车子叫卖着：新鲜的枣子，包甜。也去超市里购买枣子，那一颗颗饱满剔透的枣子，静静地躺在琳琅满目的超市，人工喷洒的水珠，轻轻地浮在青绿的枣子上。只觉得枣子原该属于乡野，或者出自某座世外桃源的小村庄，这才是它最终的归宿，是清水出芙蓉的悠然。

在都市待久的人，总渴望可以回到村庄的纯净。哪怕只是听一听远处的鸡鸣，或者嗅一嗅野菊花的芬芳，在一片青山绿水间，给心灵一点儿自由呼吸。

我在苏州的那些日子，也只是暂栖，曾许诺邂逅苏城的四季，就会悄悄地离开，但很多事情你我都无法预知，我不去细数还有多少光阴可以任由我青梅煮酒、踏雪寻梅，只愿静静地安放那些细碎的光阴。这一生无须邂逅太多城池，只需认真地来过，我便心安。

苏城太湖畔的西山小岛，是我心心念念的地方。我不顾路途遥远，一次次地伫立太湖水岸，一次次地拥抱山中村庄。那里的小村庄，是我无法释怀的情结。山峦如黛，湖水青绿，远处的一叶小舟，滑过岁月的桨橹，时光的绿波，或者那小舟上是一位得道隐士，知晓琴棋书画茶，亦懂柴米油盐醋，也可能，那仅仅是撒网捕鱼的渔夫，等待晚归那一场鱼宴。

睡在村庄的夜里，哪怕许久未见到鸡鸭，也会被一声声鸡鸣声叫醒。声音从很远很远的窗外飘来，清澈嘹亮，唤醒村庄的清晨。

小村的故事，在一声声的鸡鸣声中开始。我的故事，在一声声的鸡鸣声中，悄悄蔓延，蔓延。

那年我还是小小女孩儿，日日盼着长大，手中的棉花糖洁净无瑕，像极了天上飘飞的云朵，母亲为我梳的羊角辫，留下紫茉莉的芬芳，远处的鸡鸣一声声长唤，唤醒梦里的清欢。

父　亲

写下这个题目的时候，窗外正阴沉着天，乌云压低了空气，似乎在等待一场狂风暴雨。一直写母亲，却很少提及父亲，那个沉默的男人，那个世界上最爱我的男人。不是不爱父亲，也不是爱母亲比父亲多一点，只是父爱始终都是无言的，是沉默的。

很早的时候就在酝酿着一篇关于父亲的文章，却始终不敢提笔，日子久了，仿佛真的是无声胜有声了，于是就把对父亲的爱深深地埋在了泥土里。

年过半百的父亲在我的印象中一直是沉默的，就像他对他女儿的爱。

父亲出生在五十年代末六十年代初，高中毕业，那个年代能够读书便是一大幸事，更何况读到了高中毕业呢。在家里的老箱子底，还留着父亲读书时候的毕业照。读小学的年纪，第一次看到那张高中毕业照，照片中的父亲身板挺直，黑白的照片看不出父亲衬衫的颜色，衬衫的口袋里插着一支钢笔，从照片中看出年轻时候的父亲必定是一位翩翩君子吧，我想。

我曾悄悄地对母亲说："高中毕业的父亲当初没有读大学真是遗憾。"后来长大了，当我再回想当时说的那句话时，我突然觉得父亲没读大学并没什么值得惋惜，每个人都有他的命运，至少，后来他娶了我的母亲，至少，后来他拥有了两个可爱孝顺的女儿。

读中学的时候，第一次深深地感到父爱的无言。

第一次离开家离开爸妈在外求学，也是第一次开始住校生涯，一个金秋的周末午后，由于天色已晚，父亲便骑着自行车载我去学校，坐在父亲的老旧自行车后座上，秋风似乎不再寒冷，内心，也安心了许多。到学校后父亲把我送到门口只说了一句："我回去了，你赶快去教室吧。"我应了一声，回望父亲一眼，那一刻，我仿佛看到了希望，是父亲给予我的希望。

我与父亲之间很少言语，有任何的心事也从未对父亲讲过，很小很小的时候就与母亲比较亲近，但父亲那种无言的爱始终深藏心底，中学时我学习成绩并不是很好，毕业那年我还是没有考上高中，那个暑假是我最难忘的暑假，也是最难熬的暑假，我想读书，可是我不愿去重读初三，后来在家人的劝说下我读了一所很平常的职高，一直以来我的父母从未强求过我什么，就连读书选择的专业，都是按照我自己的意愿，我选择了美术，很多人对父亲说，学美术没什么前途，以后要靠卖画为生吗？但作为父亲，并没有以他的威严命令我不准学习美术，很多人对父亲说，家里两个女孩子干吗非要让她们读书，又不是男孩子，早晚是要嫁人的，但我的父亲，他忍下了世人的冷嘲热讽，选择让我们读书，父爱，就像一座大山，给我了心安的依靠。

读大一的时候，有一次父亲送我到车站，汽车已经缓缓地开动，我不经意地回头，看到父亲依然站在原地望着汽车行驶的方向，那一刻，我发现父亲沧桑的面容，鼻子猛地一酸，眼泪竟然不争气地落下，害怕车中的旅客看到自己狼狈的样子，我忙拿出纸巾擦干眼泪，那一刻，我竟然急切地希望时光可以逆转。

很多人说，世界上最爱我们的男人都娶了世界上最爱我们的女人，这个男人就是父亲，这个女人便是母亲。象牙塔的时候，我写过一篇诗歌，诗歌中有句话说，大手牵小手，您陪我走过春夏冬秋，画笔下的永远，是您对我的期盼，我愿挥洒一片蓝天，许您一世平安。那是唯一一首送给父亲的文字，很多个无眠的夜晚，想起旧时光父亲牵着我手的画面，心中就很温暖。记忆里很小的我经常生病，秋意凉凉的早晨，伴着鸡鸣声父亲带我去看医生拿药，有时候父亲牵着我的手，有时候父亲把我背在身上，那画面，让我至今难以忘怀。

昨天去古玩城淘了很多书，有一本《朱自清全集》。突然想起了读书时代学习的一篇散文——《背影》。那也是写父亲的散文，在朱自清的笔下，我仿佛看到了自己父亲不再挺拔的背影。最近一次见到父亲是“十一”归家的时候，父亲，又年老了许多，而相聚的日子总是那么短暂，又要离家漂泊在外边，这次的离别，恐是要到了春节才是归期。一直倔强地想要远行，一直以为青春就是要肆意张扬，却不知，父亲的鬓角又添了几缕白霜，父亲的脊背早已不再挺拔。

如今五十多岁的父亲白发又增添了很多，岁月无情地在这个男人的脸上留下了道道痕迹，他的女儿也已经长大，不再是那个骑在他背上的小女孩，那么，我的父亲，虽然我不曾向您说过那句矫情的“我爱您”，虽然您和女儿之间总是用沉默代替想念，但女儿一直都把您看作世界上最伟大的父亲，有您和母亲的地方，就是女儿的天堂，女儿期待着有一天，穿上那件白纱长裙，您大手牵小手，带着女儿走过红地毯，把女儿交给那个温润如玉的男子，那一刻，女儿一定是世界上最幸福的姑娘。

亲爱的父亲，您无言的爱在我的心底最深处，绵长，永恒，给我希望，伴我成长，让我祝福您吧，祝福您长命百岁，幸福永远。

老了心

回家，却是害怕了漂泊。妈妈说：回来吧，家里的花儿都开了，回来吧，回来看看家。我感动得泪流满面。多年没看到过大片大片明黄的油菜花了，儿时不知道她的美，只觉得有些土里土气，却忘记了最乡村的东西才最真呀。

豪言壮志地追着远方，久了，就倦了。

人是需要天清地宁的，在钢筋水泥的都市里待久了。

贴心的东西必然是贴近自然的，鹅黄、嫩绿的春天呵，是大自然赐予人类的伙伴。

我像个孩子奔跑在油菜花田，妈妈为我拍照，携一朵明黄别在耳畔，我闻到了阵阵清香。

如果可以突然这样老去该是多美。

这世间的纷纷扰扰一下子消退，爱恨情仇历经时间的打磨风干成一朵妖气的罂粟。争了大半辈子，这一刻，都该放下了，迎合了大半辈子，这一刻，都随它去吧，慵懒地打发着小日子，困了，就睡，高兴了，就笑，难过了，就哭，宠辱不惊，淡定自如。

多么可怕，如花的年纪里携着一颗苍老的心。

多么无奈，容颜还在心已老。

我穿着素白的森系公主裙，素白素白的，像一团雪，裙摆上荷叶花边做工精致，脚上是森系的公主红皮鞋，姐姐打趣地说：哟，哪家的小公主哦。一个小字让我心花怒放，大抵每个女孩儿心底都有一个公主情结，这份情结是从洋娃娃开始，还是从羊角辫开始，早已模糊了记忆。

童真的心再也经不起岁月的侵蚀，老练的灵魂是爬满风霜的光阴。

心老了，不再是锋芒毕露了，年少的跋扈、冷艳此刻都化作平和、静柔。

看到凋落的桐花，有老去的姿态。桐花本就带着世俗的繁芜，凋落的时候，大片大片地染着大地的灰尘，颜色都污浊了，就是这样才有了生活的味道，是光阴所赐，不就是老了吗，老了就可以允许无所顾忌，光阴赐给她的，是平和的心，你们就无视吧，所有人都只顾着去看开得妖娆开得华丽的牡丹，我也无所谓，我自开花我自凋，凋零和泥碾做尘，回归自然才是最终的归宿。

老，就要老得彻底。大把大把的岁月都经过了，心态也平和、随喜了。

老，不是故作老练。

爱上文学、绘画的人大抵都住着一颗苍老的心。他们身上的静气把这颗苍老的心赤裸裸地暴露，只有写作或者绘画的时候，可以呼云唤月，过后，携着一颗平和的心小心翼翼地行走在红尘。

二十几岁拥有一颗苍老的心是不易的，二十几岁多好呀，像刚刚吐露蕊子的春天，跋扈、张扬。蛊惑于这世间所有的繁华，享受这世间所有的凄迷，是赤裸裸的向外。靓丽的容颜，华美的服饰，这些就是二十几岁的资本。

裂帛的一句广告词用得好：裂帛，向内行走。喜欢这个内字，是直抵心灵深处的惊艳，对，二十几岁，要做到向内行走，感知最贴心的存在。本就默默无闻，就要做到默默无闻的样子，戾气只会让人越行越茫然，静气才会靠近真我。让内心呈现出岁月洗礼的样子，只有历经岁月的侵蚀才更接近自然，才更长久。

晴儿说：为什么我们要老得那么快。

老得快吗？不快，慢吗？也不慢。老就老吧，早些收起内心的跋扈和张扬，未尝不是一件好事，过早地把自己活成一株不开花的幽兰，未尝不是一件乐事，这个烟火人间，总是需要不动声色的稳妥和随喜。

老，这个词有些伤感，却也带着致命的诱惑。很多人的老只是故作老练，我讨厌极了这样的人，他们哪里是老，不过是邪恶而已。老，该是随喜、平和稳妥的。

我是喜欢老人的。他们走过了人生最辉煌的时候，知道人生是往回收的，人越老，也就越年轻，越可爱。这是时光所赐的从容。

老了心的男子有一种致命的引力，二十几岁的韶华光阴，他们懂得静气，懂得人生的所求，所有的繁华最后都不过是付与光阴，他们不会太张扬，懂得收敛，亦懂得存在的意义。

心老有种禅意，看遍尘世烟火，懂得慈悲。

心老有种大美，广阔无垠。

心老了，渴望稳稳的幸福。那些放荡不羁和远方，都留给年少的自己。心老了，融入血液的感情越发眷恋，叶落终要归根。心老了，一粥一饭会更加贴心温暖。

心老了，也静了。

电台里的不了情

有那么一段时光，路过我的青春，在波澜不惊的心湖中，荡起微微涟漪，后来我知道，那段时光有个好听的名字，叫少年。

家里的第一台收音机十分笨拙，款式很老，只能搁置在老旧的木桌上。晌午十分，母亲在准备一家人的午餐，有阳光斜射在屋子里，老旧的木门上油漆都被光阴蚀去，父亲就搬了凳子坐在门口，打开那台他视为珍宝的收音机，拧开一个频道，听他爱的评书。

我第一次对收音机有了记忆，午后，父亲不在家，我就学着父亲的样子拧开收音机，有时候会播放新闻，有时候还是评书，但更多地播放着好听的音乐。《音乐好心情》是我听的第一个音乐节目，男 DJ 的声音宽厚温暖，他会讲故事，讲一段故事，就会播放一首老歌，那段时光美好得像天上的云朵，软软的，有着纯净的白。

读中学的时候，母亲为我买了第一部手机。除了用手机和家里联系，更多的时候我喜欢听手机中自带的收音机，最爱的一个节目是 QQ 音乐站。电台的 DJ 是一位善良美好的女子，她的声音有着尘世烟火的暖，她有一个简单却动情的名字：安娜。应该是一个暖洋洋的午后吧，我随意地翻动着收音机里的频道，一个温暖的声音突然跳入我的耳中，后来在一次听节目的时候，知晓了安娜的 QQ，那一刻欣喜若狂，便迫不及待地添加了好友，每一次坐在学校附近的网吧里上网，都会去她的空间看看，哪怕只是看看，心亦是温暖。

有一位叫作恶魔的听众，每一次都可以听到他点播的歌曲。后来我也去点播过歌曲，我把点播短信发送给电台，小心翼翼地听着电台里的音乐祝福，当安娜说出我的祝福和播放我点播的歌曲时，那一刻，心里好似藏着一段青梅旧事。

一直到读大学，换了新手机，买了 MP3，就很少再去听电台音乐。那段听电台的时光，被我遗忘在记忆深处。直到毕业那年，偶然在酷狗音乐中看到怀旧金曲，心中落满尘埃的旧事再次惊醒，在一个阳光落满窗台的午后，我小心翼翼地点开电台节目，让自己醉在这样的时光里，不问朝夕。

因为喜欢电台，读书的时候也报名过校园广播站的播音员，后来误打误撞地进了文学社团，却与广播站失之交臂。命运有时候就是这样的捉弄人，明明喜欢得要命，却终究没有天分，就像爱情，明明两个人相爱，却不得不按照命运安排好的章节演出，最后与爱情擦肩而过。生命的玄机你我永远都无法参透，哪怕你是静坐云端的修行道人，亦无法把握，不能用声音温暖心灵，我就选择用笔尖续写永恒，我安心地待在文学社团，开始不停地写作。想来很多事情冥冥中都有一种因缘牵引，命运既然给你安排了另一场棋局，总会有它的深意，在文学的滔滔江河中，我独撑一叶小舟，驶向心灵的彼岸。

无法与电台相濡以沫，我开始接受与它的情深缘浅。每当走在校园的晨光里，听着广播站传来的声音，心中依然有无限动容，想象着坐在播音室里的女子是怎生模样，一定是穿着花影重叠的衣裳，笑容灿烂轻轻把祝福化作清晨的一缕花香。

有一种声音与生俱来就带着一种安然，我喜欢怀旧金曲中 DJ 的声音。那个叫作牧歌的女子，后来在一次听电台的时候得知她是中原女子，心中不免又多了几分欢喜。听电台的时候，我的心有一种岑寂的静，仿佛一下子世界就干净了，无尘的美。电台里女子低低地讲述一段段爱情故事，还有偶尔播放的某一段音乐，这种内心的触动，只有自己懂得。

冬日的周末，一个人待在家里，穿着粉红 kitty 猫的法兰绒睡衣，窝在软软的沙发里，泡上一杯浓淡正相宜的茉莉花茶，有清香溢满房间，落地窗外有浅浅阳光透过窗帘折射进来，我慵懒地打开电台，正播放到一段爱情小故事《你是我身上的一根肋骨》。爱到极致，她就是他的骨中骨，肉中肉，她就是他身上的一根肋骨，不能失去她，一旦失去，他就会胸口隐隐作痛。爱情美好的时候最动心，可以不顾一切地去爱，可再美的爱情最终也会被尘世枷锁抛远，如果两个人无法承受平淡岁月，那么终有一天会说出最伤人的那句话。而有些话，说出去就真的再也无法挽回。我沉迷在这深深浅浅的故事里，这个冬日的午后，有一种莫名的情怀萦绕，无声无息。

苏州的冬竟也是这般冷寂，我一个人走在冬日的阳光下，手机里下载了电台很多期节目。耳麦里舒缓的声音闯入耳朵，直到抵达内心深处。

在苏州的日子，是我听电台最多的时候，下班后，我路过菜市场买一些晚餐需要的蔬菜，准备好晚餐，享受缓慢的时光。我打开电台，听着电台里的故事，书写属于我的故事。很多人写作不习惯身边有任何声响，而我总喜欢在听着电台的时候写作，安静的夜，只有电台里发出的微小声音和我双手敲击键盘的声音，这个时候，我的思绪会飞很远很远，直到心中的故事在笔下生花。直到这一刻，电台里在讲一段故事《择一城终老　携一人白首》。

第三辑

写一场雪月风花

有阳光，世界才会温暖

清晨匆匆地收拾好，赶公交车去上班，我乘坐的那趟公交车，人不多，但需要等待很久。站台上，有着形形色色的归人或旅人。我无心欣赏他们的深情，在这美好的三月里，我只想，将柔情浪费在花花草草阳光雨露上。

街道两边是浓密的香樟树，阳光极好的清晨，香樟树叶子上忽闪忽闪着柔软的光，那是太阳穿过叶脉时候的拥吻。我站在树下，恍惚间，以为是在故乡。同样是这样的清晨，鸟雀儿叽叽喳喳唤醒我在梦里编织的童话，阳光就这样，肆无忌惮地从窗外的那棵大树上照进小屋，昨夜未拉好的窗帘，在这缕柔和的光线下，有着盈盈的美妙情结。

突然想起少年时，妈妈为我计划的未来。在某个小城或者小镇，教书育人，清晨在阳光中醒来，领着孩子们朗读、做游戏，有一个知心爱人，还有一双可爱的儿女，未来的某天，桃李满天下，做一个慈祥可爱的老人，平凡却有意义。只因当时太年少，向往田野里，那株自由自在的蒲公英，在梦中，把自己交付给了远方。

她说：我始终认定，走出故乡的那座小桥，就意味着漂泊与流离，可还是会有很多人，背上行囊，稚气地以为，在远方会有一个美丽的梦将自己等待。

我被她的句子打动，当年稚气，许下了远方的诺言，却不曾想过，有爱的地方，才是最美的远方。我们这一生最长不过百年，太多擦肩的缘分，而能成为家人是生生世世修来的福，可是我们却随手，将这份福遗忘在光阴深处，直到它覆满尘埃，才小心翼翼地擦拭。

好在我如今所在的城市，美好得可以暂且将相思搁浅，日子里的每分每秒，都在按照着梦出发的地方，圆满着。每天在琴声中入睡，在阳光中醒来，这也许已经是今生最大的福报了。

公交车快到人大国际学院的时候，我隔着车窗，看到沿河柳在春风的轻抚下，浅浅摇摆，阳光下，水泛着波纹，柳枝在水中淡妆浓抹。我又被这样的美打动。生活里的好，大约如此吧。有清风阳光为伴，有知己朋友可等，有诗意与浪漫依偎。

有些人，日日相对，心却是疏离的，有些人，哪怕从未见过面，却能通过身上散发出的气场，将一颗真心捧给对方。露茜说，她要在这个春天，遇见姑苏小城。我满心期待，三月，除了写诗弹琴拍照与绘画，最美好的事，就是等待这场遇见。

我想，那一定是个阳光很好的午后，在平江路，我们只谈风月不问归期，三月的桃花该有多么的渐欲迷人眼，花树下，还有知心人的谈笑风生。我安安静静地等待，你的缓缓归兮。

我追着阳光，开始一天的日常。风在，云在。花在，流水在。我知道，你在，我也在。

常怀分享心，爱就会源源不断

傍晚，我坐在公交车上，看着沿途的风景，晚霞，高楼，绿树，还有流水。

看到微信有新消息，打开是她发的：今天傍晚的云霞，很疏淡，还有蝉撕心裂肺的鸣声。

接着她发来云霞的照片。霞光快要落下去，照在远山上，疏疏淡淡，让我想到远方和岑寂这两个词，如一首爬满忧伤又满怀希望的老词。

这样的分享是心动的，我与她交集不多，可能是因为对文学的喜好，加了好友，之后便浅浅的。但这一刻我是喜悦的，我想她与我有着同样的喜悦吧。

前不久遇见一款围巾，秋黄色，我在围巾上绣了朵小雏菊，小小的花儿安静素雅，就像初秋的好天气，绣完后我给好友发消息：在围巾上绣了朵小花，送你。她回：你待我真好。

秋天到了，为思念的人送一条围巾，分享我在绣这朵花时候的欣喜，当她满怀笑意地收到我的祝福，在冷清秋的季节里，戴着小雏菊围巾，心一定是暖的。山长水远，漫漫光阴，在某座城市里，某个角落里，有人念着你，生活里的鸡零狗碎，不过是化了妆的祝福。

物，只是一种形式；心，才是季节里的温暖。

友常常与我分享她的小院，她的花花草草，她的诗书笔墨。在她的言语里，我仿佛看到了吐了新芽的爬山虎，盛开的三角梅，还有她坐在阁楼书房里阅读时的静好模样。

那些美的东西，往往是朴素的，就像城市的美在于那些小街小巷，乡野的美在于那些老屋薄瓦，生活的美则在于那些散落在尘埃里的脉脉温情。

幼年时，在小村，分享是很自然的事情。

小村人不像我们写文字的，不懂分享是什么意思，他们只知道，自家的菜园子种了豆角，晚饭时摘下一大把递给邻居：刚摘的，烧豆角面条尝尝。邻居真诚地笑：今年的豆角长得真好呀，结那么多。然后继续有一搭没一搭地聊着。

那时候家里的蔬菜，不用上街买，院子里开辟一小块儿地，青菜、茄子、扁豆、萝卜、白菜……一年四季都吃不完。开春后，妈妈开始翻土侍弄园子，那些菜蔬的种苗，邻里间也会相互分享，几把大青菜种子，几颗小辣椒苗，看似寻常，却饱含着小村人的浓浓情意。

乡野生活，单纯朴素，除却年年复复的柴米油盐，装点日子的便是家门前的朵朵小花。

我家的凤仙花是重瓣的，你家的是单瓣的，到了第二年，你我两家的院子里都开满重瓣单瓣的凤仙花，还有赤红、紫红、粉红、明黄……好多种颜色。

你家今年种的芍药真好看，第二年，那簇簇芍药花就会芬芳我家小院。

我从女儿的外婆家移植了几棵月季，送你一棵种种。

……

在那个抬头看得见天空，低头嗅得到泥土香的地方，没有日日紧关的家门，没有敲门隔着防盗孔一探究竟的谨慎，有的只是风吹树摇的午后，三两妇人坐在小院里的细碎言语。

分享让人的心灵靠得更近，让这个钢筋水泥堆砌的人间，多了几分温存。

分享让一个人的喜悦化作一群人的喜悦，让一个人的苦难化作隐约的希望。

愿你常怀分享心，爱就会源源不断。

总有一束光

睡觉时，喜欢给窗留个小缝，揉着蒙眬的睡眼，看一缕清风在窗帘上浮动，有阳光温柔地跳跃，于是我知道，这是清秋季节。

我喜欢秋，不似春天那般烂漫，不似夏天那般焦灼，亦没有冬天的萧瑟，它就像这吹进窗内的风，蹑手蹑脚地，让窗内的人微微舒展起嘴角。

乘公交车出门，路过湖水，闪着波光粼粼，路过绿化带，树影投射出斑驳的光影。

喜欢看树影下的光，静默时，心随它放空，风吹过，心随它飘去远方。于是四十分钟的车程变得不再那么漫长，每一站都像是旅行的途径。

一直梦想有个小院子，就像故乡的那样。院子里住着我的家人和爱人，种满花草，墙上是葱葱郁郁的爬山虎，抬头就能看到大杨树的叶子摇啊摇，夜里能听到秋虫呢喃。

最让我欢喜的，是一院子阳光。清晨，阳光会把每一朵花影照亮，午后，一地落英缤纷，阳光在落花上跳舞。我们就在阳光里捉迷藏，逆光下你的轮廓真好看，我的裙角，染着花香，还有阳光的碎片。

即便是暗夜里，那束光也不会消失。皎洁的月，洒下一地清辉，灿烂的星芒，落在你的肩上。夜晚的光总渲染上浪漫的色彩，白墙灰瓦，墙根我们亲手栽下的青竹，在白墙上轻轻摇曳，纤弱的影，是光与竹的亲密爱语。

那年，她中考失利，七月的雨呀，总也下不完。她在日记本里一遍遍地写下梦想，却在现实里被雨水一遍遍地浇灭。母亲问她：还想读书吗？她低头，不作声。怎么不想，可她连高中都考不上，失败、沮丧让她充满恐惧。母亲牵着她的手，跑遍了市里的高中，雨帘下，母亲和她的身影弱小、渺茫。

后来她去读了职业高中，她想用画笔弥补考试的失败，三年的努力，她终于画出一片天地，收到大学录取通知书的时候，她一个人躲在房间里哭了好久好久。开学的那天，母亲为她收拾行囊，她握着母亲的手，千言万语只化作一声凝噎。如果没有母亲，她的一生也许将会定格在十七岁的那个雨季。

人的一生，会遇见许多绵绵阴雨，但阳光就在不远处，在你不注意的角落里，那束光已为你铺好明媚。她的那束光，是母亲，是绘画，是不言放弃的信念。

许美静有首歌，词是这样写的："阳光总在风雨后，请相信有彩虹。"初听时，只觉旋律动听，多年后她明白了歌词的意义。那场以为过不去的雨季，其实阳光已经蓄满，还会有彩虹在不远处。如今她有了喜欢的工作，没有人再提起那年的中考，她也学会了在逆境中用温柔的力量，迎接一束光的明亮。

生活不是伊甸园，会有许许多多的荆棘，但生活也不是苦行场，总是见不得美好，面对荆棘，心怀希望地向前，总有一束光，在风中向你招手，等你，微微笑。

你坐在阳光深处，等一朵花开

喜花草，从童年开始。

记忆里，故乡的小院儿，四季花香。那时，老屋是黛瓦，瓦片上雕刻着好看的花鸟图，老屋的前面是个小院儿，小院儿由一扇木色的木门守着，木门上一把精致的铜锁。老屋通向木门是一条青砖铺的路，路两旁是泥土地和一口老井。

人生中最纯粹的几年，我便在这样的小院儿里度过。勤劳的母亲把青砖路两边的地，开垦出来，用雕花的瓦片围成小园子，园子里，是一些极其朴素的花儿。

记得童年时，母亲还没大面积种菜，那小园子里便是花儿的伊甸园。后来我想，我十岁之前，母亲大约三十五岁左右吧，正是一个女人爱美爱浪漫的年纪。完成了从一个少女到一个母亲的转变，然而少年时的梦还那样清晰，在生活的柴米油盐里，似乎还有隐隐的诗意。所以，那座小园子，便承载着母亲对生活的热爱，对梦的憧憬。

有许多花儿，现在我都有些记不清，因为都是极其乡土的花儿，城市的花圃里，应该不多植。

比如有一种像果树那样大小的植物，叶子是椭圆形，开花时，一串串地垂下来，花朵小，但穿成串就很好看。依稀记得我们叫它拐棍树，至于学名，还真不知。前些天我突然想到这株植物，就去百度搜了下，拐棍树是搜不到的，因没图，又无法很完全地阐述这种花的特征，便真的就失了对它的认识。只有幼年记忆里，那一树花开，那一个乡土的名字。

说起童年的花草，我如数家珍。海棠、凤仙、紫茉莉、月季、九月菊、金盏菊、牡丹、芍药、木槿、鸡冠花、向日葵、鸢尾、马齿菜……许多花都是种下，花开种子落地，第二年就自然地生长起来，不用人工多少的打理就能为这乡野人家送上清雅花香。

那时凤仙和紫茉莉最多，好像永远都开不完。夏季，小院儿外是葱郁的大树，遮蔽着小院儿人家，洒下清凉，小院儿内是淡淡花香，还有母亲那台老式录音机里咿咿呀呀的戏曲唱词。

后来老井没了，木门没了，好看的黛瓦和青砖小路也没了。母亲在小院儿外辟了空地，种上各种各样的菜蔬，因为可以给全家人吃上绿色安全的食材。但母亲还是爱花的，所以她在仅有的小块土地上种了新的花草，买了漂亮的花盆。而我远离故乡，对花草越发眷恋，童年时的花香总是不经意地把我带回旧时光。

深居简出是我深爱的词，浮生半日闲的光阴，院儿里花正开，屋内墨正浓，我想坐在古老的窗下，阳光落在睫毛上，等一个人来。

接触欧式刺绣，纯属偶然。那日，网上看到一组刺绣作品，素雅的棉麻布上，一朵小小的薰衣草静静地开着，淡紫色的花，仿佛少女那淡淡的心事，在光影中化作一阕宋词，才下眉头却上心头。

我被那幅作品迷住，被针线穿过的密密心事迷住。于是去网上买书、买针线、买布料、买各种刺绣需要的工具。第一次拿针，小心翼翼，结果还是被扎了几次，好在还有那一份固执，终于绣完了第一幅作品。

欧式刺绣于我，是对美好的另一种诠释。我绣的基本都是花草，一朵小雏菊，让我忆起奔跑在田埂上的小小女孩儿，一片四叶草，忆起那个说着天涯海角的白衣少年……

人呐，总得在尘世里找到一种舒心的生活方式，抑或一种让你感到舒心的手艺。于我而言，古筝绘画写作摄影刺绣花草，皆如此，它们只是不同的形式，却有着相同的情怀。

日常，就是美好

对秋的眷恋，从那首《风居住的街道》开始，到被风皱的秋水以及挂在枝头的合欢。

每个早起的日子里，都迎着凉凉的风。下课后走着走着就走到平江路，十几分钟，路过墙角的凌霄花，落了些许；路过沿河的木槿，柔软地粉映着碧波，然后是细细碎碎的阳光在香樟树上的影。

大约有两周没来吧，十几天而已，就从夏天走到了秋天。还是几家熟悉的店铺，熟悉的蓝雪花和熟悉的凤爪。

肚子咕噜咕噜地叫，于是到了阿木春记。

这是我第二次来到这家小店，夏天的时候朋友带我来过。我喜欢这里的情调，木质的地板桌椅和木质的书架，书架上摆放着几本古旧的书籍和好看的绿植，如果不是那寥寥无几的菜名，我会误以为这是一家咖啡小店。

店老板是一男一女，两个人看起来都挺年轻。他们话不多，偶尔与食客说话，声音糯糯的特别好听。

阿木春记名字听起来也舒心，有怀古意。仿佛从旧光阴里叫出来的。就像那个姑娘的梦，与爱的人在邻水的小巷，开一家小店，贩卖美好，平淡亦浪漫。

这里的餐桌是临窗的，若是逢了雨天，临窗而食，窗外雨滴滴答答，窗外旅人匆匆，灰瓦老墙，可真像一幅画呀。

一碗凉面，我对那姑娘说。

她穿着碎花浅灰蓝的连衣裙微笑着说，好的。

坐了一会儿凉面端上来。碗是青花的，红的西红柿，绿的豆角和黄瓜，橙的萝卜丝，黑白小芝麻，真好看。食亦可如此美好。

我喜欢这样的光阴，干净、疏朗、清澈。

就像我喜欢这样的小店。

平江路上人不多，薄薄的秋，心情也薄薄的。云朵像棉花絮，合欢花开着败着，倚着合欢看秋水在风中划过的涟漪。忽而传来茉莉小调，是摇船的阿婆渐行渐近。

有些地方，是长长久久的美。比如苏州，比如这条老街。

坐在合欢树下，记录细细碎碎的日常，把九月写到地老天荒，水的一面是热闹的店铺，水的另一面则是炊烟人家，灰瓦在干净的天幕下宛若一幅水彩画。

许久，走到小新桥巷，继续往里，一样的清波和花木，尽头则是住佳偶的耦园和枕着护城河的东园。

东园内有古城墙留下的土丘，如今植了很多很多的树和花，抬眼望去，只剩下绿，那样盛大且固执地霸占着你的眼睛。

绿林多的地方，阳光也好看，因为那剪影在风中晃动着，像流动的乐章，驻足，你听，那是关于九月和秋天的吟游诗。

土丘上有婉转的小径，偶遇一亭，累了就歇歇脚。秋蝉呀，吱吱吱吱，不知道藏在哪棵树里哪片叶上，反正它们不嫌累。

日常，就是美。

生活，就是浪漫和诗意。

从春到夏又到秋，诗在心中发芽。

愿你活得温柔且有力量

那是个深秋的黄昏，桂花香紧一阵慢一阵地往我鼻子里钻，我贪婪这样的香。风很温柔，带着丝丝深秋的寒气，但我依然喜欢光脚踝穿裙子，这让我身体上感知到，秋凉。温柔、力量，这两个词仿佛一首轻慢的音乐，在这个深秋，轻轻地，触碰到我的内心深处，引起微微的悸动。

这些年写文字，极少有戾气。朋友曾问过我："是不是你的生活从未有过坎坷?"我回她："不，是我遇见的你们太美好，将我生活中的坎坷，化作祝福。"

温柔，是女孩子天生就有的性情，无论她是贫寒的妇人，还是叱咤风云的总裁；无论她是妙龄少女，还是满头银发的老者，都会在内心深处，有万千柔情。

最是那一低头的温柔，似一朵水莲花不胜凉风的娇羞。徐志摩写的诗，他形容女孩像水莲花那般，亦是温柔的样子，凉风吹过，她浅浅的笑，任是再坚硬的灵魂，此刻都会变得柔软、轻盈。

红楼梦中，宝玉那一句："女儿是水做的骨肉。"同样道出女孩的灵气，万物万象水为柔，你瞧，那绵绵的流水，波澜不惊，缓缓地，让人生出平和、安静的情绪。古时文人爱忆江南，烟柳画舫，纸伞依依，最不能忘怀的，就是那古老的桥，桥下的水，邂逅这样的意境，不就像与美人的邂逅吗?

他与人介绍自己的妻子，常常很绅士地说："这是我妻，极温柔的女子。"她站在他的右侧，眉眼带着笑意，幸福地挽着他的胳膊。我想，一个男人，对一个女人最深的爱，不是张口就来的"我爱你"，而是在柴米油盐的光阴中，保护住她的温柔。

爱情，是风花雪月的浪漫，婚姻，却是生活中的很多琐事，再琴瑟和鸣的婚姻都会有背道而驰的时候。我们是个体，因为相爱而走到一起，但我们个体的性格，是不可能完全交会的，所以会有摩擦，摩擦出现的时候，信任对方，平静地去沟通解决就好。那个极温柔的妻子，在生活琐事中，从未与爱人争吵过，就连讲话，都像泉水叮咚。我问这位妻子是怎么做到的，她说："因为有他。"这一句简单的回答，就是深深的爱和信任。

温柔是滋养心灵的雨露，亦是照亮他人的微芒。那些性情温柔的女孩，无论婚姻中还是事业中都有一股倔强的力量，这份力量，会助她们的生活熠熠生辉。

力量本是个略重的词，但和温柔放在一起，则多了几分软绵。

朋友吧啦是个温柔且有力量的女孩，与她聊天讲话，软软的娃娃音如在唱歌，她爱笑，眼睛弯弯的像月牙，她写文字，笔下的字，就像是从花蕊里跳出来的那样，浪漫、多情。

然而就是这样的女孩，内心强大且有力，她为着梦想矢志不渝，读书时候为了考研每天休息四五个小时，为了学钢琴、买书将生活费缩减，只与馒头青菜为伴，这股温柔的力量让她的人生也步步出彩，出书、摄影、旅行，最后很有底气地离开大城市，回到故乡小镇，开了一家叫作茉遇见莉的客栈。茉与莉，一个代表温柔，一个代表力量，在吧啦的身上，既有茉的温柔，还有莉的倔强。

我相信，每个女孩都是美的化身。哪怕此时的她满身戾气，那也只是被撒旦的魔杖迷惑，她的内心深处一定有一处干净、柔软的角落。那么，无论生活多么沧桑，人情多么淡薄，我们都要保护住内心的温柔，将这股温柔化作力量，向前吧。

你是我今生最美的遇见

你要相信，在世界的某一个角落，有一个和你相似的姑娘，过着与你不同的生活，却与你惺惺相惜着。我和子期便是如此。

四年前的那个春天，我们在文字中相遇，后来的几年，我来到江南诗意栖居，追梦筑梦，她有了他，小日子里满是诗情画意，我们从未见过，却把那个叫作友情的东西，交给了彼此。

与子期的缘分，从那本《纳兰词》开始吧。二十三岁生日，收到子期寄来的《纳兰词》，线装书，插图配诗词超级美。那时我们初相遇，不过几日光阴，她却待我如此真，那时候我在心里告诉自己：这个姑娘，我要用一生珍惜。

后来子期说：真儿，我们有着相似的成长。看着这句话，我又感动得落了泪。那还是我在郑州的时候。

夏天到来的时候，我离开故乡，来到苏州。扎西拉姆·多多有首诗，这样写着：在江南应该有一壶茶，已经为我们泡上，浓淡正相宜，在江南应该有一场雨，正在为我们下着，淅沥如相思，在江南应该有一道柳岸长堤，有一池清波如碧，有一脉云山新绿，独独缺了，我的红绣鞋，你的白素衣。第一次读到，是子期的分享。她说正在看这首诗，想起我，想着如果我们在江南相遇应该也是这样的美好吧。我看着手机屏幕回她：一定，亲爱的姑娘。

后来收到她寄来的新鞋子，是一双红色绣花鞋，鞋盒子里，心思细腻的她放上了一束干枯的狗尾巴草，她说那是她回到故乡时折的。

子期习书法，字写得很漂亮。家里的抽屉里珍藏着她寄来的每一封信，或娟秀，或狂草，带着子期的情怀从南宁到苏州。这个快节奏的时代，有人愿意静下来为你手写信，这是多么难得呀。我的字写得不好，一直不敢给子期手写回信，直到去年，我才鼓起勇气，给她回了手写信，虽然字迹依然稚气，但我想，难得的是情分，不是字迹呀。

子期写文也好，灵气得很。后来她遇见了他，看着他们过瑶山，一起徒步，一起旅行，真美好呀。那天与子期聊天，她说过完年准备休息一段时间，我问有没有想去的地方呢？她说：他去哪儿我就去哪儿。多么朴素又海枯石烂的情话呀。我听过我爱你，听过在一起，亦听过我养你，但最美的情话，却是这一句他去哪儿我就去哪儿。这是山河不改的承诺，是白首不相离的誓言。

每当我们彼此写了新文章，我和子期都喜欢分享给对方。我有个文件夹，那里是子期写的文，她写墨，写出了墨的魂；她写花，写出了花的娇；她写日子里的小确幸，写出了真善美。

读大学时我喜欢写诗，毕业那年把诗集打印出来送给了一个笑起来很好看的男生，但那些整理的文档我却找不到哪里去了。子期便把我 QQ 空间里的诗歌，整理出来文档发我邮箱。

子期常说我待她真好，总送她书，可是她待我更好呀，你看，初相遇便赠予我书籍，这样美好的姑娘，值得所有人对她好。

今日又收到了子期赠予的书籍，而今年我的新书出版，我第一个告诉的朋友，就是子期，我是个不愿意像个大喇叭那样到处去张扬的人，所以新书签完合同很长时间，我才说起这本书，而内心的欢喜，我亦只是与子期分享，当与编辑沟通好后，我就把这个好消息告诉了子期，她比我还开心，那是我们的文学梦，是我们对文字的执着。

再过几天书就要发行了，子期说这是最好的新年礼物，从与她认识开始，她便给予我许多许多的鼓励，在这本书出版之前，我每年都有自己把当年写的文字印刷成册，而每年都会作为礼物送给子期，今年呀，我们终于都等来了文字的开花。

我的文字全国出版发行，那些深夜里写下的文字不再仅仅是我和子期的小约定，它会呈现在更多的读者面前，但我和子期一起约定的写下去，是永远不变的承诺。所以，亲爱的子期，我们一起加油哦。

楼下的那片青竹

晚上弹琴的时候，窗外的那片竹子恰好落入我的视线。黑夜里，竹子在风中摇摇摆摆，纤细的枝干好像起舞弄清影的姑娘，让人心生怜惜。

城市的夜看不到月色，即便如此，我楼下的那片竹子还是生动了这个寂寥又多情的夜晚。

我居住的小区从二楼才有居民，我住在三楼，二楼的住户都有宽敞的阳台，用带花纹的铁栅栏围着，很像老家的那种院子。很多家会利用这仅有的小空地，种各种花草，春有菜花，夏有凤仙，秋有菊花，冬天还有盆栽的蜡梅，几乎四季都充满花香。这片竹子来自和我家正对面的那户，他们的阳台上除了竹子几乎没别的植物，偶尔从竹子底下钻出来几株小草，开淡紫色或者纯白色的小花朵，映衬着竹子的清雅。

有时候我会猜想，楼下住着怎样的人家。在苏州，我看过园林里的竹子，白墙灰瓦，竹影斑驳，别有一番美意；还在山石间看过老竹，那是成片的大竹林，有风的时候沙沙作响，仿佛在听一曲悠扬的笛声，可是在楼下，就那么巴掌大的地方，竟栽满了竹。那家的主人是位风骨逸然的老者吗？还是住着沉默寡言的女子？哪怕只是柴米油盐的夫妻，我想他们也有着最纯真的爱和灵魂，面对俗世烦琐，在家园修篱栽竹，在心里打造静谧的水云间。

琴在我的窗前，窗帘微微地拉开一角，指尖滑过琴弦，曼妙的声音溢满房间，嘿，窗外的竹，你是不是也听懂了我的弦音，要不然，怎么会随着节奏翩翩。透过竹子的缝隙，我看到对面的灯还亮着，突然心里升腾起感动，外面的霓虹再妖娆，终归有盏灯为你点亮，在那竹影深处，静静守候。

谁不是眷恋着灯红酒绿，寻找着质朴清简呢？余生漫漫，又有谁可以抛却万千纠缠只守岁月安宁。我望着窗外的竹良久，黑夜里没有人知道我与竹的交谈。我们都是生命的掠夺者，以为拥有了很多就是成功，于是马不停蹄地追赶，却误解了幸福的意义，等到回头看的时候，徒留满怀追忆。

嘿，夜深，琴声渐远，如果你今晚恰好听见，不要惊扰，保留这份静谧和美好。

十月季末忆菊花

采菊东篱下，悠然见南山。

秋日的清晨最是美好，以为可以睡到自然醒，却被一阵鞭炮声惊醒美梦，便再无睡意。原来，是院里的一家姑娘要出嫁了呀，整个院子都被喜庆的气氛包围着，索性起床更衣，赴一场菊花之约。

穿上美丽的花鞋子，乘车到了开满菊花的园中。赏菊的人很多，霜降过后菊花开得最好，很多摄影爱好者拿着单反，为这些霜菊留下一张张美丽的倩影，黄的、紫的、红的，这是一场菊花的盛宴，今天这里是菊的王国。

喜欢菊花是缘于它淡泊的品质，就像兰花谦卑一样。

读书的时候，校园里也会在金秋的十月摆上一排排的菊花，那时候真是少年不识愁滋味呀，特别的小资，一个人坐在种满菊花的青花盆中间的石板上，手中握着一本旧书籍，学着易安人比黄花瘦的惆怅，畅想着陶令采菊东篱下悠然见南山的淡然，仿佛只有带点忧愁的色彩才是最美丽的姿态，硬是把无限的惆怅无限的迷离吟进诗里，写在纸上。

菊花种类众多，我是独独钟情线菊，中国画里的菊花大多画的是线菊，寥寥几笔勾勒出菊花的神韵。

提到菊花就有浓浓古意，古时候，梅兰竹菊被称作花中四君子，但它们其实都有一个共同的秉性就是清高淡泊傲立，说到菊花还会想到大宋文化，宋都汴京的菊花那是闻名千里，古代的女子都会在金秋十月，凭栏赏菊。想一想那样的场景都是美的，高高的栏杆，女子独立栏边，临栏照花，若有所思，微微蹙眉，吟一句“待到重阳日，还来就菊花”。那份古意，那份惆怅，像一曲悠扬的笛声，缭绕着人心。

城市的花儿始终没有旧时光老家的花儿肥美，公园里的菊花都是开在花盆里，被园艺师们摆成各种造型，供游人观赏，其实种在花盆里的菊让我微微不喜，本就是大地生长的植物，被人们肆意地栽种在花盆里，怎会生长得极好，花朵怎会肥美，既然是大地的女儿就该让她自由地生长呀。记得小的时候，家里有一个小园子，种了许多的花，秋日里，所有的花都凋零了，只有那一株株的菊花开得极好，那时候还有秋海棠，但我是偏爱秋菊的，都是黄色，金色的黄，城市里的菊花都是开在花盆里，但旧时光里老家的菊花是生长在泥土里，所以那花可是比如今看的菊花大多了，又大又肥的菊花，金灿灿的，美极了。每年的霜降过后，早晨的天气开始转凉，如果是早起赏菊，会看到有一层白霜附着菊花叶子，这个时候的菊花也是最美的时刻。

对菊花的最初印象是和古诗词联系在一起的，也可能是我太钟情古典文化吧，对陶令的采菊东篱下欣赏至极。喜欢黄色的菊花，那黄，为秋日里的萧条增添了一抹明媚，却是明媚的忧伤；那黄，就像宋词里的女子，是那样的纯粹的黄，纯粹得一尘不染。

沿着公园的小路行走，穿过并不江南并不古典的小桥，有流水，有柳丝，各种造型的菊仍让我欣喜若狂了一番，陶令，如果可以穿越千万年，可否邀真去君的篱笆院共赏菊品茶饮酒，可否，去君的南山暗淡东晋江山。遇上卖孔雀羽毛的老妈妈，买了一束，原来孔雀羽毛真的好美，只记得小学时候在书本上看到孔雀开屏的图画，那画面美极了，迎着风儿，追着梦儿，原来那句不是世界上缺少美，而是缺少发现美的眼睛是真的。

闹俗不失静谧

有一种美是热闹的，带着欢喜世俗的市井气，有一种美是清远的，有着岁月静好雅致清简的韵味，比如：大红花布和蓝印花布。

大红大绿有一种招摇的美，像一位涂着红色嘴唇，画着纤细柳叶眉扭着曼妙身姿的女子，在热闹的红尘招摇过市，那是一种致命的诱惑，让人毫无防备地沦陷在她的妖娆里，不能自拔。若爱上了这样的大红大绿，便再也按捺不住内心的热烈，似乎要全世界都知道她的美，那样的张扬，不留一丝暗藏的余地，完完全全地展现，暴晒在白日光下，只有她是主角，其余皆是她的陪衬。

这样张扬的美小时候是极其喜欢的。小时候，总喜欢崭露头角，总喜欢张扬放纵，就连衣裳都要大红大绿的色彩。

小时候，我有一条大红花布裁剪的连衣裙，这是十九岁之前我唯一拥有的一条裙子。裙子上印着白色的圆圈做装饰，若不是有白色圆圈的点缀，那这条唯一的裙子可真是艳俗呀，那红。

大红花布的衣裳，太艳了，太妖了，若红色的底布上再配着大朵牡丹或者大片的花儿，那就是真热闹呀。

因小时候对红色的阴影，后来极少再穿大红的衣裳，读大学的第一年，再次迷恋上红色，而且非要是鲜艳的红，再后来，喜欢上民族的服饰，倒觉得那种刺绣着牡丹的大红大绿也那么美，虽然那样的美带着些许世俗烟火味，但有时候烟火的东西更能深入人心，一旦深入人心便不可自拔，只是这样妖娆的美是需要气场的，若没有那样的气场，只怕会显得落入俗套。

蓝印花布的美是清远静谧的，美得含蓄且内敛。只是单单的一个“蓝”字，就足以让你沉醉。青蓝或者深蓝，深邃高远，像平静的海水，有着深远的美，只有真正懂的人，才会看到她深处的澎湃，而其实，很多人都没有真正地懂得便望却止步。

蓝印花布的清美就像远山青黛，美得像一幅画。

白色的麻布，底布上细碎的蓝色小花，花朵或印染或扎染，在设计师娴熟的工艺下，裁剪成一件件素雅的裙子，穿的人也会被染上这种含蓄久远的美。

蓝印花布的美一点都不像大红花布，一点都不奔放，却是有着小家碧玉的安宁和矜持。似临水照花的佳人，这佳人是不谙世事的少女，是岁月静好的清喜，这样的佳人，多了那尘世中的一丝静和雅，多了一丝清和远。

蓝印花布是守住初心的美，她不刻意招摇。烟火尘世，很多时候是需要这样的一份静美，这个世界太闹了，必须要有一份清远的静美才能不忘初心，才能在这样吵闹的尘世不迷失真我。

大二那年，我衣橱里开始陆陆续续的有了漂亮的裙子，长裙中多的还是蓝印花布。最爱的亦是。

第一件蓝印花布的长裙是蓝底白花，印着白色的木棉，长过脚裸，很多时候我喜欢穿上它行走，若配上细且窄的高跟鞋，则衬出一种雅致的美，若配上蓝白相间印着蝴蝶的绑带绣花鞋，则衬出古典，第一次见到陌的时候，我是穿着这件木棉花蓝长裙的，我把它和我的白色盘扣旗袍上衣搭配，黑发轻轻地挽起，和陌在城隍庙游玩的时候，清风微微地吹过，裙摆竟荡漾得那般随意，像一朵朵木棉花的盛开，陌拿出相机拍下了那样的瞬间，照片的描述上我写道“我就那么随意一站，风儿就那么随意一吹，木棉花裙开出朵朵素雅的木棉花”。

还有一件蓝印花布的长裙印着的是腰果花，另一件印着不知名的白色花儿，都是我喜爱的宝贝。

人生呵，是该有蓝印花布的清远，稍稍加点儿大红花布的热闹呀，只是，那份热闹该是埋在深处的欢喜，只有懂得的人，才会透过平静看到心底的澎湃。

早 春

阳光暖了，小草绿了，流水歌了，燕子笑了，山川动了，春天来了。

漫长的冬季给心上了厚厚的积雪，凉彻内心的火热，急急地等待着春风吹醒沉睡的灵魂，融化冰封的寂寞。

二月来好春光，冬的气息还迟迟不肯离去，孩子们便急急地脱去厚厚的冬装，似乎要把整个慵懒的冬季留在世界之外。

初春的日光添了几许明媚，照在身上就像妈妈温暖的手掌，轻柔、爱怜。

我喜欢这样的天气，有阳光透过厚重的窗帘照在书桌上，投射出明明暗暗的光影，早晨睡到自然醒，打开电脑听电台，是男主持人干净透明的声音，或讲着一段暖人心扉的爱情故事，或播放一曲老旧的音乐，他的声音总能直抵我心底的柔软，像书桌上明明暗暗的春光。这样的意境真适合阅读和写字，长裙、长发、音乐、故事、阳光。

初春的桃花还未开放，那粉嫩嫩的红总是喜欢姗姗来迟，像闺中少女，足够矜持。与好友约着去踏青，意外地邂逅了许多小黄花，大片大片的黄，让我和友人喜悦极了，旧时光时常见到大片的明黄，那是记忆里的油菜花田，只要到了春天，漫步在乡间小路，你就会看到无边无际的明黄，还会伴着花儿的清香，这是童年最爱的风景。路边的小黄花和童年的油菜花有着同样的黄，虽然失了童年的喜趣，但她带给春的明媚让我珍藏。后来朋友告诉我，这是迎春花，这名字真好听，质朴呀，就像她开在枝头的小花儿，那么小，却为这初春增添了一抹明媚，迎春花是迎接春天的到来呀，百花皆睡我独开，百花皆开我独凋，她把春天的消息带进千家万户，当世人从冬眠中惊醒，她却默默地独自凋零，桃花多艳，樱花多烂漫，牡丹多尊贵，蔷薇多妖艳，迎春花，虽然不起眼，却是春天最美的风景。

春天是充满生机的时节，终于不用裹着厚厚的棉衣躲在温室里，冰冻的河流有了哗哗的水声，缠绵的杨柳发了嫩芽，嫩嫩的绿，真招人疼惜，蝶儿煽动着轻盈的双翼飞舞在花丛，唤醒沉睡的花儿，我看到梳着两条麻花辫的小女孩追着蝶儿不停地奔跑，刚发了嫩芽的草地上，一个小男孩儿手握风筝线笑着喊：爸爸，爸爸，你看我的风筝飞得好高呀。一旁的男人看着小男孩儿幸福地说：儿子好棒。有轻柔的春风缓缓地拂过耳畔，那风筝越飞越高，越飞越远，留下的，是孩子清脆的欢笑声。

春天呀，爱情悄然来临，她来得那么轻那么柔，男孩和女孩并肩走在校园的小径上，枝头的桃花含着花苞羞涩地迟迟不肯开放，男孩拿着一束洁白的百合，温情地说：我们在一起吧。女孩儿羞涩的微笑，真像枝头那未开的桃花。女孩儿接过男孩儿手中的百合，幸福地拥抱男孩儿。纯洁的百合花真美，像他们单纯美好的爱情，阳光洒在女孩儿白色的百褶裙上，浅浅的酒窝倾诉着女孩儿的喜悦，一切都来得刚刚好。

真是爱极了这样的初春，明媚、灵动、轻柔、感动、喜趣，是这春日里珍藏的情怀。

感知

汽车疾驶在高速路上，车窗外可以望见大片大片墨绿的麦田。杨树的叶子已经长成银圆大小，铺天盖地的嫩绿，霸占着我的视线。

大自然是一幅炉火纯青的山水画，远处的鹅黄，近处的嫩绿，偶尔有几朵不知名的小花儿闯进我的视线，因为不知名，所以美丽。嗨，那开得羞涩的小花儿，历经多少轮回才让我们相遇，相遇在这春天里。

偶遇一片藤类植物，漫无边际地依附在老墙上，春天里舒展着绿叶，一片片。不是老绿，老绿太过苍凉，有些经过风霜的练达，染着世俗的老气，有胭脂沾染了灰的颓败感。这绿是希望，是专属春天的绿。才刚刚睁开惺忪的睡眼，有着初生的天真和无邪，嫩嫩的，可以挤出水来，带着湿意和清爽。

爬山虎的脚，她说。记忆里有篇文章唤作《爬山虎的脚》，文章内容大抵是什么早已记不清，看到这片惊天动地的绿意忍不住想起它。老墙、刚刚吐露新芽的爬山虎，要多凉就有多凉，要多美就有多美。若有一位长发女子站在老墙的这片绿意里，眼神清冽，骨骼清瘦，麻质长裙，一定会是一幅绝美的风景。

麦田里偶有劳作的妇人，在给麦子驱虫打药。这铺展开的麦田，让我看得落泪，太盛大的事物总会带着凄美。

比其他麦子高的是燕麦哦，她告诉我。

燕麦多的人家一定不够勤劳。

是呀，勤劳才致富，燕麦多，这家人一定懒极了。

我们就这样悠悠地交谈着。车里很安静，汽车不紧不慢地继续行走。

女子大抵都有一颗敏感细腻的心。若是换了男子，他们怎么也不会觉得这无边无际的麦田是美，他们怎么也不会去静静地感受油菜花的清香。

因为他们是男子，仅此而已。

就那么一刹那，我就被这弥漫的绿意蛊惑。以为刚刚还在看枯萎的枝丫、凄寒的鸟巢，一眨眼好似走进了梦里，花儿、草儿、青山、碧水，全都扑面而来，让人一点防备都没有，哪里有春姑娘的矜持和羞涩呀，我看倒像霸气的男子，让多少痴情女子沦陷不能自拔。

打开手机看到朋友发的图片。张扬妩媚的牡丹充斥着我的神经，公园里牡丹都开了，看花的人潮拥挤呵，这也真是迎合了牡丹的心性，她用尽力气去开放，用尽力气去开那一朵最大最妖最娆的花儿，就是让你们来看，就是让你们拜倒在她的妖媚下。

我并不喜牡丹。太大了，太艳了，太妖了。

野花多美，淡黄色的，小且精致。默默地开，默默地凋，你看或不看，我都在那里，盛开凋零，感谢大自然的恩赐。

去洛阳看牡丹吧，女友说。

洛阳，曾是我在这中原小城牵挂着的一座城，此刻，却没了要去的兴致。看牡丹，不看了，看了心躁。大且艳的东西总会让人心生烦闷，有庸俗的嫌疑。

田埂上的小花儿真美，这一刻我竟有了归隐的意念。若混得个田园诗人，岂不是更美，哪怕不能，也是清浅自在呵。可叹，你不是让我归隐的良人。

回到小城后，每天都在忙碌中度过。

意外地邂逅了一小朵蔷薇，白色的花儿，花骨朵很小。蔷薇，你是耐不住等待了吗，你是寂寞了吗，看到百花盛开等不及了吗？四月，一朵白色蔷薇颤颤巍巍地吐露花蕊，参与这个春天的姹紫嫣红。

初生的万物总让人喜悦，带着生命的希望。携一颗童真苍老的心，感知自然的灵魂。

湿软灿烂的春。

你是人间四月天

亲爱的子期：

见字悦！

烟柳迷蒙的三月，到芳菲尽的四月，似乎是一个回眸，我还没来得及和三月握手言和，就被岁月快马加鞭地追赶。

三月是一个随遇而安的季节，也欠下了一封封小笺。收到你整理的诗集，一时间我竟不知道要说些什么，相识以来，你的懂得令我深深震撼。从来没有人如此认真地对待过我的文字，在写作这条路上，我像一个拾荒的小孩儿，一路拾捡。我记忆特别差，读书时候就这样，只能靠拙笔，记下零零散散的过往，不至于在老去的时候心底一片荒芜。

你是第一个看完我所有文章的姑娘。记得听过一个电台节目，节目里主持人曾说过这样一段话：总有一个人，看完你所有的博客，看你从小到大所有的照片，甚至从别的地方找寻你的痕迹，只是想要弥补，你的青春，他迟到的时光。我知道这是讲述爱情的一段文字，但我想用在友谊上一定也很美，不是吗？

我是从2013年开始印刷自己的文集，至今印到了第二部。在这之前，也曾做过一本文集，那时候写的都是诗歌，后来那本处女文集赠予了一位友人，至于现在如何，我不曾知晓，或者，他会珍藏在书橱，或者，早已被他丢弃在风中，反正我已经释然，该来的会来，该走的我也不能强求。我开始尝试写散文的时候，已经把过去的故事全部搁浅，直到去年，你说为我整理了所有的诗稿，我才想起来那段写诗的岁月。

记得初相识也是一个春暖花开的时节，而你把我所有的诗稿整理完发来，也是在春天，你说是不是命运安排好的剧情呢。三年前我还是一个初入大学的小姑娘，对未来有过太多美好的幻想，在我的笔下，流动成一句句诗篇，有喜悦，有伤怀，也有感恩，终究是年少呀，情绪全都写在纸上，现在一点点地翻看，那些渐行渐远的时光，那些矫情的诗句，只有感动和释怀，感动岁月的善待，释怀青春的张扬。

上元节是一个很美的节日，天空中烟花绽放，欢喜的人们猜着灯谜，痴心的女子放着花灯，收到你整理的诗集，就是在这样美妙的日子里。记得去年的上元节，我还在中原小城，给远在石家庄的晴儿写信，光阴总是不解风情，仿佛只是一不小心睡了一觉，竟又到了元宵。我在苏州这座江南城，看窗外的烟花，以及听楼下孩童的嬉笑声，不知不觉把他乡当作了故乡，这座江南城，我那么爱它，却不知道该拿什么来喂养我渐瘦的灵魂。那段时间一直无法尘埃落定，也就一直搁浅着写给你的信笺，一直到四月，花儿都开了，燕子衔着新泥归来，柳儿都绿了，山峦披着绿萝裙裳，一下子，就柔软了我心。

子期，江南的春天真美，垂柳舒展着曼妙的身姿，就连流水，都染了青绿。这里的道路上植有很多香樟树，春天的香樟树叶子似乎更嫩了，可以掐出水来的嫩，马路边有很多花儿竞相开放。我每天在路上，都能遇见一树树的粉红、嫩白，是樱花呀，开得浓烈，还有临着水岸的迎春花，那是一片高校区，绿化得特别好，发了嫩芽的小草，一派春天的气息，一天的好心情也在这满眼的绿意中开始。

对了，我还会经过一片湖水，早晨的金鸡湖很静，有点儿湿漉漉的气息，但很有情调。我喜欢找一个靠车窗的位子，车子驶过，望着车窗外茫茫的湖水，总会让人心情平静。

这些年有些姑娘来了，有些姑娘走了，现在我早已学会了释然，有些人，终究只能在生命中偶尔激起片片浪花，为生命的轻薄一点点地增添厚度，有些人呐，会陪伴你走过很长的路程，最后是否笑着挥别，已经不再重要，至少曾经欢喜过，不就够了么。

春节时候你说本来想要约了小丢下江南，演绎一场我们的初见，只是后来我去了一趟杭州，我们也就只好继续把彼此放在心间。前些日子一位朋友从南宁出发去越南，我知道后很惊讶，就告诉他，我的一位好姑娘在南宁，可是当我想要让他捎去祝福的时候已经为时已晚，他也不过是路过南宁而已。

苏州下雨了，记得那句诗吗？“在江南应该有一场雨，正为我们下着，沥沥如相思，独独缺了，你的红绣鞋，我的白素衣”。四月的天气渐渐温暖，虽然下着雨，温度还不算低，所以我就明目张胆地穿上裙裳了。你赠予的那双红绣鞋，我在上个周末去木渎的时候穿着，明黄的油菜花田，有你的红绣鞋陪伴。我爱这样的江南，这样的春日里，深深地感动。

人间四月天，南宁的春色一定更美吧。我醉在姑苏小城不肯醒来，这里有我多年的期盼，亦有我不忍割舍的情怀。在这个四月，我开始想念五月的蔷薇，不知道苏城有没有大片大片的蔷薇，粉嫩粉嫩的花朵，每一朵里都有我对生命的祝福。

窗外雨停歇，江南的雨总会让人多几分深情，虽然我不是那个琴棋书画茶的女子。四月的天空下，我提笔赠你一阕小笺：

江南的雨，依旧缠绵
江南的柳，依旧柔软
江南的茶，依旧香甜
江南的故事，依旧流传
我的白素衣，画上一朵江南莲
你的红绣鞋，绣上情谊万千
江南的人家，青瓦上依旧冒着炊烟
江南的小桥，油纸伞依旧在雨巷盘旋
江南的流水，阿婆依旧撑着乌篷船
我的清欢，岁月里不曾改变
你的佛禅，从来不怕万水千山
我徘徊江南小巷，我伫立江南桥畔
亲爱的姑娘，你是最美的人间四月天

见叶贞

她一直安静的，不说话，像六月里的栀子花，洁净，美好。他在她身边，有时沉默，有时言谈。他们，并肩，走在江南的青石小巷。月光洒下清辉，静美无言。这是我和叶贞的初见。

我始终都相信每一场遇见都不是偶然，就像这个月圆的夜晚，我们在江南邂逅，彼此把真情交换。

我们第一次交谈，是因为那伴着我从中原辗转到江南的手绘旅行包。照片在枫桥拍摄，红的裙裳，绘着莲荷的背包，人生要经历几多风雨，才能平安喜乐，生命要走过几程山水，才能归隐淡然，远方是花红柳绿的江南，生生牵着我的视线，背后是寂寞荒凉的故土，质朴得不发一言。后来那个陪着我看遍万水千山的背包，我给它取名“远方”，有梦的远方。

叶贞是因为看到这张照片，发来一句消息：很喜欢姐姐的这款背包，不知可否为我画一个。我并未想到会把“远方”拿来分享，只觉得拙作哪敢给予美好的姑娘。但当我看到那句消息的时候，仍然很感谢。于是我便答应了叶贞，为她绘一株江南莲。江南的莲，总有说不完的情怀，我为了一丛烟雨一瓣莲香，硬是背离故土，背起行囊头也不回地离开。不知道，还会有多少人为一季莲开，痴痴地守候，跋山涉水地奔赴，朝思暮念。而我只能用手中的拙笔，画下清莲瓣瓣，带去一分江南的问候，在一池清溪莲畔，等一段归途。

我们都是很少在网络上交谈的女子，我常年隐身，只有赏心的几位旧友知我一直在，只是未曾开言。自“远方”之后，我们便只是默默地存在彼此的世界里，不扰，亦不离。前几日，她突然发来消息：我有一些书想要送给姑娘，我现在也在苏州。彼时她早已换了名字：沈阙。但我还是喜欢叫她叶贞，就像那时的初见。有些东西第一眼记下了，便再也不会轻易改变，比如名字。人都是念旧的吧，总是山河换颜，花落雨残，刻骨铭心的还是旧时锦绣，花开灿烂。怪不得会有“雕栏玉砌应犹在，只是朱颜改”的悲情感叹，若李后主没有日思夜念故国的温暖，若他没有想念南国的烟波画船，怎么会吟出多情诗句，死了千古词帝。当我看到叶贞发来的消息，仿佛在波澜不惊的心湖中央投入一枚石子，激起片片涟漪。有些情就是如此，从未嘘寒问暖，但却从不减淡。

我们约在平江路相见，她和他。我赴约，天上的月皎洁明亮。这月光，何曾还是千年的月光，洒下一地清辉，斑驳的老墙上，雕花的路灯下，散步的情侣，赶路的行人，烟火着，清澈着。自干将东路入口一路走向白塔西路入口，平江路很长，此刻游客都散了去，走在路上都能听到双脚和青石小路的歌唱，沿河的人家亮着昏黄的灯光，小商铺也散去了白天的熙熙攘攘，月光落在绿芭蕉上，添了诗情，增了画意，我一个人不紧不慢地走着，竟是误以为在这座城、这条小巷生活了千年。小孩儿说：平江路是个偷情的地方。我扑哧一声笑了，是牡丹亭中的杜丽娘“原来姹紫嫣红开遍，似这般，都付与断井颓垣。良辰美景奈何天，赏心乐事谁家院？朝飞暮卷，云霞翠轩，雨丝风片，烟波画船。锦屏人忒看的这韶光溅!?”还是丁香女子“独自彷徨在悠长、悠长，又寂寥的雨巷”。平江路接连很多旧时老宅园林，想必定是旧时词句，穿越了唐宋风雨，明清街巷，缓缓踱步而来。

我抵达白塔西路入口，便一眼望见了她和他。她娇小，典型的江西姑娘。我们一路沿平江路走着，她很少说话，算是我见过的最安静的姑娘。后去“品芳”吃了晚餐，餐桌上，亦是话很少，但却有种清新脱俗的美丽。我曾说过，每个姑娘都是一朵花魂。叶贞姑娘一定是那洁白清雅的栀子花，在六月季末，静静地绽放。“品芳”茶社始创于大清光绪年间，听闻曾是苏州文人雅士聚集之所。一百三十年的苏州味道，茶酒、小吃、点心，品尝原味苏州。在“品芳”茶社，我们点了苏州经典小吃，就着千年古城的雅韵，偶尔交谈。我相信沉默有时候更能拉近人心的距离，因为有些无声的话语，只有心性相投的人才能听见。

离开“品芳”茶社，时间已经不早，我们沿着平江路往回走。她拍沿途老墙上的爬山虎，在昏暗的灯光下，他看着她，不惊不扰。相聚终有时，离别是为了明天更好的相聚。她把书拿出来，有扎西拉姆·多多的《当你途经我的盛放》，也有《渴望生活——凡·高传》，还有安妮宝贝的《且以永日》。赠书是最好的交流方式，千言万语，且让我们在书中相惜。我亦是拿了最爱的落梅新书《时光知味》赠予叶贞姑娘。那么，此刻道别，愿山长水远，书中相逢。

当我途经你的盛放

我捧着叶贞姑娘赠予的书籍，走在古城的夜色中。月，更洁净，叶，更疏离，白墙灰瓦，枕水人家。抬头对望一眼明月，悄悄地许下心愿：世间每一个姑娘都是一朵花魂，而你，是清雅的栀子花，愿你和他一生幸福，一世长安。

当你途经我的盛放
在莲花盛开的那一夏
在江南多情的那一季
煮好的茶　凉了
窗外的雨　下着
你就这样　成为了过客

——序

用了一周的时间看完了扎西拉姆·多多的这本书，其实早就知道这本书，起源于那首《见或者不见》。很多人误以为那是仓央嘉措的诗，我也曾一度误以为出自他之手，后无端地在百度中得知，原是出自一位姑娘之手。到底因何起源我们都不必再去追究，就像《见或者不见》，它带给你我的感动又何须非要一探究竟。

后来我去百度中翻阅过关于作者的信息，才知道她有一本书叫作《当你途经我的盛放》。我在江南的第一个深秋，子期发来一首诗“在江南应该有一壶茶，已经为我们泡上，浓淡正相宜，在江南应该有一场雨，正为我们下着，沥沥如相思，在江南应该有一道柳岸长堤，有一池清波如碧，有一脉云山新绿，独独缺了，我的绣花鞋，你的白素衣。”我看着手机屏幕上闪动着这条短信，内心涌出无限的感动。

诗中的江南，诗中的烟雨，诗中的柳岸长堤，诗中的云山新绿，每一个词句都像一朵小花儿，悄悄地开在我的心底。子期，那个懂我的姑娘，远在岭南，却总是会分享予我种种美好。

我们在浊世红尘浮沉寻觅，其实不过是寻找另一个自己。恋人也好，知己也罢。当你们彼此懂得，一定是在对方的眼睛里看到了自己的影子。我与子期如是，当我和她初次相遇在桃花三月天，便注定了以后的日子里长情陪伴。记得她曾对我说过一句话：我们有很多相似的故事。只为这一句，我把所有的情怀化作无言的祝福，在心底悄悄许下心愿：愿我们在尘世获得今生的幸福。

我去百度上查找这首诗，它有个好听的名字《我们去江南吧》。那样一片如梦似幻的水域，不过是烟柳画廊、黛瓦粉墙、软语长巷，却成了世人孜孜不倦想要收藏的风景。我庆幸，今生能够有机缘和江南邂逅，交付一段最美的年华，枕着太湖水，用芦苇做笔，写最清瘦的文字。我庆幸，今生做了那低眉弄莲的姑娘，在老去的江南旧梦里，岁月静好，寂静欢喜。我庆幸，今生小隐姑苏城内，赏遍旧庭月，与江南的一株草木，一剪寒梅执手相看。

这且当是我与此书的初缘。后来捧来细细地阅读，则是因了叶贞姑娘的相赠。同样的江南，同样的月明风清，我和叶贞约在平江路相见。真正的情谊不是整日挂在嘴边，捧在掌心，无声总是最打动人心，比如植物，比如瓷器，比如我与很多姑娘之间的无声约定。有时候互赠一本老旧的书籍，便能付了深情。我和你在书中相遇，且让我们再回到书中，做一朵尘封在记忆里的幽兰，等待时光为这段故事判写结局。叶贞说要赠予我书籍的时候，我内心是欢喜的，我从来没有想过自己会成为让人惦念的姑娘，因为我内心深处一直有颗卑微的种子，稍不留神就会生根发芽。所以我珍惜你们带给我的喜悦，虽然极少言语，但我一直虔诚地对待这份真情意。

叶贞姑娘相赠了安妮的《且以永日》，还有《凡·高传》《宋词鉴赏》以及《当你途经我的盛放》等六本书。我看着手中的这些书籍，那种感情真的是连说一句谢谢都觉得空洞，唯有好好珍惜，方不辜负了这份深意。没有相互赠书的朋友永远体会不到这份情感，是一种灵魂之间的交流。“江南无所有，聊寄一枝春”。古代的诗人词客愿意折下一季春色相赠，倒真的添了雅兴。我不是诗人词客，只不过安于现实的烟火女子，唯有将自己喜爱之书籍互赠，方聊表心意。

回家后我把这些书籍一本本放在书架上，在幽兰的清雅中，吻一缕墨香。到底是尘世女子，为着柴米油盐日日奔波，唯有晨起和夜深方有微薄的时间阅读。晚上的时间我大多拿来绘画、写文章或者看一看教师资格证的书籍，那么晨起的一个小时便成了我阅读文学书籍的时光。伴着清晨的阳光，阅读《当你途经我的盛放》。作者是一位信徒，一名行者。关于禅佛，关于人生，关于修行，都在作者的笔下缓缓踱步而来。写作者真的很神圣，他们需要经历这个世界给予的欢欣、悲念，再通过内心的沉淀，带给读者一场心灵之旅。所以我对任何的作者都保存着致敬的态度，不管对其作品有怎样的喜欢或者不喜，只要书在我的身边，我皆会认真捧读，好好珍惜。每个人看待生活的方式不同，作为读者真的没有资格评判好与坏，喜欢了，多读几遍，不喜不读便是，何以非要贬低呢。

我读扎西拉姆·多多的《当你途经我的盛放》，内心一直保持着愉快欢喜的状态。想必是书中的某些文字恰好吻合了我的某些心性，比如：江南；比如：修心。我几乎不信任何宗教，但我知道自己内心存在的良善，无关乎信仰，只是一种本能，对待生活一捧素心，对待他人慈悲为喜。

当你途经我的盛放，七月江南莲荷依旧亭亭玉立，我没有去赏这一季的花开，纵算错过，也不过是命中注定。在我最美好的年华里，若能与你相遇。在江南，在青山绿水间，在一季的莲叶何田田，在雨巷撑起的油纸伞。恰好，有一壶茶，浓淡正相宜，你的红绣鞋，我的白素衣，不再缺席。

白

白有种独特的干净，比如白莲花。我觉得白莲花比粉色的莲花更让人感动。粉色的莲花就有了艳俗，虽然它是佛祖的宠儿。如果是白莲花，那就不一样了，仿佛有了一种纯粹的东西在里面，盛大得让你心疼落泪。

白裙子也好看。

以前我特别喜欢大花布的衣裳，总觉得喜庆，有着浓浓的市井烟火气。但后来日子越久越发觉那种嘈杂的东西真令人头疼。或许大红大绿的裙子需要有一定气场的人来相配吧。至少不属于我。翻遍衣橱箱底，发现压在最深处的都是那些花花绿绿的裙子，很多经过了时光的雕琢，早已有了陈旧的味道。我真不喜欢那样的味道，泛着潮湿颓然的感觉。惊奇发觉一件白裙子，心都清雅了起来。就是那一抹纯白，安静地于衣橱一角，与时光握手言和，静默安然。

这个夏天偏爱棉质或者棉麻的白裙子。轻柔的棉仿佛三月里的春风、六月里的茉莉。我的睡衣也是纯棉质地的白色，晚上穿着它躺在粉红色大棉被里，那种情怀就像住进了一场洁净美好的梦中。管它窗外是狂风还是暴雨，管它外面的时间怎么躁动不安，都不能打扰我天使般的梦，那梦里我住在云朵里，大朵大朵的白云温柔地包裹着我，甜甜地睡去。

棉麻的裙子也喜欢，但要是白色。米白是时光留下的斑驳随影，纯白则是天使飞舞的翅膀。我穿着干净的白裙子和系带帆布鞋，走在青青草香的苏州大学，那种夏天和青春的美妙，此刻便是。草坪上坐着一对对情侣，他们有着清澈的眼眸和单纯的脸庞，那片青草地绿得有些妖娆，我轻轻地路过，裙摆在风中开成一朵洁白的茉莉，用相机定格下这一瞬的美好。大学是最好的年纪，犹如女孩儿身上的白裙子和蓬勃生气的小草。听说：你所怀念的恰是你丢失的。而我眷恋白，或许和十八岁有关，和大学有关。

白衬衫也好，是少年的好。就算日子旧了，留在白衬衫上的青春也永不散去。十六岁，喜欢偷偷看他穿着白衬衫骑着单车穿过校园的身影，后来，开始爱上白衬衫上淡淡的肥皂香，后来他毕业，去了遥远的地方，你再也没见过像他那样纯美的少年。有些记忆呀，就像握在掌心的流沙，越是努力，越消失得快。

婚纱也是白色，中国的传统婚服是喜庆的中国红，因为在东方白色似乎是不吉利的象征。在西方人的眼里，白色是神圣、干净的意思，所以他们的婚纱礼服以白色最为经典。穿粉色婚纱的新娘一定俗气到了极点，我记得小时候在老家有人结婚，穿粉红色的婚纱，画妖媚的妆容，一看就让人生厌。当然那时候太小，对色彩并不刻意，但心底还是生出一种隐隐的厌倦。粉红色婚纱还不如中国传统的大红嫁妆，红汉服或者红色的和服，都比粉红好。要么红到极致，艳到无法再艳，大红嫁衣喜相逢，缠枝莲花鸳鸯被面。要么就白到极致，洁白的婚纱，神圣的教堂和神父，宛若天国的嫁衣。我喜欢看那些穿着洁白婚纱幸福微笑的恋人，他们即将走入命运给予的另一段人生，应该带着干净的灵魂而来，就像身上的白纱长裙。

所有的花中最喜白花儿。比如：生于山谷的兰，开在窗台的茉莉以及种在屋前的栀子花。虽然兰花品种巨多，但我只偏爱白色的兰花。在苏州这座城，有时候会在马路边上碰到几株，圆圆的叶子，开白色小花儿，它们在万千花木中一点儿都不起眼，甚至时常被人遗忘，但它们依然安静卑微地花开花落，不会为谁停留和驻足，只是在四季变迁中接受荣枯轮回。开在山谷的兰则更添了风雅，晋有陶令偏爱菊，宋有周敦颐钟情莲，林和靖做了梅花知己，苏东坡宁无肉亦要有竹，而我偏生爱好空谷幽兰。那长于山谷的兰，一定有着隐士的淡然，在山间竹林我自芬芳。也喜欢白色的铃兰，它的别名“君影草”更加入心，但是一个君字，就要了人魂，再和影结合，则更让人深深眷恋。铃铛一样的白色小花，像一片洁白的天堂。铃兰的花语是幸福，我想只有真正懂的人，才会听到那如银铃般的轻声细语吧。据说铃兰花和水仙以及丁香皆不可以放在一起，否则就会枯萎，或许兰花本就性喜静，若一定要灿烂若霞，那一定不是它，所以它宁愿选择枯萎离去，也绝不将就。

茉莉是江南花木，在姑苏老城，下了雨的青石小巷，你一定可以邂逅一位发上簪着茉莉花，衣襟上别着茉莉花，手中挎着花篮叫卖茉莉花的老奶奶。我喜欢这样淫雨霏霏的苏州，整座城仿佛都沾染了茉莉的清香。洁白的花瓣在老奶奶布满皱纹的手上变成一件件精美的饰品，五元钱两串，戴在手腕能香一整天呢。这洁白简单的小花儿呀，竟有如此清香。

下班等公交车的马路边种有栀子，洁白的花瓣，悠悠的雅香，整个人都醉了。栀子花的香很浓烈，采一枝搁置卧室床边，能香一个晚上，还有助于睡眠。

如果有姑娘姓白我觉得也好极了。如果那姑娘正好有着干净的容颜，纯粹的灵魂，爱穿洁白的裙子，长发及腰，那一定美得让人窒息。我喜欢的作家笔名姓白，她的名字又和梅相结合，可想而知是有多美。“空山人去远，回首落梅花”只是无端地读出来这两句，心就有了悠远的意境，空旷的山谷，背着行囊远去的禅人，唯有那一树白梅，落了一地，洒下的月辉，映在花瓣上，是无端的心疼和安然。

白的万物总有着浊世的疏离。人生来本是洁净的存在，只因为在尘世久了，便染了风尘。若守着素心，便如洁白的幽兰，清风明月，我自盛开。

第四辑

唱一曲离合悲欢

她是秋风中的一片叶

秋天，一定是静的，是笑而不语的。

秋天，一定是一个人的地老天荒。

最多，是两个人的默默守候。

秋天的姿态，是素心花对素心人，是一曲古琴悠悠，一曲从过去传到今夕的箫声。

昨夜的雨，醒了梦。

她起身把窗户关紧，开始写一些不成文的长短句，大多关于秋。

昨夜的风，那样清凉，凉到骨子里。窗是半开的，窗帘在风灌进来的时候跟着飘啊飘，已是夜深，她并不困，就想这样坐着，任风吹，与夜交谈。有时候她会随手翻阅几页闲书，风吹着她的书页，唰唰的。

他好吗？

她脑海里闪过一丝薄薄的思念，抬头望见皎洁的月，已经是秋季，月圆，人圆。她这样想着。

二年前的那个秋夜，他给她打了第一个电话。彼时，他们已经通过书信来往一年。

叶子，你听，窗外有秋虫呢喃。

听到了吗？

她呵呵地笑，说：南方的秋天，冷吗？

真是傻傻的问题，九月，初秋了呀，何况他只是在江南，并不算真正意义上的南方。

他也在电话里笑：不冷，但是凉凉的，临河的房子，湿气比较重，不过我很喜欢这样潮湿的感觉。

叶子在北方小城，做着一份不喜欢但也不讨厌的工作，工资稳定，朝九晚五。

在父母眼里，叶子乖巧懂事，从出生到长大，一直都按照既定的路线走着，读书、毕业、工作，未来还会寻一个性情温和的男子成家，生儿育女，退休、老去、平淡、稳妥。

直到，遇见了他。好像那搁浅在心底的渴望，被生生地拉扯出来，再被生生地填回去。

人生，难道就这样从二十几岁就开始复制吗？十年，二十年。

从小喜欢阅读的叶子开始尝试写文章，她加了很多文学交流群，与文友们在网络上天南海北地聊。聊海子和顾城的诗，聊琼瑶和亦舒的小说。

他是秋心文学社的文友，现代诗写得好，氤氲的江南气息。

那时候她还不知道他生活的地方，有灰白的墙，有黛色的瓦和枕河的人家。她读到戴望舒的雨巷，想着那会是怎样的风景呀，有深深的寂寥的小巷子，有绵绵无绝期的细雨，有眉眼浅笑的姑娘和散发着桐油香的纸伞。

他们是从一首诗熟悉起来的吧，时间太过久远，她竟有些记不得。

叶子，你的名字和你写的诗一样美。他说。

哦，是吗，谢谢你。她淡淡地回答。

仿佛我生活的小镇，怀着古意。他又说。

他生活的小镇在哪里叶子并不关心，但最后那句怀着古意，让她怔怔地看了好久。

北方的九月又干又冷，叶子不喜欢这座城，更不喜欢这座城的秋季。阳光稀薄，云朵吝啬，林立的高楼常常遮住她遥望的远方。她向往戴望舒笔下的雨巷，向往那个撑着油纸伞的丁香姑娘。

叶子，入秋后的小镇风清水澈，白天有棉花絮似的云朵，晚上有唧唧唧唧的秋虫。他说。

叶子，你一定会爱上这座小镇的。他说。

叶子，我和小镇一起，等你。他说。

收到他第 99 封信的时候，北方的冬天已经进入雪季，她穿了厚厚的明黄色的羽绒服，戴着绒绒的棉手套和围巾。她坐在公园的长椅上，一字一句地看他写的信。北方的冬季，比秋更寂寥，雪下的厚，穿着靴子踩在上面吱吱吱吱地响，太冷了，公园里空荡荡的，只有偶尔雪压断枝丫的声音。

信里他对叶子说起那座小镇。他说冬天的小镇不下雪，太阳很大，镇上的人们搬了椅子晒太阳，阳光落在香樟树的叶子上，洒下斑驳剪影。他说小院里的蜡梅开了，淡黄色的小花，冷冷的香。他说把旧书搬了出来，汲取阳光和温暖。末了，他说：叶子，我想你。

哦。他叫苏若风。

冬天很快过去，只是北方这座城，早春还是寒意浓浓。

叶子，小镇的迎春花开了，沿着河岸，好长好长的一排，枝条有的落到水里，倒影像一幅画。

叶子，春天换了薄薄的衣衫，坐在老屋门前读戴望舒的诗。撑着油纸伞/独自/彷徨在悠长悠长/又寂寥的雨巷。我想到了你。

叶子，小镇外有大片的桃花林，昨天去看花，真春天呀。

小城终于渐渐温暖，叶子也换上薄薄的纱裙，去看花，去看绿油油的麦田。春天，郊外的麦田真绿，有心人家还在麦田地里种上金灿灿的油菜花，她大口呼吸着田间的空气，刚下过清明雨，每吸一口都是潮潮湿湿的水雾，就像，他居住的小镇。

春去秋来，又到了九月，叶子接到他的第一个电话。

叶子，你的声音真好听。他说。

你也是，她回应。

他把手机免提打开，她听见流水的声音，听见小镇上的烟火日子。

他还会，在夜里给她听秋虫呢喃。

决定要去看他，是在这一年的冬季，北方依旧下了很大的雪。他给她写到第 199 封信，信中还附带了一本席慕容的诗集。他说：正午的阳光最好，我把书晒完后就包裹起来寄予你，愿温暖你的寒冬。

她捧着诗集，想着那个有阳光的小镇，心里不由得暖了起来。

她没有告诉他，寻着寄信上的地址，春天去看一个人。

乌镇，她来了。小镇和他在信中描述的一样，春天迎春花开在河畔，枝条长得落在水中像一幅画，镇上的人和善地对她微笑，她也笑，手中握着那个在心里想了千千万万遍的地址。

阿婆，请问苏若风家怎么走？她拿出那个写着地址的信封，问坐在河边杨柳树下，晒太阳的阿婆。

阿婆穿了一身藏青蓝的粗布衣，头上裹着蓝印花布巾。你找？若风？阿婆不太肯定地问。

对呀，我找苏若风。叶子有些羞涩地微低了头。

姑娘，你是他什么人呀？阿婆有些不解。

朋……朋友……叶子有些不知所措。

唉！阿婆重重地叹了口气。

叶子一下子慌了，她不知道发生了什么事，只是，有不好的预感。

阿婆。

姑娘，若风去年冬天，就……就已经走了。

走了？叶子不解。

走了，肺癌晚期走了。可怜了那么阳光的小伙子，才二十几岁呀。阿婆说着说着眼睛有些潮湿。

叶子不敢相信，他从来没有在信中提起过，他总对叶子讲，小镇的一草一木，一砖一瓦，她从他的信笺里读到雨巷的诗意，他，怎么就肺癌晚期，走了呢。

她来得太迟了，他等不及了吧。

若风，可他不是风。

叶子在小镇上住了下来，房子临水。春去秋来，迎春花开了，迎春花落了，冬天有大大的暖阳，她把屋子里的书拿出来，晒晒，有阳光的味道。

一季一季，她是叶子，飘零半生落脚在小镇的烟火日常里，而她的风，再也吹不动了。

风到乌镇时，累了。

绵长的故事里， 住着干净的灵魂

素雅，干净，是我期待的样子。

曾经，喜欢大红大绿的民族风，那热烈真是不惊人就不休，但过后总是落一地凉薄。

如今倒更欢喜素的物什。日子也不再想着轰轰烈烈。

对生活，深居简出，是我喜欢的状态。对朋友亦喜欢淡淡的，如水，不够华丽，却入心。

浮华的都是表面的，真正能够久远的则是那些平平常常的。

初听到绵长这个词，觉得真好，这份绵长里便是清淡如水的喜悦。不过多地参与纷争，不与噪舌的人交付时间，看似孤寂，其实内心是丰盈的。

十七岁，她坐在他的前排，长长的马尾辫总是跑到他的课桌上，那淡淡的洗发水味道，是青草香，他痴痴地望着她的背影，看她那长长的马尾辫，始终，他们都没有学习之外的交往。

十八岁，他悄悄地记下她报考的大学，六月，毕业聚会上，他给了她一个拥抱，说：九月见。

大二的那个深秋，他牵起她的手，说：我们在一起吧。

这一牵手，就是一生。在刚毕业的日子里，他们困顿过，迷茫过，生活拮据过，但他们知道，只要在一起就会云开月明。

他们的爱情，有不落于尘的精神内核，呈现出的，是长久与心安，多少红尘滚滚，在他们的心中都不抵眼前人的陪伴。

这样的陪伴，一定是纯粹的，几十年如一日，不言离弃。

前不久，买了一块蓝印花布，朴素的蓝色棉麻布上是白色小花，我把它铺在书桌上，恰好是秋，恰好是秋的心情，恰好，自然、静谧。

猝不及防就是一场绵绵雨，望着樱花树叶上的雨珠，一会儿挂在叶尖，一会儿滴落下来，继而又有一滴挂在叶尖，那晶莹的雨滴在叶尖的模样，真清雅，把叶子也衬得亮堂，还能看到细细的叶脉。

这样的光阴，是难得的丰盈，一草一木，是无言的美。

幽幽琴声入梦来

窗外雨，窗内她在弹琴，真是一件极美的事呀。

窗外的秋雨淅淅沥沥，仿佛绵绵无绝期的思念。她弹《风居住的街道》，声音和窗外的雨声一样，氤氲的江南气息。

刚刚进入深秋，桂花被这一场秋雨打得七零八落，青苔越发疯长，桂花树下，他支起画架，斑斓的色彩在洁净的画纸上，化作一片片风景，他修长的手指紧握画笔，一会儿挥毫，一会儿沉思。

她弹琴累了，就走到窗前，望一望雨中的桂花和桂花树下的他。

他没有注意到楼上的她，安心画着他的画。她有些懊恼，怎么这雨不再大点儿，这样他就会收起画架进屋避雨吧，她一定会递上一把梅花纸伞。

她掩上窗，继续弹琴。他听到隐隐约约的琴声，抬头，却只望见虚掩着花窗和雨中的黛瓦。他低头，继续作画，寥寥数笔，洁净的画纸上一座临水老屋，桂花开在屋前，有风穿过老屋的门梁。

又一年深秋，汐玥美术馆，有一场叫作“风居住的街道”的画展，她受邀在开幕式上弹琴。

开幕式那天，她一身白色长裙，指尖滑过琴弦，幽幽的旋律在琴弦上蔓延。就像那个有雨的深秋，桂花落了一地，她的心底，落满秋天的思念。

一曲终了，是领导们的讲话。她无心去听，便去看那些展出的画作。

老屋，临水，桂花树植在门前，有雨，长满青苔的石板路上，是秋雨打落的桂花。末了是作者题写的一首小诗：秋已深，雨阑珊，落花成残，幽幽琴声入梦来，思念寄予谁人懂。题名为：风居住的街道，落款为：云游山人。她站在这幅画前，思绪凌乱。

她想起那个有雨的深秋，甜甜的桂花香和桂花树下的他。可是，他知道吗？也许他根本就不知道，世界上还有这样一个她的存在。她这样想着，不免有些伤感。

如果，没有这场画展，她和他永远不会有交集。但爱情这个东西很奇妙，这幅《风居住的街道》荣获全国樱花杯绘画比赛最佳创作奖，她又弹起这首曲，冥冥中，是前世的牵引，亦是今生的夙缘。

他听见干净的琴音，寻声而来，望见一身素衣的她。是那个深秋的午后，时光里透着疏朗，他怎么会忘记呀，那缠绵又纯粹的琴音。

少年时，母亲教他弹钢琴，那首《风居住的街道》，他第一次听，就爱上了，那也是母亲最爱的一首曲。

那首歌里，写着父亲和母亲的爱情，他还没出生的时候，父亲就已离世，他在母亲的钱夹里，看过父亲的一张照片，清秀而干净的少年，站在樱花树下，笑容灿烂。他继承了父亲的容颜，清秀而干净。母亲说：那是父亲不愿她一个人在尘世里孤独，给予她的念想。

他有个心愿，为母亲弹一辈子的《风居住的街道》，可是十八岁那年，母亲也在一场意外中丧生，从此，他不再碰触钢琴，不再去听那首《风居住的街道》。

那天他本来只是在安心地画画，却被这一首熟悉又陌生的音乐敲开了心扉。淡淡几笔，落于纸上，他为这幅画取名叫《风居住的街道》。他抬头，寻着琴声，想着弹琴的人，一定是眉眼带着笑意，却无奈只望见虚掩的小窗和雨中的黛瓦。

时隔一年，在这场画展上，再遇这首曲，弹琴的女子，眉眼带着笑意。

他走到画作前，轻轻地说：你喜欢？

她转身，一穿着靛蓝色长衫的男子，站在面前。她点点头。

那天，桂花在雨中落了一地，幽幽的琴声，清浅又浪漫的光阴，我想，该有这样的一幅作品吧。

他淡淡地说，仿佛在回忆一段古老的故事。

她静静地听着。是他！她有些慌张又有些惊喜。

画展结束后，他邀请她去画眉山。

画眉山是城外的一座小山，不大，但是很精致。阳光很好，他们并肩走着，沿途有渐红的枫叶，还有将黄的银杏，落叶把山路点缀得分外浪漫。山间的风很温柔，轻轻吹拂她的发，时而碰到他的肩，他们的气息离得那么近。那么近。

他说起那个《风居住的街道》的故事，她安静地听着，动情处，为他父母的爱情落了泪。他望着她眼睛，深情地说：我们在一起吧。她用力地点点头。

爱情中，最美莫过于懂得，即便隔着重重山水，亦有相逢的时刻。起风的深秋，她和他合奏，风居住的街道，客厅里，两个孩子正在对着童话书轻轻呓语。

沙漠中的仙人掌

这里是苏州，那个能不忆江南的水乡城市，木小汐来到这里，已九年有余。

九年的时间，发生了很多事，有美好，有沮丧。在苏州的这些年来，她从未间断地行走，她将走过的地方看过的风景，通过文字与影像记录，见到她的人，都说，她是个在爱里长大的孩子，但小汐知道，成长哪有一路繁花，浅淡的笑容里，是曾经卑微到尘埃里的小女孩。

三岁那年，一场突如其来的意外在小汐的头上留下了一道很难看的疤。孩童时候的她并不知道，这道疤会在她成长的路上，留下难以磨灭的记忆。

七岁。小汐读小学，头上的伤疤也随着身体的成长越来越明显。孩子们没有任何忌讳，不会想着怎样可以遮盖疤痕，或者怎样可以掩饰让自己更漂亮。小汐，你头上的疤好吓人呀。同学们并没有什么恶意地对小汐说。其实在那个年纪，孩子们不过就是好奇。或者因为孩子喜欢说真话，因为那道伤疤，确实影响着美这个词。

就是因为这句话，小汐回到家拿出镜子反复看着自己。那道深深的疤痕越显突出，同学们的话又不停地回荡在脑海。小汐，你头上怎么了呀，你头上的疤痕好吓人呀。她急得摔碎了小镜子，大哭起来。她不知道，原来那道伤疤会让同学们说吓人，她不知道那道伤疤在她的头上是那么的难看，像一个得意忘形的敌人。

那件事情之后，小汐越来越自卑。在她的内心，总有一个声音，小汐，你头上的疤痕太吓人了，小汐不是一个漂亮的女孩。她变得不喜欢和小伙伴一起玩耍，她害怕，害怕小朋友再次问她为什么头上怎么有道难看的疤痕。她独来独往，一个人读书，学习。在没有伙伴的童年里，书成了她唯一的伙伴，写作成了她唯一表达情感的方式。

这样的自卑在小汐内心深处，害怕碰触也不敢碰触。高中，正处于花季，有着绚丽的青春和阳光的笑容，那也是一个情窦初开的年纪。读高中的小汐像一朵初开的桃花，美丽耀眼。小汐留了那齐肩的长发，不长不短的齐刘海刚好遮住了那道难看的疤痕。

十六岁的时候，小汐爱上了绘画。那个时候除了写作只有在绘画的时候她的内心是平静的。在这个花一样的年纪，小汐心底的情思也在展开，但是，总在幸福即将到来的时候，小汐的心底就会有一个可恶的声音响起。小汐，没有哪个男生会喜欢一个头上有难看疤痕的女生。

对呀，在这座校园里，小汐功课学得好，又在校报上发表过很多文章，绘画也很棒，齐肩的长发披散在肩上，齐刘海显得小汐更加可爱动人。是老师得意的学生，是同学羡慕的对象。

从七岁那年开始，小汐就已习惯了一个人上课、吃饭、睡觉。在同学的眼里，她是不易接近的。有很多女同学开始在小汐的背后讽刺，有什么呀，不就是长得好看学习好吗，自命清高。也有一些好事的男生在背后悄悄地议论，说小汐多么的自命不凡。这些，小汐从不去计较，也从不在乎，因为她知道，自己不过是在用冷若冰霜的外壳小心翼翼地保护着内心那颗脆弱卑微的灵魂，她不要别人看到她心底多么的卑微，她不要别人怜悯同情的眼光。

因为小汐内心的卑微，在最美的年华里，错过了纯洁的爱情。

他是学校女生心中的王子，有着干净的容颜和洁白的衬衣。他是老师眼中的希望，有着骄人的成绩。他是篮球队中的精英，有着精湛的球技。这样的一个少年，自是会收到很多女生的情书，但他从不骄傲，也从不看轻那些给他写情书的女生。小汐喜欢他，喜欢看他认真打球的样子，喜欢看他微笑时微微上扬的嘴角，喜欢他干净的容颜和洁白的衬衫。

小汐

我喜欢你，喜欢你穿着白裙子认真画画的样子。从十六岁的那个夏季，你走进班级的那一秒，你穿着那身洁白的裙子走进教室，那一刻，你宛如公主降临到我的世界，我知道，自己喜欢上了眼前的女生。

我知道在这个校园里很多人说你孤傲，说你孤芳自赏。小汐，不管他们怎么说，我都是喜欢你的，是从十六岁的那个夏季开始。

我曾试图向你表白，但是我害怕，害怕你的拒绝，害怕你会觉得我和那些男生一样肤浅，害怕从此你连给我和你说话的机会都没有。

小汐，我原本以为我会一直把这份单纯的爱恋始终都埋在心底，可是小汐，我不能给青春留下遗憾，我一遍遍练习这场告白，小汐，我喜欢你，我想你可以做我的女朋友，我想我们可以在一起。

小汐，我们在一起吧。

秦飞

小汐收到这封信的时候，正在教室里望着窗外发呆。洁白的信封上写着小汐的名字，素白的美，宛如小汐身上的白裙子。打开信笺，信纸上淡淡的花香飘来，白色的信纸，蓝色的钢笔字体，清秀、美好。信纸上有几朵飞舞的彩蝶，温馨、浪漫。

看着清秀的笔迹，小汐的心猛地悸动。

秦飞，那个所有女生心中的美好少年，写信告诉自己他喜欢自己。小汐每次望向窗外的时候，都可以看到秦飞在球场上的英姿，小汐曾多次幻想自己和秦飞手牵手的场景。可是，秦飞说喜欢自己，他喜欢自己什么，如果他知道自己难看的伤疤还会喜欢自己吗，他喜欢的也许只是那个看起来很美的自己。

小汐收回思绪，把信笺放进了日记本。也把那一份单纯美好的感情一起留在了心底。小汐提笔写下了一句对不起，装到信封里，下了自习悄悄地放到了秦飞的抽屉。她始终无法面对心中的那道伤疤，她怕秦飞喜欢的只是那个她梦里的模样。

写下那句对不起，小汐抬头，看到那个在球场上英姿飒爽的男生，不争气的泪水瞬间落了下来。

小汐望了望挂满云朵的天空，心中默默地想，此刻，秦飞看到那句对不起是怎样的心情，是难过，还是也像那些男生那样认为自己自命清高，但这些早已经不重要了。小汐依旧像没有发生过任何事情一样，一个人吃饭、上课、睡觉。秦飞也像往常一样，似乎彼此从来没有过任何瓜葛。这样单纯美好的初恋就这样在小汐的卑微下无声地死亡。或许每个人心底都会深藏一道伤疤，有形的，无形的，都会成为致命的毒药。

小汐如愿考取了理想的大学。初秋，她收拾起心情，带着父母的期盼，同学的羡慕，老师的祝福，小汐踏上了期盼已久的开往南方的列车。

大学的生活是多彩的，在这所大学里，小汐试着说服自己的卑微，试着接受爱情，试着让自己的青春不在遗憾中度过。

他不是一个很漂亮的男生，却有着好看的轮廓。他不是一个光芒万丈的男生，却处处透着阳光的活力。军训的生活很苦，即便是九月的阳光依旧是毒辣的，他会每天训练的时候给她带一瓶开水，他说，女孩子不要喝冰凉的矿泉水，喝开水吧。他，是一个细心的男生。军训结束后的某天自习课后，他对小汐说出了那句我喜欢你。小汐沉默了好久，答应了和他的交往。

小汐以为她的象牙塔将在这样的美好中度过，她用心地经营着这份感情，哪怕偶尔心中还是会想男孩如果知道自己额头上的伤疤会不会讨厌自己。

恋爱后的每一天都是甜蜜的。他们手牵手走过校园里的每一个角落，赏过校园里的每一朵花儿，走过校园的每一条小径。他会牵着她的手一起去图书馆看书，他会带她去吃校门口的那家鱼香肉丝，小汐也变得越来越开朗，即使不经常和同学们说话，但是有了他，小汐也足够了。

幸福来得容易消失得也容易，后来小汐想，是不是越是容易得到的越不懂得珍惜。恋爱九个月后，小汐的爱情走到了尽头。他喜欢上了隔壁班的女生，一个笑起来都很淑女的女生。只是后来，小汐听说他没和隔壁的女生在一起，只是后来，小汐听说他还爱着自己。

那个九月，小汐没有再收到他的晚安，他也不经常陪着小汐读书、吃饭、散步。隔壁班和小汐班里都传得沸沸扬扬，传言他在追隔壁班的那个女生。

小汐找到他，在一个落英缤纷的黄昏，小汐提出了分手，她怎么可以容忍这样卑微的爱情。

分手后小汐一个人去了酒吧，那是小汐第一次喝酒，小汐突然觉得酒真是一个好东西，怪不得古人总说一杯解千愁。可是，她也记得有句话叫举杯消愁愁更愁啊。小汐跌跌撞撞地回到宿舍沉沉地睡去。

小汐终于明白，她再次被打回原形，那颗慢慢温暖的心再次陷入冰冷，那柔软的灵魂再次陷入卑微。分手后她也陆陆续续地收到其他男生的表白，但小汐都一一回绝，只是在她回绝之后没有多久，她就会看到那些男生领着新的女朋友行走在校园中。小汐冷冷地苦笑。越容易得到的越容易放弃。而大学，多的还是随波逐流，多的还是寂寞的无处安放的灵魂在寻求安慰。

小汐依然坚持写作、绘画，依然会有同学在背后不屑她的清高孤傲，关于这些，小汐从不去解释，只是做自己该做的事情，小心翼翼地保护着内心那颗低到尘埃里的灵魂。

后来，她爱上了旅行，她不停地行走，短途的，长途的，路过的村庄，路过的小镇，她都会用文字记录下来。多年后，她收到旧日同学的私信：小汐，你把生活过成了诗。她笑笑没有说话，生活，从来只有真切的感受过，才会知其中滋味。

有一天，她在行走的途中听到一句歌词“沙漠中的仙人掌，多么的坚强，落了泪你也看不到她的悲伤”。听着听着，她悄悄地揉了揉眼睛，是风沙迷了眼，她正走在大漠孤烟直的风景里。

藏在裙摆里的爱

二十岁之前，她从未拥有过一件像样的裙子。看到其他女孩儿穿着裙子，她一个人躲在角落里艳羡不已。那些穿着漂亮裙子的女孩儿，就像一个个小天使，而她，却像一个卑微的丑小鸭。

她终于鼓足勇气去阿依莲选了一款连衣裙。这是她拥有的第一件裙子。素白的裙子穿在身上，童年的记忆一点点地蔓延，她也可以像她们一样，美丽的像个天使。

她喜悦地穿着裙子走在回家的路上，夏日的风儿轻轻吹动，荷叶裙摆荡漾出美丽的弧度。回到家，她小心翼翼地捧着裙子，仿佛捧着一个晶莹剔透的梦想。

那年，她二十岁，大学毕业，拥有第一件裙子，素白的连衣裙。

遇见他的时候，她的衣橱里已经挂满了各种款式的裙子。素白连衣裙，刺绣长裙。她只穿过脚裸的棉麻民族风长裙和素白的公主裙。秋冬天气寒，她穿带夹层的厚棉麻裙，春夏转暖，她穿薄的棉麻连衣裙。她说：女子爱裙子就如爱爱情，恰巧遇到了，不早不晚一见倾心，从此相伴永不相弃。

和他相遇，不早不晚在最美的年纪里，一切都恰到好处。

他二十七岁，大她五岁。

他是大姨介绍的相亲对象，第一次见面，她穿着碧色的孔雀长裙，海藻般的黑发垂到腰际，耳垂上的孔雀耳环恰到好处，温婉中多了几分可爱。

见到他，她只说了一句话："我希望我们有相同的灵魂。"他被她的言语惊动。这般女子该是怎样的心性。

你穿裙子真美，他说。

只这一句，她心底的柔软被牵引。

爱情，就是这样的不经意，一句话，或者一个表情，打动心的往往只是刚刚好的环境刚刚好的贴心。

他不算这个世界标榜的高富帅，但他怜她惜她。

他为她买各种裙子，他为她懒画眉破新橙。他是极细心的男子，这份细心，万千红颜只为她。她在心中向上帝许愿，此生，做他最美的娘子，洗尽铅华，不问世事沧桑。

他们的婚礼如期而至，十里红妆。她不敢相信，他会带给她一场梦里的婚礼。她骨子里的古典，他懂得。他希望她快乐，他希望给她一场渴望的婚礼。他带着喜相逢的花轿迎娶她，迎娶他的新娘。

他拥她入怀。"此生有你，是我最大的幸福。"他轻声说。花好月圆，世间最美不过如此。

其实啊，遇见她之前，他从来不知道雨声可以像音乐般动听，他是不折不扣的理科男。因为遇见了她，他爱上了听雨，因为遇见了她，他爱上了黄昏。

他依旧会送她各式各样的裙子，他们彼此的生日，结婚纪念日，情人节，每年他都会送她裙子。

他九十五岁，她九十岁。她的黑发早已洒满霜花，也不似二十几岁那般柔美，皱纹无情地爬满额头，牙齿掉光，甚至连叫他的名字都不再清晰，他也成了糟老头，想再看一看她的样子，眼睛已经模糊。

他含糊不清地对儿女说："我想让她穿上白嫁衣。有生之年给她一个完整的爱情，一段完整的人生。"九十岁的她穿着素白的嫁衣，银白的长发披散双肩。我喜欢你穿裙子的样子，真美。他说。他双手搀扶着她走完人生最后一站。

仿佛间，她以为回到了二十几岁。捧着素白的连衣裙，捧着玲珑心愿，像个天使。

两行浊泪模糊了双眼。这辈子，与他携手走完此生，已无憾。

他离开后不久，她追随他而去，安详地，微笑地，离去。

他们的儿女整理她的遗物，衣橱里，都是裙子。二十二岁到九十岁，一辈子的承诺，一生的爱，这些裙子见证着他们的矢志不渝。

第五辑

许一个锦绣华年

快乐就好

晚饭后和朋友走在苏州老城区。从先庄湾走到十全街，坐下喝杯茶，又走过叶家弄，走到相门。我们就这样走了好久好久。我们有一搭没一搭地说着话，六月的风也温柔，夹竹桃粉红素白地开着，路灯昏黄，有清清水汽在空气里蔓延。街巷安静，月色清凉，这样的光阴很江南，很姑苏。

苏州老城区的夜晚，蛮适合步行的，这是座可以慢下来写诗的城市。走到老弄堂的门口，走到历史幽幽的桥畔，你与那些低低矮矮的砖瓦建筑，皆是风景。

路灯把三个人的影子拉得老长老长，有那么的瞬间。我觉得仿佛时间在定格。什么大道理、什么别人定义的幸福稳妥都不重要，你心中是丰盈快乐的就好。

说苏州的日常点滴，说那些明明灭灭的牵绊，幸运的是我们始终都不曾辜负自己。究其一生我们都在寻找自我内心的实现，却又在责任义务中忘记初心。

是谁说，想要去看世界，最后却因为各种因素耽搁。是谁说，想要归隐山野，可又在各种情的羁绊下患得患失地过着。是谁说，要有爱情的婚姻，最后在差不多了的谎言下欺骗自己的灵魂。是的，我们都在想如何周全周边的人事物，却从不问自己是否欢喜，所以慢慢地感到生活单调。百年人生不过是日复一日地复制粘贴，后来就真的忘记了幸福。

幸福的定义不是选择题，而是解答题，每个人有每个人的答案，但你在写这个答案的时候记得问问自己是否发自内心吧。如果你追求年少策马看花，就去看吧。如果你喜欢山野清静，又恰逢机缘巧合，就放下那些羁绊做个樵夫浣纱女吧。反正道理有时候很不讲理，只要不辜负这人生一世就好。

记得去年有个姑娘微信上问我，是怎样的勇气离开的故乡。其实没什么勇气，只不过是不想让自己留下遗憾。可能几年后，我依然是回到故乡，在那座小城老去，但曾经看过的那些风景，走过的那些路，遇见的那些人，以及做过的那些梦，已经是我生命的一部分，不悔不憾。

年少时海角天涯，年老时归园田居，这是我所期待的最好状态。所以，虽然此刻我远离故乡，但我觉得是幸福的，只是这幸福未必适用每个人。如果你期待的是从二十几岁就看到八十几岁，那你应该朝着这个方向去生活呀，没有谁说谁的方式才是幸福，因为幸福是属于自身感知的。

遵从内心去生活

生活从来不是波澜不惊，都有困惑和不堪。

很羡慕你的生活啊。

我哪有什么可羡慕的啊。

日子过得好，不像我一路跌跌撞撞，你这样波澜不惊的生活好生让人羡慕。

这是清晨我与朋友的对话。我们认识很多年，因写文章结缘，后来他回了家乡，创了业。我来了苏州，简简单单地打发着小日子。

我不知道朋友羡慕我哪里，我也会常常反观自己的生活，是在这座美丽的江南小城吗？还是与琴与书与文与画的相伴？再或者是傻傻笑着应对每一天？反正这些小日子都是我的快乐，但这过程中一定不都是一帆风顺的。就像我常常会想起故乡，便会悄悄落泪，那是我无法弥补的抱歉，但我既然选择了远方就要把远方过得快乐，要不然，不是太委屈自己了吗？

我们都会有看看别人的生活再反观自己生活的时候，现在微信朋友圈以及各种社交网络的发达，让我们可以将自己的生活分享传播，就有了别人看到的自己。其实哪有什么波澜不惊啊，只是那些时常快乐的人愿意将一地鸡毛拾捡，再给它扎个好看的鸡毛掸子。

困惑和不堪会有，喜悦和快乐也会有。生活的底子是好的，即便是那些不堪也只是为了让我们更关注幸福吧，否则全部都是好的，那这些好就显得廉价了呢。

以前我总觉得生活不够好，好像哪儿哪儿都不如意。后来遇见一个人，他教会我要以一颗小太阳的心面对未来。世间事不如意十之八九，但毕竟还有十之一二是如意的，为什么偏要盯着那不如意的八九呢，盯得久了，如意的那一二也落了灰尘，就再也拾捡不起来，那就真的觉得每天都是不快乐的。

人生一世，本来就是经历一场，即便是那些错过的遗憾的经历，也是生命的羽翼，不用去逃避，把回忆装进生命里，继续向着有光的地方义无反顾，因为，未来很美。

不要被生活中的困惑和不堪羁绊住手脚，真正的波澜不惊，是内心的平静，再不济，从头再来，又有何不可呢？

离开，是为了更好的开始

朋友和相恋四年的男友分手，在她的脸上我却看不到心痛。我问她："你不难过吗?"她笑答："当然难过，但生活还要继续，既然我们分开，那说明我们之间缘尽于此，他陪我走过的四年就当作生命中的回忆也未尝不可，至少曾经爱过，未来还有很多美好，我要让未来生活得比那四年更好才对，人总要向前看。"

我被她的话击中。或许，有些分手并没有错，说不定还成就了彼此呢?

朋友和她男友在大学里是公认的才子佳人。姑娘从小受到良好的艺术熏陶，会弹钢琴，还会画画。男孩是经贸系的才子，妙笔生花，文章写得特别棒。他们刚考入大学，在某次的社团新生会上认识，两人一见钟情，便顺其自然地开始交往。他们两人不仅才情双绝，在社团的工作中还是好搭档。

都说毕业季就是分手季，大四后半年，他们分手，我以为姑娘会伤心地痛哭，萎靡不振。然而并没有，姑娘依旧每天奔走在教室和图书馆之间，认真地准备着毕业设计。在校园里偶尔碰到男孩，两个人都云淡风轻的样子。

毕业两年后，社团里的旧友重聚，他们也在里面。姑娘毕业后开始创业，两年时间不仅事业风生水起，还到处旅行。男孩在某企业工作努力，已经做到部门的总监。当大家都唏嘘当年的故事，他们两个人却很淡然地打招呼，像很平常的朋友久别重逢。

有些人注定只能陪你走一程，到了岔路口，你向左他向右很正常。我并不喜欢那些把分手闹得死去活来的人，就算最后挽回又如何，他已经不爱你了，挽回的不过是卑微的碎片。

近年来恋人分手自杀甚至报复的事件层出不穷。因为太爱吗？不，我觉得这样闹下去根本就不是爱。如果真爱，会为对方祝福，且让自己更加美好。

记得我还在读大学的时候，曾经有这样一则新闻。

女生要和男生分手，男生不情愿，于是某天悄悄买了把水果刀翻墙到女生宿舍，结果那名女生因为家里有事情请假，并没有在宿舍，于是那天晚上和这名女生同宿舍的几位姑娘却遭了殃，男生手中的水果刀捅向宿舍其他的几位姑娘，有死有伤，接着男生翻墙逃出坐上了去往女生家乡的大巴，在大巴车上被警察抓获，那名女生幸免于难。可惜的是和她同宿舍的几名姑娘，白白送了年轻的生命。而这件事的罪魁祸首，也将得到法律的制裁。

至此不免引起我们的深思，大学教育的缺失？青少年对待爱情的承受能力不够？

我不知道当那名男生拿起水果刀的时候，有没有想到曾经相恋的甜蜜画面，毕竟爱过，分开只是缘分走到尽头，何必苦苦纠缠，最后伤了别人毁了自己。极端的爱情很可怕，它会让人变得迷失，甚至做出连自己都不相信的事情。

不爱就是不爱，难道非要给个理由吗？你问他为何会冷漠无情，你问他难道忘记了曾经的快乐？忘记又如何，就算还记得，那也是过去，没有谁可以永远活在过去。你问她难道曾经都是假的，你问她现在你做错了什么？曾经相爱是真的，如今不爱也是真的，难道我爱你的时候可以说出来，我不爱你了却要假装相爱？

爱情这回事，不是你改就会赢取他的真心，更不是你哪里做得不好她变了心。相爱的时候怎么看都觉得好，既然不爱，就算你是天仙、你是君子在对方眼里也成了东施。

还有些恋人分手后虽没有极端地想要玉石俱焚，却会不停地折磨自己，好像他不爱你了整个世界就要塌掉。因为一份不复存在的爱情，放纵自己，最终毁掉美丽的青春。我认为当他不爱你的时候，哭也没用，自残也没用，就算你同归于尽，还是不能挽回曾经的温暖，只会令对方越来越厌恶你，最终连曾经的美好回忆也扼杀掉。

分开后苦苦哀求，就算最后他心软，我们也该知道，破镜无法重圆，总有条越不过的裂痕，影响你们以后的生活。覆水难收，已经到了只能分手的地步，就安心地放手吧，给自己，也给别人重生的机会。

失恋没什么大不了，所有的错过都为了未来更好的相逢，要记得，错过了大树，你还会遇见一片森林；错过了花开，你还会邂逅小草的芬芳。

勇敢地面对爱情中的得失，爱着的时候好好爱，如果有一天你们真的走到了缘分的尽头，笑着挥挥手，告诉他：我会过得更好。以后的日子里，努力生活热情绽放，迎接那个还在路上的人，相伴到白首。

谁不曾有过自卑的情绪

微信上有姑娘给我发消息："小隐，你会自卑吗？我觉得你很美好，虽然我条件不算最差，但面对比我优秀的人我还是会自卑。"

每个人在成长的过程中，都会有或多或少的自卑吧。这不是谦卑，谦卑是修养，而自卑，是实实在在地对自己不自信呀。当然。我也会自卑。这是不能逃避的事实，只是我选择面对它，用尽全力成为那个让自己喜欢的自己，自卑就会悄悄后退。

你满身都是刺/刺痛他爱你的胸膛/万花丛中都是你遗世独立的模样/你只是一株仙人掌/小心翼翼地保护着自己/只为不再受伤/风中的仙人掌/多么坚强/落了泪他也看不到你的悲伤/风中的仙人掌/祈求沙漠里的阳光/所有的悲伤都深藏/风儿吹过/往事随风飘扬

——风中的仙人掌

这是大学时候我写下的一首词。字字句句都有着我的影子。

小时候因为太淘气，在头上留下了很丑的一块疤。从此我觉得自己长大会嫁不出去，自卑就这样在心里蔓延。因为内心的自卑，读书后我与很多同学的关系都比较冷淡。后来我喜欢上了阅读，只有无声的书籍在我寂寥的青春里给我安慰，学画后，我又把大把大把的时间给了绘画。职高的时候为了考大学我从市区转到县城的学校，在那所小县城的学校，有隔壁班的男生送来情书，可我内心始终有个声音告诉自己，他长得那么清秀，学习成绩那么好，篮球打得那么棒，怎么可能喜欢你呢。于是我把那份情书小心翼翼地收起来，继续回到书籍和绘画的世界里。

大学之前，我的世界几乎是封闭的。

大学后我希望突破自己。于是去竞选班干部，参加不同的社团活动。我不再去想头上那块丑陋的伤疤，当我们班的班长对我表白时，我欣然接受，试着与他交往，以平视的姿态。尽管一个人的时候，我还是会偶尔想起那块伤疤，但那时候我已经在慢慢地淡化它。

毕业后又发现，原来这个世界上有才情的姑娘那么多，自己连沧海一粟都不是。我欣赏那种内有才情、外有气质的姑娘。可我天生的自然卷，再加上头上的伤疤，怎么看外在都没有气质。才情更不行，内心的自卑再次汹涌而至。好在自卑的情绪并没有继续扩大。因为我明白，自卑是没有用的，用自卑的时间去努力，说不定某天就会成为那个自己欣赏的姑娘。

很早的时候我看琼瑶阿姨的作品，在她写的《我的故事》这本书里，她说起自己小时候的自卑，直到现在成为人人喜爱的大作家，那份自卑还是会猝不及防地袭来，当自卑袭来，顿时觉得自己一无是处。

自卑的情绪人人都有过，只是有的人后来走出了自卑的阴影，有的人却陷在自卑里自哀自怜。长得不够漂亮，家世太普通，没有高学历……俗世中的任何一件事都会让人感到自卑，因为我们想要的太多。谁都不会是全才，把握当下拥有的幸福，以平常心面对自己，好好生活，喜欢的努力去追求，追不来的就淡然面对，不攀比不强求，更不要为那些不属于自己的圈子自寻烦恼，自卑也就不那么伤人了。

自卑和自信，都是一把利剑。太过自卑会沉寂在自己的世界里孤寂落寞，太过自信又会变得跋扈张扬目中无人。这两者我都不喜欢。纵使你拥有再多，纵使你貌陋才浅，那又如何？生活从不会偏袒谁，更不会拒绝谁。认真地过好每一天，不辜负自己，不辜负身边爱你的人，谁又能说你的渺小呢。

我现在所做的每件事，都是因为我的期待。弹琴、绘画、摄影、写文。当我不懂这些的时候，仰着头张望那些懂的朋友，同时我又低下头谦卑地努力着。时光是不会骗人的，它给予我的种种美好，更不是随手拈来的。这里包含着无数个无声的夜晚，关掉打开的电视剧，开始伏案写文的孤寞，弹琴绘画的寂寥。

不要害怕自卑，更无须拒绝自卑。坦然地面对它，努力朝着那个让自己自卑的方向走出去吧，总有一天你会发现，原来你也可以成为更好的自己，曾经为之自卑的事情，终会风过无痕。

第六辑

梦一季花开云烟

笛声何处，笛声在爱着的人心里

十年前，你还是牙牙学语的婴孩；十年后，你已是意气风发的少年。

十年前，你还是梳着羊角辫的懵懂女孩；十年后，你已是待字闺中的姑娘。

十年前，你们还许着地老天荒的诺言；十年后，她留给你一声笛音绵延。

十年太长，人走了风景变了，十年又太短，怎么走也走不出你的思念。《笛声何处》是崔轶执导，谢君豪、殷硕主演的以昆曲为题材的爱情电影，讲述了一个十年约定的故事。

电影以一位满头白发的老人和一位少女开场，老人坐在河边，少女轻轻地说："阿婆，今天我们就等到这里吧，回家吧，最后一班渡船都回来了，不会再有人来了。"仅仅是这一段话，就抓住了看客的心。关于江南小镇的烟雨色彩，在心底蔓延。

香港编剧欧阳十年前因笛声爱上一个痴迷昆曲的姑娘小惠，有天小惠突然消失，并给他寄了一张千灯古镇的明信片，开始一段长达十年的约定。十年后，欧阳带着约定来到千灯古镇，小桥流水，灰墙黛瓦，古朴的庭院楼阁，落了记忆的古戏台，让他恍若隔世。当他满心期待着小惠赴约时，却收到了小惠托人从法国寄来的一支竹笛和一封信笺，信中小惠说出了当年离开的原因，十年约定，不是她失约，而是在病魔面前她也无能为力，这支竹笛和信笺，带她来赴十年之约。

爱情，正如汤显祖在牡丹亭中写的那样："情不知所起，一往而深。"影片中的小镇姑娘小荷（影片前面和阿婆说话的女孩），对昆曲痴迷，遇见欧阳后，动了真情，可欧阳到底是要离开小镇的，关于小荷，后续没有再多描述，也许，她会如欧阳等待小惠那样，痴痴地守在小镇，等着重逢，也许，她嫁得良人，这段意外的邂逅只是记忆里珍藏的风景。

阿婆的故事，在后面作了交代。年轻时，阿婆在小镇唱昆曲，饰杜丽娘，后来与小惠的爷爷两情相悦。小惠的爷爷是当年顾家的少爷，后来顾家迁去台湾，小惠的爷爷被迫随着家人而去，走之前小惠爷爷要带阿婆一起，但阿婆是昆曲继字辈的独传，为了昆曲阿婆留在了小镇，离别时，小惠的爷爷约定阿婆一定会回来找她的，却不知一别就是一生。之后阿婆一辈子在小镇上，痴迷着昆曲，坚守着与小惠的爷爷的约定，这一等就等到了白发苍苍。

三段不同的爱情，又有着丝丝缕缕的牵绊，欧阳与小惠的约定地，便是阿婆等待小惠的爷爷的地方，两代人的情，中间还加入小荷对欧阳的情感，看得让人心疼。

影片创作的背景是纪念昆曲诞生600周年，选在昆曲诞生地千灯古镇拍摄，幽幽水乡情，融入海峡两岸的亲情与爱情，那一声水磨腔响起，再看那旖旎的扮相，真的要被勾了魂去，那种软软的、带着江南小镇特有的惆怅气息，真迷人。

我在苏州生活也有两年多时间，去过大大小小的古镇，苏州周边，无锡，还有浙江的一些小镇，对这种柔软的慢调的小镇，以及小镇生发出来的文化，从心底里眷恋。看完这部电影，那种明明灭灭的情感再次涌上心头，我知道，我会在某个风轻云淡的日子里，遇见千灯，遇见昆曲的幽幽情。

有人说，江南这片土地，适合慢慢地生活。世间万物有了水而有灵气，江南，鱼米水乡，该是多么的曼妙悠然。生活本来就无须追赶，慢下来，才有诗一样的浪漫。慢下来看一朵云的飘散，慢下来等一朵花的盛开，慢下来听一段昆曲的浪漫，你会发现呀，原来有太多细微的美好，都正在身边发生着。

“梦短梦长俱是梦，年来年去是何年”。是梦也好，是缘也罢，爱着，十年算什么，即便最后等来的只是一支竹笛、一封长信，也无悔呀，因为爱是这个世上最美的语言，再没有比两情相悦更让人喜悦的事情。

笛声在何处，在梦里，在每个爱着的人心里，千年、百年、十年，无论过去多久，那幽幽的笛声，都不曾离开过。

每个人都会闪闪发光

不要以自己的意念看待别人的喜乐，任何爱好的存在，都有它的意义。

去看《闪光少女》这部影片，原是奔着音乐而去的，看完后却意犹未尽。影片导演王冉，主演徐璐和彭昱畅。这部影片的故事发生在某音乐学院附中，故事的女主角陈惊，学扬琴的女孩，爱上隔壁弹钢琴的师哥，但西洋乐素来自命不凡，陈惊表白失败。为了让师哥瞧得起民乐，陈惊和男闺蜜油渣以及 502 宿舍的四个二次元少女，组成 2.5 次元乐队，拉开一场爆笑连连的音乐 PK 赛。

虽然是青春片，但在青春的热闹外，有着深层的意义。

以前看以青春为题材的电影，不是闺蜜纠缠就是爱情陌路，看完后的感觉，无外乎青春是一本写满为赋新词强说愁的笔记，十七岁的时候，只有四十五度仰望天空的迷茫，以及隔壁班坐在窗前的那个姑娘。

但闪光少女不是的，她有十七岁少男少女的懵懂，更有对梦想、对爱好的捍卫和矢志不渝。

弹钢琴的师哥远远走来时，她眼睛里闪烁着的光，这不正是青春时期的暗恋吗？

鼓足了勇气表白师哥，却迎来不屑的目光，但她并没有一蹶不振，而是让自己活得闪闪发光，证明扬琴并不老土，民乐并不是古董，这是很多青春片少有的正能量。

她坐在公交车上打瞌睡，他悄悄地把自己的手掌贴在车窗上给她当枕头，却不出声生怕吵醒了她，这份少年时的默默喜欢，不也曾是我们经历过的吗？

民乐与西洋乐，各自有各自的好，本没什么区别。

喜欢动漫喜欢古风与喜欢主流喜欢时尚，各自有各自的选择，本没什么歧义。

可就是有不少人，把大众定义的喜怒哀乐强加给你，好像你不接受，就是另类。

于是，在外界的强压下，你退缩了。你小心翼翼地收起真实，为了融入他们意义里的好，变成了没有灵魂的躯壳。

这世上可怕的不是鬼神，而是那些回荡在耳边的言语。言语是根刺，也许是你的不经意，却成了别人的闪闪躲躲。

影片中弹古筝的千指大人，她爸妈对她的二次元很无奈，影片中拉二胡的樱仔，她妈妈说：考不上大学，你以后要怎么办呀？

你看，这就是大众的定义。在他们看来，玩二次元是不正常的，不好好读书考大学是不正常的。

人都有自我意识，所以才会有这种对别人爱好不屑的态度。

但即使弱小也要发声。

所以她们证明了自己，证明了民乐可以登上舞台，证明了二次元不是不务正业。

看到斗琴的那段，笑中藏着泪点。

我喜欢古风喜欢文学很长时间，这是发自内心的喜欢，所以我弹古筝，偶尔画画和刺绣，所以我穿带古典元素的裙，所以，我阅读、写文章，所以，我也遭到过质疑。

买了新裙，裙上是手绘的花，有汉元素的设计，穿出去后，有人说：嘿，我还以为是古代穿越来的呢。我知道说话的人无意，但这话的语气却让听的人不舒心，你可以说我玻璃心，可你有没有想过我如果对你穿的高跟鞋、超短裙评头论足，你会舒心吗？面对这样的问候我只笑笑不语。能说什么呢？对方不喜欢，你说了她还是觉得你穿越来的。

写了文章，又有人说：嘿，你写那么多文章，又没有稿费有什么用。我不能解释什么，只有沉下来默默努力，时间总会证明一切。

就像最后千指大人在舞台上挥洒自如，她的爸妈终于露出了赞许的笑容，这些闪闪发光的少女啊，用行动证明了任何喜好都值得被尊重和理解。

保持一种平和的心态，面对与自己不同路的人，不要嘲弄别人的路太颠簸，你怎么知道，那颠簸的路上没有花开与星辰。你可以不参与同行，但请不要，以自己的标准挡在路上。

这是教养，更是气度。

每个人都会闪闪发光，每段旅途都不会白走。

接纳别人，与自己和解

秋天的午后，我一个人去看了这部日本动漫电影——《声之形》。

画面很唯美，日系小清新，樱花瓣片片纷飞，治愈系的乡间小路，漂亮的动漫人物；故事很动人，少女的卑微，少年的不羁，以及学生时代的青涩与浪漫。

这部动漫电影是根据日本漫画家大今良时的漫画改编的。故事中，有听觉障碍的少女西宫硝子，小学转校后被孤立和歧视，而她班上有个叫石田将也的男生，则带头欺负西宫硝子。后来西宫硝子转学，欺负西宫硝子的石田将也也遭到了孤立。

几年后，他们彼此都已长大，读了中学。石田将也在被孤立的过程中有了轻生的想法，在他准备结束自己生命之前执意要去见西宫硝子，为他小学时犯下的错救赎。最后，两人通过手语相互交流，成了好友，并打消了他自杀的念头。

看电影开头的时候，觉得有什么东西堵着，有些难过，结束后却是豁然开朗，一切都化作平淡。

少女西宫硝子对自己的先天听力障碍感到抱歉，她为了与班里的同学们友好，逆来顺受，却不知越是这样大家越讨厌她，越遭到同学们的欺辱，甚至扔掉她的助听器。在这样的成长中，西宫硝子变得沉默，她也开始讨厌自己，觉得自己是个一无是处的负担。

每个人都会有否定自己的时候，也许是学习不好，也许是工作不好，也许是不够漂亮……这些负面的小情绪都会悄悄地钻入我们的生活。但我们要像电影的最后那样，学会与自己和解。一味地低下，反倒让人觉得懦弱、可悲，只有好好爱自己的人，才有能力去爱别人，并收获别人的爱。

接纳别人更难。人的内心深处，都有小小的自我。所以我们会有辩论，会在面对不同的观点时有喋喋不休的争执，会拿别人的缺憾满足自己的嘲弄心理，这些都是私欲的表现。想一想，大千世界，哪里会都按照你的意愿？

电影中石田将也对西宫硝子的欺辱，就是没有学会接纳。当他们看到西宫硝子戴着助听器，用纸笔与人交流时，觉得西宫硝子一副可怜相，让人生厌。如果他用宽厚的心去接纳、去理解西宫硝子的听力障碍，就不会有后来内心的罪恶感。

无法接纳别人，无法与自己和解，这是成长的痛。

你会以远离抗拒，表明你的不接纳，你会以卑微应对，遮掩自己的弱点。可到了最后你才发现，这样做并不能让你真正地快乐，罪恶感、挫败感像小蛇那样一点点咬着你的身体，直至积压在心底的呐喊迸发，抑郁随之而来。若处理恰当，会云开月明；若处理不恰当，就会悲剧上演。

这部画面唯美的电影中，石田将也和西宫硝子都有自杀倾向，好在结局是完美的。

当每个人脸上的阴霾去掉后，石田将也看到的是纯真良善的目光。

当西宫硝子不再讨好后，她收获了同学们的友情。

先天的缺陷，我们无能为力，唯一可以做的是直面它。那么，从现在起，对自己说爱吧。

嗯，还有那一句，我也爱你。

你总会与梦想撞个满怀

收到吧啦姐的新书，是在一个阳光很好的清晨。我在朋友圈说：这一天最开心的事情，是收到了这本期盼许久的书。

姐姐说，这是她的第三个女儿。很幸运啊，从第一个女儿《见素》开始，我都能将她们捧在掌心。从《见素》时的少女情怀，到《当茉遇见莉》的尘世故事，再到《你的人生终将闪耀》的坚定不移，我想这过程并不容易，但我亦相信，做自己喜欢的事情，不易中自有欢欣。

是在某个深秋的午后，我开始捧读这本书。书的封面上有这样一句话：愿你的眼中有万丈光芒，努力活成自己想要的模样。这是这本书的概括，亦不仅仅是概括。就像吧啦姐说的：这是一本励志随笔集。但我知道，吧啦姐的文笔绝不仅仅只是给你一碗鸡汤，她淡淡的文字自有一种超出励志文的独特风骨在。

这和她的性情有很大关系吧，我这样想着。

见过吧啦姐的人应该都会有这样的印象，眼睛一弯，就像天上的月牙，嘴角一展，软软的娃娃音就像泉水叮咚。

我始终记得啊，第一次见到吧啦姐，是在陕科大的校园里，她的第一个女儿《见素》新书分享会。那是第一场分享会，我从郑州去西安，见到她。第一次听她的声音，是在电话里，甜甜的。分享会上见到她，一见面就是大大的拥抱，感觉像个邻家大姐姐。再后来，我来了苏州，一边圆梦，一边努力工作。第二个女儿《当茉遇见莉》出版后，吧啦姐来苏州悦禅做分享，重逢在江南，我心是喜悦的。

真开心，还见到吧啦姐的父母，那样一对恩爱的夫妻，也终于让我明白，吧啦姐的温暖，是必然的。阿姨讲话也很软绵，叔叔和蔼可亲，这样的一家，真真是世间的浪漫。

《你的人生终将闪耀》这本书中，有这样一篇文章，名字叫《胡相思的桂花香》。这是写苏州的文章，淡淡的文字将苏州的万千缠绵写尽。吧啦姐来苏州的时候，是秋季，桂花香糯得就像苏州这座城给人的感觉，满城都浸淫在桂花的香气里。前不久，我与朋友在平江路上悠闲地走着，我们穿过很多小巷，转身，望见胡厢史巷，不由地想起吧啦姐的这篇文章，真是美啊。而那天，恰好也是秋季，恰好也是桂花满城香。

读书的时候，看到喜欢的句子，我喜欢用笔圈出来，而且看到动情处，还会陷入深深的沉思。在这本书中我圈的地方有很多，那些长长短短的句子，总能打动我内心的柔软和坚韧。

"我不怕苦，唯一让我觉得苦的是无法做自己真正热爱的事情。"

"——辞去大学教师的工作，只是为了去过自己真正喜欢的生活。"

这篇文章中，我读到心疼，读到欣慰，读到祝福，读到喜悦。心疼这个追梦的姑娘，深夜备课、教研，欣慰这个有着强大精神内核的姑娘，终于有底气去选择自己的所爱。更多是祝福，为她更广阔的明天，还有那种内心深处隐隐的喜悦。

尽管是励志文集，但吧啦姐的文字下，没有澎湃的高呼女性独立宣言，更没有举着梦想的旗帜，猛打鸡血。她只是用浅浅淡淡的文字，将自己的故事缓缓道来，将尘世里那些活得漂亮且温婉的姑娘的故事轻轻述说。读起来啊，就像一个枕边的闺蜜，在寂静的夜里，为你立起一座海上的灯塔。

书的前半部分，写梦想与爱好，写读书与努力，亦是写一个小镇女孩，由自卑到成长为独立女性的心路历程。任何的掌声背后，都是你看不到的艰辛。我记得以前听过这样一句话：很多人说郎朗是音乐天才，却不知道他苦苦练琴的经历，他日复一日的努力，别人只用天才二字做了结尾。是啊，写作者亦如是，十年的奋笔疾书，只为一朝的纸墨书香。许多人说，吧啦姐活成了她们的梦想，二十几岁就收获了财富、自由和独立，却不知道，她出书的奠基石是年少时那一本本日记。

爱好文学的人很多，最后能崭露头角的寥寥无几，为什么呢？很大原因是坚持和努力。

我读书时，有几个很不错的文友，她们的文笔不差，甚至比我好，大学毕业后，忙碌的工作和较劲的生活让她们不再阅读，不再写作，直到几年后，她们告诉我，已经不知道怎么去写，写不出文字了。我感到深深的惋惜。我的新书《夏天的风吹来草的叶子》今冬已在全国上市，有文友说我运气真好，我笑了笑，运气这种事一定是建立在日复一日的积累上。

还有文友问我：小隐，你说我的文字可以出版书吗？我说：想要出版书的话先开始写吧。她没有给我发她的文字，我在她的社交平台上也没看过她的文笔，更不知道她写了多少文字。想出书，这是每个热爱文字的人的梦想，但热爱和矢志不渝，是两个截然不同的概念，热爱可以做个旁观者，矢志不渝则是你把这个热爱当作了梦想，风雨兼程，无论荆棘还是暗夜。就像吧啦姐这本书中写的：为了实现梦想，一定要拼命。

我不会说，多少个深夜我坐在电脑前码字，夜静得听得见窗外的风声，才换来文学的曙光；我不会说，多少个黄昏我坐在窗前弹琴，将外界的繁华拒之门外，才换来舞台上浅浅笑容；我不会说，少年时，在北方的冬天里，我握着画笔一遍遍地画啊画，才迎来闪闪发光的录取通知书。

所以，读完吧啦姐的这本书，你会明白，原来，一切的掌声都不是偶然，一切的美好都裹杂着汗水。

并不是每一个人都那么幸运，并不是每一个人都可以用爱好养活自己，但当你一直坚持，即使最终没有带来所谓世俗上的收获和成功，我们的内心也会因为自己的坚持而变得丰盈和充实，这也是爱好的另一种力量。

——这是《不要轻视你的爱好，它会改变你一生》这篇文中的句子，我画了重点。是的，无论结果如何，那个为之努力的过程，已经是最美的风景。

除了吧啦姐自身的故事，还有她身边人的美好。比如，那个在终南山的祥子，比如，那个美若仙子的闫秀学姐，他们都有同样的特质，那就是心底的那份执拗，对梦想对自由的执拗。所以祥子最终通过摄影达到精神与物质双重富足，并有底气去山中过热爱的陶渊明式生活，所以闫秀学姐在大上海都市中，在这个国际大舞台上，游刃有余，安静自若。

书的后半部分，写了尘世的小浪漫。比如，《爱情里的懂得》，比如《三毛与荷西的传奇》。

吧啦姐写：爱是多么天真的简单，它不是一个男人前一秒还在对一个女孩说我喜欢你，遭到拒绝后，后一秒又转身对另一个女孩说我爱你。

对啊，木心的《从前慢》里有这样一句话：从前的日色变得慢，车马邮件都慢，一生只够爱一个人。愿得一人心白首不相离，是许多女孩子的梦想，可现在呢，欲望胜过了灵魂，爱情似乎成了高消费品。

文字的力量，是让那些散落的美好，再次回到我们的身旁。就像此刻，我读吧啦姐的文章，那灵魂之间相互懂得的爱情，让人向往，亦让人心变得柔软，充满温情。找个相爱的人过一生，尘世的负累又能算什么呢？只要那个人是他，只要与他在一起，哪怕寒冬，亦有绿蚁新醅酒的诗意。

珍惜、感恩。吧啦姐在书的最后一章，写了父母，写了恩师雪小禅，写了幼年时珍藏的友谊。

人这一生呀，不过是寻找爱，付出爱，拥有爱，珍惜爱。有亲人之爱，恋人之爱，友人之爱，无论哪种爱都是弥足珍贵的。生命的意义是什么？如果让我说，大概就是与爱结缘。

爱是世界上最美的语言，懂得感恩的人，生活总能遇见微光。无论此刻的你，是在路边鼓掌的小女孩，还是站在舞台上闪闪发光的姑娘，都不要茫然，心有明月，夜自明，只要携爱前行，总有一天，你会与梦想撞个满怀，人生亦终将闪耀。

有人欢喜有人忧， 亦有温暖的相逢

十二月的江南，窗外依然有浅浅绿意，稀稀落落的枫叶挂在枝头，就是不肯向冬季低头，我躲在屋子里不愿出门，空调开到最大，做一些内心欢喜的事情。

《愿你心有远山安于当下》，封面是光与影交织的摄影作品，设计充满古意。我翻阅着手中的这本书，被书中的故事，牵引着走，仿佛回到某个朝代，安静而清冽，亦犹如江南，有着偏安一隅的诗意。

等这本书，等了许久。从莺莺燕燕的春，到层林尽染的秋，在寂寥沉默的冬天，我将它捧在掌心，温柔以待。

书的作者，露茜女子，湖南常德人。她说自己是尘世女子，性情姑娘。与她的初遇在三月江南，一场古琴与箫的雅集，一次深深的拥抱，一个浅浅的笑容，她着深蓝色旗袍样式的裙，那样素雅。

书的内容，是关于生活与美学，关于魏晋汉唐宋的时光穿越。

二十二个心怀古意的人，二十二段传奇故事和生活方式，那对隐居在终南山的神雕侠侣式夫妻，那个从军官到牢犯再到僧侣的老人，那个琴棋书画诗酒花的琴人，那个与爱人仗剑走天涯的诗客，还有一生热爱琉璃的富贵公子，会做汉服会吹箫的安静少年……

无论是怎样的修行道场，他们不改的，是初心，是青山依旧，是滚滚红尘。

阳光很好，透过玻璃窗落在手捧书上，姿态那样安静，这是我喜欢的状态，不惊扰谁，亦不被谁惊扰，只与书中的故事相对，他们的情怀，我懂，我此刻的无言，我想亦会有时光作为传递。

开篇写到的是如是和梵山，这对夫妻，让人喜欢的不是他们做到了许多人想做却没有做到的隐，而是他们身上的某种气场，不凌冽、不张扬。

露茜在书中写道："如是除了治病救人，还会做很多手艺活，亲手为孩子做过虎头鞋，为爱人梵山设计制作禅衣，一针一线里藏着一颗柔软的女儿心。""梵山是个有趣的男子，会耐心种花，亲手修缮庭院，一个经历过繁杂世事的男人，却如此风清月朗。"

居山的人，皆有慈悲心，如是与梵山小日子里的欢喜，就是慈悲心的诠释。那是对爱的探索和追寻，是对尘世的眷念和爱。

文字是一个人的心气体现，露茜女子笔下的如是和梵山，自有一种叫作露茜的风骨在，所以，即便以前看过这对夫妻的故事，但读到露茜写的，依旧心有叠合。

书中有几篇写的是苏州守艺人，那便是我与露茜初见的机缘。我心素琴弹的小熔老师，在苏州有两次淡淡的面缘，第一次在葛芳老师的天堂鸟教育阅读活动，第二次是和露茜一起，琴箫雅集，虽无太深的交集但有浅浅的关注。我相信，深缘不是日日相伴，而是清浅光阴，山河无恙。

古人说，君子之交淡如水。其实我与露茜的交集，亦没有轰轰烈烈。我们都是善内的姑娘，苏州分别后我们约定再相逢，之后便各自生活，偶尔问候。灵魂相交的人，大抵如此吧，入得了心，不会担心长久的沉默变成失散，因为我们都坚信，同道中人，自会长情。

书中二十二个人，每个人的故事都不同，但他们亦是相同的，那就是遵从自己的内心去生活，不浮夸、不追赶。而露茜式的写法，把这种尘世里守心的方式诠释得那样入心，如书封底上写的那样，不煽情、不鸡汤、不虚构。

最后一章节，露茜写了自己的故事。

我也是读到书中的文字才知道，原来她的人生，亦有许多不可言说的辛苦，毕业、茫然、结婚、生育，一个人抚养小女儿，坚持梦想，这些加到一个人身上，总觉得，命运似乎太过于孩子气，给你伤害还不给疗愈。好在呀，我们还有那份执着和倔强，以及对美的初心和向往。

将军戎马半生，痴心依旧，是为君子，那么，亲爱的露茜，愿我们在尘世里，坦坦荡荡，归来时，一如往昔，初心无恙。

茶凉了，我再去给你续上吧

看这部影片是在大三那年的暑假，在朋友那里看见俞飞鸿穿着红衣的背影照，很美，朋友说这是《爱有来生》的剧照，于是回家找来这部电影看。

那张照片真迷人，空旷的山谷，无人，对面是葱葱郁郁的绿，穿着红衣的俞飞鸿坐在山涧吹笛，她的衣那样红，却有说不出的忧伤。照片上看不到她的脸，长发在后面梳成辫，红色头绳系在发尾，仿佛有太多欲说还休的决绝和冰冷。我望着照片发呆，这部剧，到底讲述着怎样惊天动地的故事。

《爱有来生》从剧本到拍摄完成，历时十余年，只是围绕着山中老院的银杏树，讲述跨越时空的人鬼情缘。这部作品根据须兰的小说《银杏银杏》改编，后来我去查找原著小说，开篇这样写：那晚的银杏也是这样在夜风中轻轻摇晃着，在满阶清光中，倒像一幅多年的图画清幽而迷离。

就这样把银杏树的故事带给看客，我随着故事继续往下看。作品的女主角小玉和秦言今生是恩爱夫妻，因秦言喜欢山上的一处院落，小玉便和秦言搬去山上住，秦言在外教书，下山教书的日子小玉的大学好友雅萍就会上山陪伴小玉，在秦言外出教书的某个夜里，小玉晚上煮了茶坐在老院的银杏树下等雅萍相聚，遇见前世的阿明在银杏树下等阿九。

这个故事虽然跨越前世今生，但这份痴恋真让人心疼。

小的时候，银杏树在老家叫白果树，夏夜乘凉的日子，常听小村的老人讲那些关于白果树的鬼怪故事。后来我每次看到银杏树，都有种光怪陆离的想法。想着某个月明风凉的晚上，银杏叶子在月光下轻轻摇晃，斑驳的影子落在夜里，书生在银杏树下遇见穿着白衣的女子，善良的书生和美丽的女子相恋。

直到我长大都没有见到银杏树下传说的鬼怪，但小时候对银杏树的印象，却像烙印那样无法抹去。当我看到《爱有来生》的剧情时，仿佛小时候那些光怪陆离的幻境终成现实，心里说不出的感动。

长满青苔的小院，古老的小屋，院落里千年银杏在夜月里摇晃，她煮了茶，等她，他还停留在五十年前的故事里，等她。

电影镜头倒回五十年前。他上山打猎，穿过大片大片的杜鹃花，在桃花林遇见阿九，那时阿九正坐在那里吹笛，红衣长发，背对着阿明。他把阿九带回哥哥的帮派。阿九不愿意走，他那时骄傲又喜欢征服，于是就把阿九抢回家，阿九始终冰冷着脸。

后来他不喜欢哥哥的帮派生活就离开去了寺庙，阿九独自跟到寺庙，开始照顾阿明的生活，但阿九的眼神始终是冰冷的。阿明不明白为何阿九在看向自己的时候的眼神冷漠，不知道阿九身上背负着的家族仇恨，不知道在阿九还是小孩子的时候她的父母就被阿明的哥哥杀害。

后来阿九的哥哥追上山，在这座老院（曾经的寺庙）与阿明的哥哥展开厮杀，阿九替父母报了仇，阿明的哥哥在这场血拼中死去，阿明和阿九双双倒在血泊中。阿明恨阿九，恨阿九的告密让哥哥惨死，恨阿九故意接近自己，恨阿九的冰冷和复仇计划。

你是怎么也不肯再相信我的了，今生今世，我们所走的路都错了，时间不对，地点也不对，来生我们再会，来生，我会等你。这是阿九最后对阿明说的话。

阿九死后以为阿明会留在这个世上，于是急着投了胎，阿明却害怕阿九来银杏树下找他，就守在银杏树下不敢离开，最后错过投胎时机，在这轮回道上等了五十年。

最后阿明说：我从未问过自己为什么要等她，前世都身不由己来生就能幸福吗，如果今生她已经幸福，这幸福是不是我给的，都不重要。

爱而不得是不幸的，但爱对方就是希望对方幸福。爱情中我们都是自私的，自私得想要占为己有，可是却从未想过，你给的幸福是不是她要的。最后把自己感动得要死，看我多痴情，却不知道放手也是爱。

《爱有来生》是悲怆的，但这个故事也是美好的。我喜欢剧中的小院，喜欢剧中那棵高大的银杏树。阿九投胎后成了小玉，她有她的秦言，那个疼她爱她的丈夫，这就已足够。前世的故事，就留给前世吧，今生等到她又如何。茶凉了，可以再续，但终究不是曾经的味道。人走了，何须再等，等到也不再是旧时人。

看这部影片与原著小说，心中像有什么东西堵着，说不出。

爱到底是怎样的情感，是生生世世的相依相恋，是黑夜里的幽光，是银杏树下那颗孤寂的灵魂，是你我山无棱天地合的承诺。红衣女子，满山盛开的桃花，清凉的溪水，悠悠的笛声，骑着骏马的少年，决绝的背影。如果有来生，我不要茶凉，我要趁年华不老，在平凡的世间守候平凡的幸福，如果有来生，茶永远永远不会再凉。

六十年的等待和遗憾

六十年，是爱与思念的距离，六十年，是生与死的距离，六十年，是等待与遗憾的距离。苏州、康定、六十年前的故事，跨越时空。若不是深深爱着，又怎会如此执着。

对康定的最初记忆，是那首唱响大江南北的《康定情歌》。百度中搜康定情歌居然还有部电影。主演是苏有朋和居文沛。因主演的缘故，就去看了这部六十年爱、遗憾和守候的故事。

李苏杰是修筑川藏公路的解放军技术员，在途中遇见藏族女孩达娃。达娃从出生便是奴隶的身份，五岁起脚上带着铁链在主人家干活，在她的意识里，奴隶是抬不起头的。在小溪旁遇见进藏修路的李苏杰后，他给了她解放，让她二十年来终于抬起头有了做人的模样。

慢慢地，李苏杰和达娃两人暗生情愫。李苏杰把苏州的麻饼带给达娃吃，达娃第一次尝到了甜是怎样的滋味。达娃说：你能在麻饼盒子上写上达娃吗？李苏杰笑笑拿出别在口袋里的钢笔，写上达娃两个字。达娃羞涩地笑：达娃在我们藏族是月亮的意思。月亮，多么美。李苏杰喃喃自语。

川藏公路终于完工，李苏杰要回到苏州城。临别前与达娃约定，回到城里就来接她。达娃痴痴地守候这个承诺，到死，终于等到了她的李苏杰。只是她没有见到李苏杰，带着遗憾离开。

守着承诺过生活，是心酸还是幸运？至少，她还有个人可思念可牵挂，不是吗？琼瑶写过这样的台词：我等了一辈子，想了一辈子，怨了一辈子，恨了一辈子，可我依然感激上苍，让我有那个可等可想可怨可恨的人，若不然，人生将会如一口枯井，了无生趣。爱，是这个世界上最美的字眼。承诺，是这个世界上最美的语言。为爱守着诺言，是这个凉薄世界里的微弱星光，有着微弱的温暖。

达娃对苏州充满期待，那是她可望不可即的梦呀。那里有小桥流水，有最美的音乐，有最好吃的甜点，还有等着她的李苏杰。回到苏州后，李苏杰写过很多封信寄给达娃，却最终都被退回苏州。在那个动荡的年代里，两颗隔着山水迢迢的心，终究无法相依。

达娃终身未嫁，李苏杰终身未娶。在经历了天崩地裂的自然意外和种种人为阻隔之后，他们的爱情竟等待了六十年之久。六十年后，李苏杰带着他的养外孙女来到康定，寻找他的达娃。在他找到达娃的时候，达娃刚刚去世。达娃的养孙女说：奶奶的骨灰撒在这条小溪里，因为这是她和李苏杰初遇的地方，在这个地方，她不再是奴隶。

六十年可以改变太多太多故事，他们的爱情，却从未改变。李苏杰来到他和达娃相识的小溪旁，把苏州的麻饼和这些年他写给达娃又被退回来的信放在溪水里，顺着溪流流向远方。达娃说：我的骨灰就撒到小溪里吧，流水会把我带到那个遥远的苏州。李苏杰说：有天我也会离开，离开的时候把我的骨灰从苏州带来康定，撒到这条小溪里吧，达娃，我会找到你的。

片子在《康定情歌》的歌声中结束，留给看客太多念想。五年后，十年后，二十年后……李苏杰会在这条小溪里与他的达娃相会。那时候，他们再也不会分开。当年的承诺，亦会化作圆满。他们的爱，将在雪山下永久流传。看完这部影片，心里落了泪。为他们的矢志不渝，为这份跨越时空的爱情。在这个爱情快餐式的年代里，多么难得。

格桑花开在蓝天下，你看，天上真的有一朵溜溜的云哟。你听，她在讲着那段至死相守的故事，来吧，在某个风花雪月的日子里，喝一碗酥油茶，尝几片牦牛肉，拂去路上的风尘，听听那首动人的情歌。

跑马溜溜的山上　一朵溜溜的云哟
端端溜溜地照在　康定溜溜的城哟
月亮弯弯　康定溜溜的城哟
李家溜溜的大姐　人才溜溜的好哟
张家溜溜的大哥　看上溜溜的她哟

解开语文阅读的“金钥匙”

小隐作品阅读训练

提分策略　答题技巧

小　隐　著

非卖品

目　录

母亲的戏曲

（1）母亲在电话里说：“村子里唱戏呢，我刚才去看了一会儿，就在村委会广场上。”我在电话这头静静地听着。

（2）大概四五岁的光景，村子里经常有戏班子来唱戏，那戏班子的艺人穿着花枝招展的裙裳，脸上涂满油彩粉墨登场，台下一阵喝彩。母亲抱着我挤在看戏的人潮里，年幼的我并不懂得戏词里的故事，只是看着台上艺人惊艳的容颜，煞是好看。

（3）夜晚看戏最入心。冬日里，雪落了一地，素白的雪落在了村庄的每一个角落。母亲为我穿上亲手缝制的小棉袄，搬了家里的小板凳领着我走进戏场。墨一样的夜色，戏台上霓虹闪烁，那是艺人的世界，我和母亲，也只不过是一个过客，听罢了，也该散场了，戏外的人生，陌路天涯。

（4）落雪的深夜，我喜欢听母亲给我讲她那个年代的故事。

（5）母亲像我这般大的时候，时常和同伴一起看戏，母亲那时候对戏的痴迷大抵就如我当年爱音乐那般吧。十七八岁，我买来一个小小笔记本，本子封面上印着好看的雏菊，一点点地把歌词抄在本子上，在田野，在花间，我和旧日玩伴唱着青春，唱着爱情，纵然音色是那样的不标准，甚至曲调早已跑得不像样，但那段时光依然是我美好的怀念。母亲那时候也是这样的年岁，母亲家的村子是附近的小村，基本上戏班子不会去，父亲家的村子却是方圆十里的大村，所以经常有戏班子在村头搭台子唱戏。母亲告诉我她和同伴相约好了一起看戏，可是外公不允许，眼看天渐渐地暗下来，老远就仿佛听到锣鼓的声音，还有艺人的咿咿呀呀。天黑了，同伴都相偕去了邻村看戏，只有母亲一个人倚在门边，不说话，亦不进屋。母亲说到这些的时候，我似乎还能看到她眼睛里闪过的喜悦，原来母亲也曾和我一样青春过。而青春永远都是一株芬芳的茉莉，哪怕隔着过往，也会在某个不经意的转身忆起。

（6）后来呢，我问母亲。

（7）后来外公拗不过母亲，便不再阻拦。同伴们早已走远，母亲只有一个人走在乡间的小路上，走向繁华如烟的戏场。

（8）我问母亲害怕吗。母亲淡淡地笑了：怕啥，十七八岁心里只想着看戏。夏日的月光分外清凉，一场戏落幕，另一场戏登场，只有清凉的月光最懂得吧。看到那好看的艺人粉墨登场，我想母亲那一刻心中一定也藏着一抹温柔的情怀，或许会在某个刹那，心生恍惚，竟不知是人生如戏还是戏如人生。

（9）小时候母亲看到电视里的戏曲节目，还会偶尔哼上两三句。那是我在老家读书的时候，七八岁，家里有了第一台电视机，黑白没有色彩，收看最多的台就是河南台。母亲和父亲都爱看这个台的节目，因为每到周末都会有《梨园春》播出。周末的晚上八点，电视机里会播放《梨园春》，父亲和母亲就会坐下来一起看，看那些打擂的选手唱戏，看那些名家评委的点评。我也会搬着小板凳坐在旁边，喜滋滋地看着电视里灵巧的人儿。

（10）豫剧是我故乡的戏曲剧种，父亲和母亲最喜欢听的就是豫剧，《朝阳沟》《打金枝》等是那些年经常听到的剧目。所以后来我也就能说出几段戏词。

（11）家里有一些老磁带，因为年数已久总是容易卡带。记忆最深的是有《朝阳沟》上下全集，母亲最爱听这一段“想想烈士比比咱，有什么苦来怕什么难，你要愿走你就走，我坚决在农村干他一百年”。那个年代的爱情和情怀，怕是只有那个年代的人才能真切体会。

（12）我一天天长大，母亲也一天天老去，长大后我开始在外辗转漂泊，求学、工作，母亲也为了我和姐姐舍弃了听戏的闲情，亦不再每周准时地收看戏曲节目，只是整日整日地操劳家务，辛勤劳作，那些闲雅情怀，徒留给一个叫作记忆的老人。后来当我风尘仆仆地归家，母亲迎在村头，不经意间发觉母亲的额上又添了几缕皱纹，发上又多了几缕白霜。

（13）来苏城前的那段时日，我在村庄里，整日陪着母亲，收拾屋子的时候，我无意间翻找出当年的那些磁带，母亲用毛巾擦拭了那台老旧的录音机。我说：这应该还可以听吧。母亲没有说话，拿过我手中的磁带，小心翼翼地安放在录音机里，熟悉的声音慢慢响起。我看到母亲眉眼间闪烁着一种妙不可言的岁月静好。

（14）时光，就这样不经意地远去。那时候，父亲和母亲坐在屋子里看《梨园春》，偶尔会听到他们说哪个选手唱得最好，我坐在他们的身边，不识愁滋味，任时光慢慢地雕刻成记忆。

阅读训练：

1. 作者为何喜欢上戏曲？

2. 豫剧是哪个省份的一种戏种？

3. 阅读全文，简要概述本文表达的中心思想。

4. 十七八岁的母亲和十七八岁的作者有着怎样的关联情感？

参考答案：

1. 因为小时候母亲和父亲都爱看《梨园春》，作者也会搬了凳子一起看，慢慢的就影响了作者对戏曲的热爱。

2. 河南。

3. 本文通过母亲的一个电话，说起看戏，引出全文的中心，表达了远在异乡的儿女对母亲的思念。

4. 十七八岁的母亲爱看戏，十七八岁的作者爱音乐，都是那个青春懵懂的年纪呀，都有对梦想对爱好的执着和对未来的憧憬。

遵从内心去生活

（1）生活从来不是波澜不惊，都有困惑和不堪。

（2）很羡慕你的生活啊。

（3）我哪有什么可羡慕的啊。

（4）日子过得好，不像我一路跌跌撞撞，你这样波澜不惊的生活好生让人羡慕。

（5）这是清晨我与朋友的对话。我们认识很多年，因写文章结缘，后来他回了家乡，创了业。我来了苏州，简简单单地打发着小日子。

（6）我不知道朋友羡慕我哪里，我也会常常反观自己的生活，是在这座美丽的江南小城吗？还是与琴与书与文与画的相伴？再或者是傻傻笑着应对每一天？反正这些小日子都是我的快乐，但这过程中一定不都是一帆风顺的。就像我常常会想起故乡，便会悄悄落泪，那是我无法弥补的抱歉，但我既然选择了远方就要把远方过得快乐，要不然，不是太委屈自己了吗？

（7）我们都会有看看别人的生活再反观自己生活的时

候，现在微信朋友圈以及各种社交网络的发达，让我们可以将自己的生活分享传播，就有了别人看到的自己。其实哪有什么波澜不惊啊，只是那些时常快乐的人愿意将一地鸡毛拾捡，再给它扎个好看的鸡毛掸子。

（8）困惑和不堪会有，喜悦和快乐也会有。生活的底子是好的，即便是那些不堪也只是为了让我们更关注幸福吧，否则全部都是好的，那这些好就显得廉价了呢。

（9）以前我总觉得生活不够好，好像哪儿哪儿都不如意。后来遇见一个人，他教会我要以一颗小太阳的心面对未来。世间事不如意十之八九，但毕竟还有十之一二是如意的，为什么偏要盯着那不如意的八九呢，盯得久了，如意的那一二也落了灰尘，就再也拾捡不起来，那就真的觉得每天都是不快乐的。

（10）<u>人生一世，本来就是经历一场，即便是那些错过的遗憾的经历，也是生命的羽翼，不用去逃避，把回忆装进生命里，继续向着有光的地方义无反顾，因为，未来很美。</u>

（11）不要被生活中的困惑和不堪羁绊住手脚，真正的波澜不惊，是内心的平静，再不济，从头再来，又有何不可呢？

阅读训练：

1. 阅读全文，简述作者对生活中的困惑和不堪是怎么样面对的。

2. 说说画横线句子，你的理解。

3. 阅读全文，说说本文对你的启发。

4. 俗话说“生命有裂缝，阳光才能照进来”。结合本文，简要谈谈你对这句话的理解。

参考答案：

1. 意对即可，无固定答案（可以从沮丧，到后来的振作方向来回答，正能量即可）。

2. 生活有灰色的一面，但我们要把灰色的一面化成彩色，怀着积极的心态面对一切。

3. 本文让我明白了，生活其实有很多乐趣，我们要时常看看那快乐的部分。

4. 这句话与本文的中心思想有异曲同工之妙，都是教我们要向阳而生。

给生活留点情趣

（1）某个冬日的夜晚。我躺在床上翻阅着手中的书《家居插花生活》。优美的文字仿佛宋词那样，清丽绝美，配上简约的日常插花介绍，整个人都仿佛要撞进花的世界里。

（2）植物，是简静的存在，它让这个躁动的世界有那么一刻娴静。不起眼的小瓷碗，几片薄荷叶，几瓣馨香的栀子，就是一件养心的艺术品。

（3）总觉得那些小物太平凡，甚至都不曾入眼，却原来只要心里装着美，何处不是姹紫嫣红呢。在作者轻声絮语的文字中，我看到了草木植物的灵性。你瞧，春去秋来，花儿都开好，对它微笑吧，为平淡的心湖投下涟漪。

（4）在这样的深夜，时间拿来浪费一下又有何妨，如果是浪费在美好的事物上。卸下白天的疲惫，为自己留下些闲适的夜晚，读到动情处，温柔的音乐在耳畔响起，昏暗的灯光暧昧得不像样，这是自己与自己的痴缠。

（5）记不得什么时候开始养花，只是每次弹琴、绘画、阅读的时候，有花香萦绕，时光会慢下来。城市里空间有限，只能买来盆栽小花，搁置于阳台和书架。心里却是眷念着老院的，回去的时候，我会带去不同的植物和瓦盆。老院自然天成，无须任何雕琢和修饰，只把那些植物种下封好土，阳光雨露会给予它们最好的成长。

（6）收到子期寄来的信，字字句句都是懂得。写信。是为生活留的情趣。

（7）她向我说着岭南风情，漓江水的多情，山水的清澈，还有这个初冬的祝福。

（8）这些年，珍藏着每位朋友寄来的手写信，那墨迹落在信纸上的情谊，在光阴中越发馨香。我把它们整齐地折叠好放进信封，再放上几瓣风干的花朵，花染了墨的香，墨亦添了花的气息。

（9）在这个快节奏的年代，还能有人为你执笔写信，那是不可言说的幸福。

（10）子期寄来的信最多。她说梦到我们无数次的相见，这样的梦，大抵是香甜的吧。有梦做，日子就会在希望中开出花。

（11）真正的美学藏在日常生活中，温柔地修剪一株小花，让窗外的月光洒在花心上，落在你的发上，还有邻家妹妹弹奏的夜曲。曾经想要寻找那些遥不可及，后来慢慢开始希望，守候身边的小欢喜。原来你我穷其一生最后都要回归日出日落的平淡。

（12）我在心里许愿雪花纷飞。古老的姑苏城，仿佛回到两千五百年前，灰墙黛瓦，枯枝暖炉，晚来雪降，闲话家常。

阅读训练：

1. 阅读全文，说说你对给生活留点喜趣的看法。

2. 简述画横线的句子“在这个快节奏的年代，能有人为你执笔写信，那是不可言的幸福”作者所表达的情感。

3. 谈谈你对美学的看法。

4. 文章结尾处作者所表达的语境是什么？

参考答案：

1. 心里只要装着美，何处都是姹紫嫣红，把时间浪费到有意义上的事情上，像作者一样，养养花，多阅读等，培养自己的爱好。

2. 珍惜这份幸福，在快节奏的年代，手写信已经很难得，值得珍藏。

3. 美学是对美好事物的分享，就像作者说的美学是藏在日常生活中，要有一双发现美的眼睛。

4. 美好愿望的期许，给生活留点喜趣，感知不一样的生活日常。

春雷惊雨

（1）躺在床上翻阅三毛的书，听到窗外轰隆隆的声音，以为是错觉，便又仔细听了听，是春雷呢。手机里正播放到那首最近特别喜欢的曲子——《风居住的街道》。在安静的夜里，听听春雷惊梦的声音，在二胡的忧伤和钢琴的曼妙中怀念那座朴素的小村庄。

（2）我已经很多年没见过故乡的春色，自从来到江南，便只有春节能回家瞧瞧，可那是冬季呀，草木枯萎，杨树叶子光秃秃地只看到风中的鸟巢，最后在我的记忆里，故乡仿佛就只剩下萧条。

（3）读大学的时候，每到清明雨纷纷的季节，母亲就会在电话里对我说着青绿潮湿的村庄春景：老屋门前的杨树发了嫩芽；田地里麦子越发青翠；栽种的紫茉莉也破土重生；还有屋后的小河沟里流水潺潺；今早烙的鸡蛋饼里放上葱花，味道真的不错；清明节柳树叶已经泛青，不过还是得穿小棉衣，早晚温差大着呢。我听着母亲的絮絮叨叨，好像看到烟雨蒙蒙的村庄，在春天苏醒。

（4）想起故乡的春雨，老家有句俗话：春雨贵如油。小时候也不太懂这句话的意思，有时候望着窗外淅淅沥沥的春雨，不大，就那样轻飘飘地下着，20 世纪 90 年代村庄里还是泥土地，下了雨则是泥泥洼洼，就不能出去玩耍，心里还有些恼春雨呢。后来到了十几岁，读了几句伤情别愁的诗词，便爱上了那朦胧的雨季，青春的词典上，从此刻上了伤春的印记。

（5）雨雾里的村庄清新美好，虽然那里没有江南的芭蕉调情，亦没有乌篷船的点画，就连蓝染花布都有些奢侈，但村庄里藏着我的童年，记录着我十几岁的青葱光阴。某天我回头去望，记忆里的人和事渐渐遗忘，唯有对村庄的情，愈加浓烈。

（6）那时候村庄里还都是红砖黛瓦，远远望过去，宁静安详。因为小时的成长经历，如今看到江南那些有着瓦檐的老屋，心里总觉得亲切。春天的燕子归来，在梁间筑巢，衔着新泥，告诉人家春的来到。长大后我便极少再看到露着瓦檐的旧房子，取而代之的是层层楼房，就连下了雨泥泥洼洼的道路，也被柏油马路代替。春雨沥沥，那些感觉总也过不完的闲愁时光，如今已经成为奢侈。

（7）春雷过后，便听到了窗外的雨声，我居住的楼下有大片青翠的竹子，此刻应该被雨水洗刷得清澈明净吧。真喜欢那片竹子呢，有风的时候，它沙沙作响；有雨的时候，它青葱欲滴；有阳光的时候，它洒下斑驳竹影；就连隔壁家的小狗也会偶尔钻到竹丛里捉迷藏，趁你不注意就“汪汪”两声。

（8）村庄里的油菜也金灿灿地开花了吧，可我到底为着心底的乡愁背离了它。从前在郑州的时候，母亲打来电话说：家里的油菜都开花了呢，回来看看吧。于是我寻着周末便买了回家的车票，三个小时就嗅到了阵阵油菜花香，我采了小黄花簪在耳畔，母亲则拿着那台笨拙的小相机按下快门，偶尔也会采摘几枝带回家，插在玻璃瓶子里，搁上水之后能活好几天。

（9）窗外的春雨好像停了呢，听不到雨滴敲打窗子的声音了。今晚突然因为这场春雷，写下这些文字，又去查春雷的典故：惊蛰过后，暖湿空气与负隅顽抗的冷空气激烈对峙，便形成春雷。春天的雷声也多了几分温柔，好似春风吹拂偶尔飘起的春雨。

（10）其实不管在哪里，只要心里住着小村庄，便会素简如莲。就像我喜欢的那个词：深居简出。既然时光回不去，那就用文字的针线，把它们穿成串，留作纪念。

阅读训练：

1. 关于“春雨贵如油”你怎么理解？

2. 阅读全文，描述你心中的春景图。

3. 这篇文章用了什么样的手法来描写春雨？

4. 画横线句子作者所表达的寓意是什么？

参考答案：

1. 进入春季以后，气温回升，农作物需要雨水，春雨浇灌，农作物自然生长，否则干旱，像油一样宝贵。

2. 杨柳嫩芽，万物复苏，花花草草，精神抖擞，人也精神了很多。

3. 叙事。

4. 远去的村庄被现代化所代替，表达了作者对过去的怀念之情。

拾趣小欢喜

（1）办公桌上的两盆绿萝这几天越发的绿，记得刚把它们搬过来的时候，叶子是稍微有些枯的，我把那些黄掉的叶子摘下，丢入培育的土中，就让它们落叶归根吧。每天清晨，我习惯把前一天杯子里没喝完的水浇灌给绿萝，后来就为我的办公桌增添满满绿意。

（2）近日里少养植物，因为我担心照顾不好它们。苏州的家里有一盆剑兰，已经消瘦得不成样子，看着就让人心疼。记得那盆剑兰刚到我家的时候，长势可真好，还开过几朵小白花，藤都蔓延到旁边的书页上了呢。剑兰在我书架上，与书香做伴，亦为我带来阵阵清香，可是后来我总想不起来去浇水，直到叶子枯黄，剩下几片依稀勉强着生长。

（3）每年回家的时候，我都会给妈妈带花苗或者种子。有时我想要给她带几件漂亮的花盆，可妈妈总是豪迈地说：要什么花盆，撒到地上，长得还好呢。果然如此，妈妈把种子撒到园子里，把根苗栽种地上，亦不怎么打理。有富饶的土地和天上的雨水浇灌，何须人工再精心雕琢。电话里妈妈向我讲着园子里花苗吐绿，种子发芽，春风吹起的时候，真是一天一个样，等到春夏交替，花香绕着小园，妈妈用手机拍下各种各样花的美丽，再回家，就会拿出来给我欣赏。

（4）我真替妈妈高兴，在小村守着日子，没有争分夺秒，亦不怕岁月沧桑。

（5）小村里过农历，所以总比外面的光阴慢半拍。城市对于妈妈来说，有种疏离感，我曾邀请她来苏州玩，结果她说喜欢小村的清静。妈妈是时光里的美人呀，哪怕无情的岁月爬上了她的额头，当年美丽动人的黑发也染了白霜，但她那平和的心境，永不老去。

（6）有时候我会在电话里讲羡慕妈妈的生活，当然她不懂我心中的那些诗情画意。她不过是个普通的妇人，养两个女儿，在小村不惊不扰地过着该有的日子，侍弄下小园子，栽花种菜。前几天读到这样一句话：现在的人有块田地就是成功人士了，要这样算，我爸妈也是成功人士，我们小村的人个个都是成功人士。如今的人们每日奔波在四方格中，若真的有块土地可以种种花，那可不是令人欢喜嘛。抬头看不见天，低头望不到地的商品房里，阳台上还要考虑放些家用电器或者琐碎的物品，别说栽花种菜，要在阳台上摆满盆栽都会觉得奢侈。

（7）花木本应属于自然，我们同样如此，不论是小村，还是车水马龙的都市，都在自然的怀抱里。曾经的都市也是小村，只不过被聪明的人类改造，泥土消失了，花木在围栏里圈养，而它们的本质，原该属于大地的。

（8）妈妈小园里被自然灌溉的花草，随生随灭，四季轮回，没有谁去刻意修剪，自有种天然去雕琢的美意，若我的那盆剑兰在妈妈的小园，应该就不会有枯萎的命运。充沛的阳光是它亲密的伙伴，肥沃的土壤是它生长的家园，天上的雨水把它浇灌。真好。

阅读训练：

1. 阅读全文，概括这篇文章主要谈论的是什么？

2. 作者为什么替妈妈高兴？

3. 根据全文，结合实际，阅读画横线的句子，谈谈你的看法。

4. 文章最后一段，作者所表达的语境是什么？

5. 这篇文章的中心论点是什么？

参考答案：

1. 生活小欢喜，妈妈的小园子。

2. 守着日子，不怕岁月苍老，浇灌花草，平和的心境面对生活。

3. 通过作者描述妈妈的小园子慢生活，跟如今生活在都市快节奏对比，能够慢下来是一种奢侈。

4. 自然浇灌的花草，有充沛的阳光，肥沃的土地，天上的雨水，就是一份美意。

5. 通过对妈妈小园子的描述展开拾趣小欢喜。

日子里除了颠沛流离，还有一朵花的相伴

（1）世上没有丑陋的花朵，哪怕是田野里一株无名小野花，亦有它的芬芳。

（2）旧时光在小村，春秋冬夏各有风情。记忆深刻的是三四月的时候，辽阔无边的田野，夹杂着明灿灿的菜花开在田埂，还有些叫不上名字的小花，精致得很，点缀着嫩绿嫩绿的青草地。亦有蝴蝶款款飞来，寻着那花。孩童则折了花枝编花环，追着蝴蝶跑。后来我在书中读到小扇扑蝶的句子，我想，大抵就是这样的吧。

（3）小院亦会收拾空地，种上花草。小院的花比起田埂上的花稍显娇气。到底是家养的，有母亲日日的修剪与浇水，开的花秀丽隽美，在小院意气风发。

（4）孩童时期那些花香缠绵的记忆，多年后，依旧芬芳四溢，并且影响着我的生活追求。

（5）这些年背着行囊走过万水千山，所有的漂泊，皆为了幼年时那一束花的光阴。我对妈妈说，要把小村里的家打理成日日有花香夜夜有星辰的伊甸园。妈妈浅浅地微笑。她

松土整理花园，把我买回去的花种栽到地上。有一年我与她打电话，她告诉我蔷薇花开得可好，言语里都是喜悦。

（6）城市里没有那么多的空地，我买来的花儿们只能盆养。繁忙的工作之余，为花儿们浇水，与它们说说生活里的美好，偶尔弹琴给它们听，真是一件极美的事儿呢。

（7）那天我和姐姐去超市，抱回来一盆瓜叶菊，已经开了满簇的花，花瓣是幽深的紫色，花心则是干净的素白色，叶子绿油油的。

（8）都说人有情，岂不知那些不会说话的植物，亦有着千丝万缕的深情。刚把瓜叶菊抱回家的那几天，恰逢工作比较繁忙，便少了对它的问候。当我突然想起它的时候，它已经耷拉着花瓣与叶片，不情愿的样子看得让人心疼。

（9）我拿出小喷壶给它喷了些水，后来的几天，每天都会喷水，几天后它竟然又盈盈苒苒了，还多了几个小花苞，令我惊喜的还有那些耷拉的叶子，神奇般的精神起来了。我以为它会枯萎掉的。植物的生命力，远比我们想象得强大，只要给予它阳光和关爱，它便会赠你满室花香。

（10）还有在花店买来的百合种球，最近长势极好。从它破土的那一刻，我便心生欢喜着，小叶子一点点一点点地长大，未来的某天，它会送上清香四溢的百合花，那时候，我就在花的陪伴下，等你下江南，该是多么美好的事情呀。

（11）最钟情的是白色的百合花，绿绿的叶上，擎着一朵朵素雅的白色花朵，像擎着一个个纯粹的心愿。百年好合，长久快乐。

（12）每个人心中都有半亩花田，只是在繁忙的工作中，我们渐渐忘记了低头嗅一朵花的芬芳，等一朵花开的浪漫。生活哪能没有晦涩呢，恰是因这些晦涩，才托出花开的美好。比如莲，正是因了池塘的淤泥，才有我们看到的亭亭玉立。

（13）在心中种下一座小花园，为日子添些喜庆。蓦然回首，细数那些散落的光阴，你会发现除了日日的奔波与流离，还有一朵花的相伴。

阅读训练：

1. 为什么孩童时期花的记忆，影响着我的生活追求？

2. 阅读画横线的句子，谈谈你对植物的生命力的理解。

3. 阅读全文，说说你心中的半亩花田。

4. 你会在你心中种下一座小花园吗？为什么？

参考答案：

1. 记忆中三四月的时候，辽阔无边的田野，黄灿灿的菜花开在田埂，还有叫不上名字的小花，点缀着嫩绿嫩绿的青草地。亦有蝴蝶飞来，寻着那花。孩童则折了花枝编花环，戴在头上追着蝴蝶跑。

2. 植物是有生命力的，不断地浇水施肥，会长得更加枝叶茂盛，即使在艰苦的条件下，依然把最后的一丝生命力点燃。

3. 我心中的那半亩花田，在繁多的学习中，留下一块空地，种上花花草草，每天修剪施肥，增添生活的绿意和小乐趣。

4. 会的。因为日子除了散落的光阴，还需要点缀，一朵花的相伴。

有兰如歌

（1）最近整夜整夜地做梦，梦里是大片的花海，我在花海奔跑，迎着风，追着蝶，瓦蓝瓦蓝的天空飘浮着朵朵流云，好似嫦娥怀中的玉兔，干净而饱满。醒来望着窗外楼下的青竹，三月江南，雨水足足的，这片青竹在昨夜微雨的亲吻下湿漉漉的，可惜我不是诗人，要不然，这样的风情一定可以碰撞出句句诗行。

（2）曾写过这样的句子：晋陶令独爱菊，宋林和靖以梅妻鹤子自居，而我，偏生爱好那一丛空谷幽兰，在无数个寻梦的日子里，独自芬芳，独自起舞。亦将笔名取为兰心素语。如果有前世，我大抵就是空谷中那空灵素雅的兰花吧，某天，遇见采药归途的你，结下今生擦肩而过的缘。

那一株野生的幽兰
在幽谷快乐地生活了几百年
不懂世间的繁华和妖娆
不把爱与恨眷恋

那一株野生的幽兰
日日夜夜与山谷飞鸟做伴
她洁白的花朵不愿去争艳
因为春色过后终究会走向黯淡

——空谷幽兰

（3）家里有一盆剑兰，长得葱葱郁郁，虽然还没有开花，但已经足够赏心悦目的。而它的到来纯属意外。

（4）在网上买了株牡丹，结果卖家粗心，没给我发花盆。与卖家交谈后我担心补发回来牡丹会枯萎，就想去楼下花店买花盆吧。花店老板是个清秀的男人，他拿出好几个花盆，但都是陶瓷的，很重。于是我问他可有塑料的。他便给我找出一个印着花开富贵的塑料花盆，问这样的是否可以。我喜喜地拿着花盆，说就要这样的呢。然后问他多少钱。令我意想不到的是他说送我，不要钱。我向来不喜欢无端接受别人的馈赠。就对他说："那我再买盆花吧。"他笑了笑，给我讲起养花小知识。最后我抱了这盆剑兰回家。他又送了我一盆剪枝的水仙。

（5）这盆剑兰到了家里，我把它悉心地放在阳台阴凉处，为我的小花园，又增添了几多绿意。这盆剑兰有三株，老叶旁边已经伸出好几枝花茎，蓬勃极了。

（6）其实，剑兰不算是名贵的绿植，去花卉市场，抑或在超市的花区，都能看到它。它的花期约六月开始，每年可开两次花。我喜欢白色的剑兰花，小小的花朵，素雅干净，置于书架上，馨香阅读时光。

（7）家中花香绵绵，日日与花做伴，哪怕寂寞且清简，我亦是欢喜的。如那小小的空灵的兰，开在山谷开在水畔，再多的繁芜，皆不过是过眼云烟。

（8）每一朵花，都有一段故事，在某个月色如水的深夜，在落英缤纷的江南，遇见。我与你缓缓叙说，那些关于花的浪漫，你可愿？

阅读训练：

1. 阅读全文，简述作者取名兰心素语的原因。

2. 文中作者对建兰的描述有哪些？

3. 兰在古代文人墨客中有怎样的意义？

4. 联系实际，通过对兰的描述，谈谈你对每一朵花，都有一段故事的理解。

参考答案：

1. 作者偏爱一丛空谷幽兰，在无数个寻梦的日子里，独自芬芳，独自起舞，兰的素雅品格。

2. 不算名贵花卉，在花卉市场，或超市花区都能看到，建兰花期约6月开始，每年可开两次花，小小的花朵，素雅干净，老叶伸出几枝花茎，蓬勃生机。

3. 梅兰竹菊为花之四君子，而兰的清雅又代表着古代文人清寂的文学修养和人格品质。

4. 每一朵花都是人与自然的对话，每一朵花都为我们的生活增加了一份美好，花是有灵性的，也是美好的象征，正如那空灵的兰，如一首岁月的歌。